"미래"
미래에는 건강해야 된단다, 미래야.

내 삶 속으로 들어온 뇌성마비 고양이

미래 이야기

내 삶 속으로 들어온 뇌성마비 고양이

미래 이야기

김혁 지음

꾸리에

차례

내가 미래의 이야기를 처음 들은 건
2년 전 이었다.

SBS 동물농장 작가
◇◇◇입니다..
뇌성마비 고양이 사연에
삽화가 좀 필요해서요..

아, 네~

고양이도 뇌성마비가
있나?

고양이들과 함께 산지도
10년 가까이 되었지만
'뇌성마비 고양이'는
처음 들어봤다.

아...

미래 가족의 그림을 그리기위해
블로그를 찾아들어가 보았다.

거기엔.
비록 몸은 불편하지만, 참 행복한 고양이가 있었다.

아아...

아름답다...
좋다...

씨익

끄...

그래!
내 혼신의 힘을 다해
그려버리갔쒀!!

이거슨 그려야한다!

웬일이래...

평소같지않은
열정인데?

010

행복한 고양이 미래.

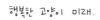

오래전 누군가가 이런 말을 했었다.

"베어버리려 하면 잡초 아닌 것이 없지만

품으려 하면 꽃 아닌 것이 없다"

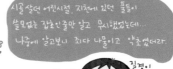

시골 살던 어린시절, 지천에 있던 풀들이
쓸모없는 잡초인줄만 알고 무시했었는데...
나중에 알고보니 최다 나물이고 약초였더라.

얼마나 많은 또 다른 미래들이
그동안 잡초처럼 버려지고 외면당해 왔을까.

쑥바귀   질경이

시비름   영아주

개네들 잡초 아녔어?

정말 연탄재 함부로
찰 거 아니구만...

그렇게 또 잡초마냥 버려질 뻔했던 생명이,
한 가족의 품에서
그 무엇보다 아름다운 꽃이 되었다.

미래와 가족들이 서로에게 주고받는
깊고 좋만한 사랑과 위로와 신뢰와
기쁨과 행복의 사이클이...

이 책을 통해 더욱 많은 이들에게
전염되기를...

그 어떤 모양을 한 생명이든
잡초라며 버려지기보다
꽃으로 품어지는 세상이 되기를...
소망해본다.

- 채유리.

프롤로그

이것은
운명일까

반려동물이라는 단어는 내게 익숙한 단어가 아니었습니다. 오십을 넘어서는 나이를 그리 적다 할 순 없지만 그래도 세대의 흐름과 문화를 가능한 한 빨리 이해하고 체화시키려 노력하는지라 신문명 창조와도 같은 새 단어들까지 내 또래에 비해 훨씬 수월하게 받아들이는 편인데, 반려하는 동물이라는 단어는 어쩐지 살갑게 다가오지 않았습니다.

이제 와서 반려동물이 무슨 새로운 단어인가 되묻는 이들이 더 많을 수도 있겠지만, 묘하게 사람과 동물의 등급이 같아지는 듯한 '반려(伴侶)', '서로 의지하고 짝이 된다'는 의미의 그 단어가 동물이란 글자 앞에 붙어있어서일까요? 그래서 어쩔 수 없이 느껴지는 인간으로서의 자잘한 자존감 때문이었을까요? 아무튼 그건 내게 딱 들어맞아 고개를 끄덕이게 하는 그 무엇은 아니었습니다.

반려동물(Animal Companion, 伴侶動物)이라는 말은 사람 중심의 시각에서 아껴주고 보살펴주며 그것으로 인해 즐거움을 얻는다는 애완동물 (Pet, 愛玩動物)의 개념을 넘어 함께 의지하고 기대어 살아가자는 바람과도 같은 단어입니다. 1983년 10월 오스트리아의 한 동물 관련 학술대회에서 제시되었다는 이 말에 대한 상식은 주워들은 풍월로 알고 있었지만 내게 완벽하게 와 닿았다 이야기할 수는 없었지요.

알레르기가 있다든지, 동물을 좋아하지 않는다든지 하는 건 아니었습니다. 오히려 그 반대였죠. 어려서 '쌀강아지'라 불리던 하얗고 작은 잡종 강아지를 마당에서 키우며 같이 뛰어다니고 쓰다듬고 예뻐하던 기억. 그러던 어느 여름날인가 개장수가 마을을 다녀간 후 적지 않은 동네 개들과 함께 개줄 째 사라져버린 녀석을 찾으려 울며불며 동네 어귀를 헤매고 다녔던 유년의 모습이 아직까지도 선명할 만큼 동물은 내게 친숙하고 소중한 존재였습니다. 쌀집을 운영하며 쥐 잡으라 서너 마리의 고양이를 마루 밑에 키우시던 고모할머니 덕에 사람과 피부를 맞대고 사는 고양이를 바라볼 수도 있었습니다.

어설픈
동거

지금으로부터 4년 전, 가을에서 겨울로 막 넘어갈 즈음. 해외 출장에서 집으로 돌아오는 길. 따뜻한 샤워와 시래기 된장국을 먹고 싶다는 생각

사이로 고양이 한 마리가 불쑥 떠올랐습니다. "앉지도 눕지도 못하고, 자꾸 쓰러지기만 하고, 바들바들 떠는 게 얼마나 가슴이 아픈지 모르겠어요." 국제전화 속 아내는 눈물을 흘리고 있었습니다.

심각한 뇌성마비의 몸으로 태어난, 그래서 스스로는 서지도 걷지도 않을 수도 없는, 밥을 먹기는커녕 음식물에 입을 갖다 대기도 힘들고, 어쩔 수 없이 흘려버린 제 배설물에 젖은 몸을 서러운 듯 꿈틀거리며 닦아내는 작고 아픈 고양이, 미래는 그렇게 내게 다가왔습니다.

동물을 싫어하지는 않지만, 동물과 인간의 간격을 묘하게 유지하려는 내 마음 한구석의 알량함. 그래서 동물을 좋아는 하되, 그들은 마당에 있어야 하고, 집 밖에 두어야 한다는 어린 시절부터의 기억과 훈련. 그렇게 그들은 언제나 집 마당 구석 개집과 현관까지의 거리만큼 떨어져 있어야 했고, 마루 밑에 몸을 뉘일 수밖에 없었습니다.

그런 내가, 나와 내 가족의 숨을 받아 마시고 나누어주는 방 안으로, 품 안으로 받아들일 수밖에 없었던 고양이, 미래. 녀석의 첫인상은 아니, 녀석이 내게 전해준 느낌은 애처로움, 안쓰러움 그 자체였습니다. 외국 출장 중 막내딸이 허락 없이 데리고 온 한 줌 크기의 녀석. 국제전화로 그 이야기를 듣고 당장 시립보호소에 데려다 주라는 말부터 떨어졌지만 막상 녀석을 눈앞에 마주친 후에는 입을 떼려야 뗄 수가 없었습니다. 녀석과의 동거는 그렇게 시작되었습니다.

'앞날이 밝을 것이다, 미래는 더욱 좋아질 것'이라는 딸아이의 바람대로 녀석은 '미래'라는 이름을 가지게 되었습니다. 뇌성마비의 경우는커녕 보통의 고양이들이 어떻게 살아가는지, 어떻게 용변을 가리는지, 그들이 제 몸을 핥아대는 그루밍도, 기분이 좋으면 몸에서 달달달 갸르릉 갸르릉 소리를 낸다는 사실조차도, 정말이지 아무것도 모른 채 우리 식구와 고양이는 한 지붕 밑에서 살게 되었습니다.

나의
기록

그때부터 나의 기록도 시작되었습니다. 그것은 딸과의 작은 약속에서 비롯되었습니다. '사람과 동물은 근본적으로 다르다, 그래서 집 안에 짐승을 기를 수 없다'는 내 생각은, 집 밖에 내쳤다가는 단 며칠도 버텨낼 것 같지 않던 녀석의 애처로운 눈빛과 몸동작 앞에서 일시에 무너져 버렸고, "동물은 장난감이 아니다, 가지고 노는 그 무엇도 아니고 생명으로 존중받아야 한다, 더구나 저 고양이는 끊임없는 보살핌이 필요하다, 엄마 아빠가 도와는 주겠지만 네가 먹이고 용변 보게 하고 모든 책임을 맡아야 한다", 딸아이로부터 다짐을 받고 또 받으며, "네가 그리하는 동안 아빠는 고양이 키우는 아니, 보살피는 일기를 쓰겠다"고 약속을 했던 것이 었습니다.

미래와의 동거가 시작된 날, 나는 테마파크와 앤틱 장난감 콜렉션 등 내 일과 관심사에만 머물러 있던 블로그에 난데없는 고양이 카테고리를 만들어 일기 형식의 글을 올렸습니다. '뇌성마비 고양이 미래 이야기, 몇 번째…' 하는 식으로 일주일에 한 번, 아무리 늦어도 보름에 한 번 이상 미래의 행동과 그로 인해 나와 내 가족이 어떻게 반응하고 생각이 바뀌어가고 녀석을 받아들이는지를 기록하기 시작했던 것입니다.

서로 의지하고
짝이 되다

미래의 행동거지를 보거나 존재감을 느낄 때마다 그것이 장애이며, 장애라는 말이 입으로 마음속으로 자꾸 되뇌어질 때마다 나와 아내는 마음이 편치 않았습니다. 장애라는 단어가 결코 우리 가족에게 낯선 말이 아니어서였습니다. 그것은 운명이었고, 기꺼이 받아들여야 했던 삶의 무게였습니다. 지금은 어엿한 대학생이 되어 스스로의 길을 씩씩하게 가고 있는 둘째 아들. 이 세상 그 무엇과도 바꿀 수 없는 내 아이. 1993년 봄 환한 웃음 속에 태어난 아이는 얼마 지나지 않아 선천성 시각장애 판정을 받아야 했고, 그날 이후 우리 가족의 삶은 송두리째 바뀔 수밖에 없었습니다.

　그 아이를 위해, 그 아이의 녹록치 않은 앞으로의 삶을 걱정하며 아내와 내가 흘렸던 눈물을 어떻게 말로, 글로 다할 수 있을까요? 우리는 할 수 있는 모든 것을 다 해야만 했고, 아이는 아이대로 제 운명의 키를 붙들고 지혜롭게 대처해 나갔습니다. 지금은 생활에 이런저런 불편은 따라도 정상 학교를 다닐 만큼의 시력을 회복하고 저 나름의 진로를 꾸려 나가고 있지만, 그 아이로 인해 장애라는 단어는 우리 가족, 나와 내 아내에게는 완전히 다른 개념, 그러나 극복해야만 했던 무게로 다가온 것만큼은 숨길 수가 없는 사실입니다.

그런 상황에서 받아들여진 장애를 가진 고양이와의 생활. 혹여 호기심으로, 값싼 동정심으로 비춰질까 두려운 것도 바로 그러한 점 때문이었습니다. 미래와의 생활이 몇 주가 지났을까요? 몇 달이 흘렀을까요? 문득 반려동물이라는 단어가 내 머릿속을 맴돌기 시작했습니다. 거창하게 말해 근본적으로 생각이 바뀌기 시작했다고 해야 할까요?

그것은 분명 일방적인 보살핌이었습니다. 나와 내 가족의 노동의 대가로 사료를 사야하고, 내가 사는 집에 공간을 내주며, 집 안에 풍기는 냄새와 털이 날리는 불편까지 감수합니다. 적지 않은 진료비를 물며 병원에 데리고 갑니다. 심지어 이 녀석은 사람의 손이 몇 배나 더 필요한 고양이. 음식을 먹여주어야 하고 대소변을 뉘어주어야만 합니다. 나는, 우리 가족은 녀석에게 모든 걸 베풀고 있습니다. 아니, 그렇다고 생각하고 있었습니다. 우린 모든 것을 베풀고 녀석은 그저 드러누워 불편한 몸을 휘청댈 뿐이었죠. 뇌성마비 고양이 미래가 우릴 위해 할 수 있는 일은 아무것도 없었습니다. 상상하는 대로, 짐작했던 그대로 녀석의 일상은 일방적인 기댐이었습니다.

그러나 녀석을 보살피고 거두는 시간이 지날수록 내 가슴속에 점점 커져만 가는, 우리 가족 모두의 생각 속에 크기를 늘려나가는 그 무엇. 그것이 주고받음이고, 한 번도 느껴 보지 못한 감동이며 새로운 형태의 기쁨이란 사실을 깨닫는 데는 그리 오랜 시간이 걸리지 않았습니다.

서툰 삶 속으로
들어오다

처음에는 담담했습니다. 그저 우리 가족의 일상에 또 하나의 요소가 곁들여지면서, 조금 불편해도 녀석에게서 귀여움을 발견하고, 녀석의 허우적거림이 애교로 비춰지면서 받아들여지는 작은 위안 정도라 생각했습니다. 그러나 그 크기는 점점 커져 갔습니다. 무표정한 미래의 얼굴만큼이나 언제 그랬냐는 듯 덤덤하게 그러나 커다랗게 우리 삶 속의 자리를 넓혀 가기 시작했습니다.

친구와의 사이가 틀어지자 그 관계 속에서 속상해하는 딸아이는 미래를 보듬고 조곤조곤 속닥거리곤 했습니다. 미래가 우리 집에 오고 나서 얼마 후 선배의 오해와 다툼으로 사달이 났다 할 만큼의 사고가 터진 적이 있었습니다. 딸이 몇몇의 선배로부터 일방적인 폭행을 당했던 것이었습니다. 학교를 찾아가고, 그쪽 부모가 우리를 찾아와 머리를 조아릴 만큼의 상황. 그때도 딸은 싫다며 아웅대는 미래를 꼭 부여안은 채 울음을 터트리며 마음을 추스를 수 있었습니다.

친구와의 어설픈 술자리를 마치고 집으로 돌아온 대학생 아들 녀석들은 뭐라 뭐라 중얼거리며 미래를 쓰다듬어 주곤 했습니다. 호주머니에 숨겨 온 닭고기 조각을 먹이다 그런 거 먹이면 안 된다며 여동생에게 잔소리를 듣기도 했습니다. 고단한 일상에 쫓기는 아내는 청소를 하다 말고 미래를 꼭 안으며 녀석의 체온과 심장 박동을 느낄 수 있었고, 나 또한 녀석을 끌어안고 옆구리를 긁어 주거나 일기를 쓰기 위해 녀석을 관찰하며 일상의 푸근함을 발견할 수도 있었습니다.

그때마다 미래가 할 수 있는 것은 아무것도 없었습니다. 그저 냐앙냐앙 귀찮다는 듯 휘청거리는 몸으로 고개를 쳐들고 볼 멘 소리를 내는 것뿐이었습니다. 그러나 그 냐앙거림이, 미래의 그 귀찮아하는 듯 뻣뻣해지는 고개가 우리 가족 각자에게 얼마나 큰 기쁨이 되고 있는지, 정확하게 말한다면 녀석의 존재감이 우리 모두에게 얼마나 큰 위로와 토닥거림이 되고 있는지를 나와 아내, 아이들은 분명히 깨달아가고 있었습니다.

그것은 저 혼자 알아서 먹고, 화장실에 뛰어가고, 집 안 구석 어딘가에 숨어드는 보통의 고양이에게서는 느낄 수 없는 무엇이었습니다. 그 모든 과정은 녀석을 먹여 주고, 뉘어 주고, 붙들어 주며 끊임없는 살 맞댐 속에서만 오롯이 느낄 수 있는, 뇌성마비 고양이 미래에게서만 느낄 수 있는 특별함이었습니다. 그것은 결코 일방적인 베풂이 아니었습니다. 우리 가족이 녀석에게 주는 보살핌만이 아니었습니다. 그것은, 작은 몸집의, 제대로 걷지도 서지도 앉지도 못하는, 서툰 삶 속의 고양이 한 마리가 우리 가족의 삶 속에 던져 주는 따뜻함과 위로와 기쁨이었습니다.

살아줘
고마워

블로그의 일기가 계속 이어지고, 고양이를 좋아하는 이들의 인터넷 카페에 소개가 되고, 몇몇 방송국의 동물 프로그램에 출연하면서 내 부족한 글을 책으로 엮어내자 제안을 받게 되었습니다. 한편으로는 부끄러웠고, 한편으로는 또 다른 책임감이 일었습니다. 우선은 책을 통해 미래와 내 가족과 응원해 준 모든 분들께 고마움을 표시하고 싶었지만 가슴 속에 내내 앙금처럼 고여 있던, 미래의 진단과 치료를 위해 들렀던 건국대학교 수의과대학 부속병원 김휘율 교수님으로부터 전해 들은 말씀 때문이었습니다. 일본에서 수의학 박사학위를 받은 교수님께서는 진료가 끝나고 식사를 함께하는 자리에서 "공부를 하는 동안 일본에서는 저런 경우를 적지 않게 봤었는데, 한국에서는 참 보기가 드물었다"고 하셨습니다.

갑자기 가슴이 먹먹해졌습니다. 우리나라라고 그러한 장애가 고양이들에게 덜 생기라는 법은 없다, 일본이라고 더 생기지는 않는다, 자연 질서 속에서 일정한 비율로 나타나는 현상인 것인데 우리나라의 경우가 그리 적다는 것은, 그리 태어난 또 다른 미래가, 또 다른 뇌성마비 고양이들이 진료 한 번 받아보지 못하고 병원 문턱 한 번 밟아 보지 못하고 세상과 작별을 고해야 한다는 의미였던 것입니다.

사람 장애도 제대로 돌보지 못하는데, 배부르게 무슨 동물이냐 말하는 이도 적지 않을 것입니다. 그러나 만에 하나 천에 하나, 뇌성마비 고양이를 집에서 기르며 그로 인해 또 다른 위안을 찾는 우리 집, 우리 가족의 이야기를 담은 이 책이 세상에 나와서 작은 불씨라도 지펴낼 수 있다면, 그로 인해 뇌성마비 고양이, 나아가 장애를 가진 모든 동물에 대한 작은 목소리라도 내볼 수 있게 된다면 우리 사회는 또 하나의 따뜻한 관심거리를 가지게 될 수 있지 않을까, 그래서 우리가 사는 세상이 조금이라도 더 밝아질 수 있지 않을까 하는 생각에 용기를 내었습니다.

책 만들기를 제안하고 글 쓰는 게으름뱅이를 굳은 인내심으로 기다려 주신 열 마리 고양이의 엄마이자 꾸리에 출판사 대표인 강경미 님, 미래 소식을 세상에 알려 주신 SBS 〈동물농장〉 이필종 PD님 외 관계자, EBS 〈교육 미디어 ON〉 정인태 PD님 외 관계자 여러분, 한국마사회 나성안 박사님, 건국대학교 김휘율 교수님, 기꺼이 축사를 보내주신 채유리 작가님, 고경원 님, 포스트잇 다이어리 문태곤 님, 한없는 미래 사랑을 베풀어 주시는 네이버 '고양이라서 다행이야' 카페 회원 여러분, 부족한 내 블로그 '테마파크 파라다이스'에 들러 미래 이야기를 찾아보시는 방문객 여러분, 사랑하는 아내와 내 삶의 이유와도 같은 세 아이들 재웅, 성웅, 진아, 언제나 나무가 되어주시는 아버지와 어머니, 그리고 오늘도 도도한 눈빛으로 세상을 바라보며 마냥 즐거운 삶을 누리고 있는 우리 집 사랑스러운 고양이 미래에게 깊은 감사의 말씀을 전합니다.

_2015년 1월, 김혁

1부
내 이름은 미래

딴에는 처음 본다고 제대로 가누지도 못하는 몸으로
일어섰다 넘어지며 방바닥에 머리를 부딪혔습니다.
건드리지 말라는 듯 녀석은 야옹거리며 지칠 때까지
발을 휘저었습니다. 그러다 다시 비틀대며 일어섰다
넘어지는 순간, 녀석의 쓰러지는 몸을 재빨리
두 손으로 받았습니다.

아….

부드러움 너머 따뜻한 기운이 온몸으로 빨려들 듯
전해졌습니다. 손바닥 안의 아기 고양이는 쉬지 않고
허우적대고, 거기 그대로 느껴지는 부드러움과
따뜻함으로 내 몸은 잠시 시간을 잊고 있었습니다.

뇌성마비 고양이
·미래와의 첫 만남

2011년 11월, 근 2주에 달하는 미국 출장을 다녀오는 길. 공항까지 마중 나온 직원의 차를 얻어 타고 집으로 돌아오는 동안 많은 생각들이 머릿속을 뒤흔들고 있었습니다. 자동차는 공항 도로를 벗어나 인천대교로 들어섰습니다. 바다 위에 세워진 다리를 한참 동안 건너는 동안, 그 길이만큼이나 여러 생각들이 늘어서기 시작했습니다. 출장 동안 만났던 사람들, 내 일들, 새로 지어질 테마파크들, 그곳에 설치될 첨단의 로봇과 놀이기구들, 계약 준비, 샘플 보낼 곳, 그리고 그들과 함께 풀어내야 할 앞으로의 과정들….

　머리가 너무 복잡해서였을까? 온갖 생각들 틈새로 아직 인사조차 나누지 못한 고양이 한 마리가 불쑥 나타나 나를 말똥말똥 쳐다보고 있었습니다. 출장 3일 째인가 아내와의 국제 전화 속에서 들었던 바로 그 고양이였습니다.

　"진아가… 어디서 고양이 한 마리를 주워 왔는데, 서지도 못하고, 앉아 있지도 못하고…."

　처음엔 그게 무슨 말인가 했습니다. 중학교 1학년 딸아이가 어디서 주워 왔다는 고양이. 동물을 그리 싫어하는 편은 아니지만, 냄새나고 털 날리고 집 안에서 짐승 키우는 게 딱 질색인 터라 강아지 키우자 고양이 키우자 틈만 나면 징징대던 딸의 간청을 일언지하에 차단하고 있었는데,

제 아빠 미국에 출장 간 지 사흘도 안돼서 고양이를 날름 업어왔다는 것이었습니다. 예의 원칙에 맞춰 얼른 되돌려주라는 소리부터 했지만 아내는 차마 그리하지 못한다고 했습니다. 설명을 하는 전화 속 아내의 목소리는 가늘게 떨고 있기까지 했습니다.

고양이도 뇌성마비가 있다는 사실을, 그때 아내와의 통화를 통해 처음 알게 되었습니다. 그저 선천적으로 몸이 좀 약한가 보다 생각만 하고 있었는데, 저 혼자서는 음식은 물론 물도 먹지 못하고 앉지도 못한 채 버둥대기만 한다는 것이었습니다. 그 모습이 하도 안쓰러워 동네 동물병원에 데리고 갔더니 그 특이한 상태 때문이었는지 병원 사람 대부분이 녀석을 알아보더라고 했습니다. 딸아이 설명에 의하면, 그 고양이는 "학교 친구의 선배의 아는 언니의 무슨 무슨 누구 누구의 고양이가 낳은 새끼"였습니다. 몇몇 아이들이 집으로 데리고 갔지만 이내 키울 수 없다며 되돌려지기를 반복했는데, 그럴 때마다 녀석은 몇 안 되는 동네 동물병원에 이끌려 다니며 진단을 받았고 그렇게 그곳 사람들과 낯을 익혔던 것이었습니다.

선천성 뇌성마비. 사람처럼 뇌나 뇌 신경 계통에 문제가 있어 몸을 마음대로 가눌 수가 없는 상태. 이미 녀석을 진찰했던 동물병원 의사 선생님도 개는 이런 경우를 더러 봤지만 고양이는 처음 본다고 했습니다.

집으로 들어서자 딸이 쪼르르 품 안에 달려들었습니다. 반갑게 안아준 다음 고양이를 찾았습니다. 한눈에 봐도 예사 고양이의 자세가 아니었습니다. 태어난 지 두어 달 정도 되었을까? 거만한 그 무엇인 양 방바

닥에 기대 누워 고개를 흘깃 치켜드는 아기 고양이. 그러나 그것은 거만
함 때문도 나른함 때문도 아니었습니다. 스스로 자유로이 몸을 움직일
수 없는, 스스로 가눌 수가 없어 휘청휘청 넘어져, 넘어질 때마다 머리와
어깨를 방바닥에 콩콩 찧는 뇌성마비 고양이. 미래와의 첫 만남은 그렇
게 이루어졌습니다.

출장 중 아내와의 통화 이후 내내 생각이 떠나지 않던 그 고양이. 반
드시 밝은 미래가 있을 거라며 딸아이가 직접 미래라 이름 붙였다는, 뇌
성마비 고양이 미래.

어찌할까, 어찌할까…. 피할 수 없을 집 안의 짐승 냄새와 고양이 털.
원칙을 고수하고 싶은 가장으로서의 자격지심. 게다가 뇌성마비. 좀체 상
상이 가지 않는 그 안타까운 존재가 머리를 흔들었습니다. 거기에 행여
딸이 싫증이라도 내는 날이면 그 불쌍한 생명체는 어찌할지…. 스스로
몸을 가눌 수 없어 용변을 볼 때마다 몸을 씻겨 줘야 하고, 물을 마시거
나 먹이를 먹을 때조차 잡아주지 않으면 안 된다는데, 이걸 어찌해야 하
나, 무거운 생각이 머리를 짓누르기 시작했습니다.

그런 생각 끝에, 고민 끝에, 두려움 끝에 마주친 고양이, 아기 고양이,
뇌성마비 고양이, 미래. 눈부실 만큼 하얀 털에 이마에는 젖소 모양의 검
은 무늬를 지닌 코리안 숏헤어였습니다. 내가 손을 뻗자 경계하려는 것인
지, 힘에 겨워 그리하는 것인지 녀석이 손을 허우적댔습니다. 밑도 끝도
없이 눈물이 왈칵 솟구쳤습니다. 저것도 생명이라고, 저것도 숨붙이라고
저리 태어나 숨을 쉬고 있을까……. 저리 안간힘을 다해 몸을 부대끼며

허공을 저어대는 것일까…. 그것은 연민을 넘어선, 상대적 우월감을 넘어선, 생명 그 자체에 대한 감동과 경이로움이었습니다.

딴에는 처음 본다고 발톱을 내밀고 야옹대며 발을 휘젓는 미래. 제대로 가누지도 못하는 몸으로 일어섰다 넘어지며 방바닥에 머리를 부딪치는 안타까운 몸놀림. 건드리지 말라는 듯 다가오지 말라는 듯 녀석은 야옹 야옹거리며 지칠 때까지 발을 휘저었습니다. 그러다 다시 비틀대며 일어섰다 넘어지는 순간, 녀석의 쓰러지는 몸을 재빨리 두 손으로 받았습니다.

아….

부드러움 너머 따뜻한 기운이 온몸으로 빨려들 듯 전해졌습니다. 손바닥 안의 아기 고양이는 쉬지 않고 허우적대고, 거기 그대로 느껴지는 부드러움과 따뜻함으로 내 몸은 잠시 시간을 잊고 있었습니다. 태어나 한 번도 고양이를 길러 본 적이 없는 나는 그렇게 한 마리 고양이를 내 집에서 키우기로 결심했습니다.

미래를 위해 무엇을 할까 고민했습니다. 제일 먼저 딸에게 "미래는 장난감이 아니다. 소중한 생명체다. 네가 결정하였으니 끝까지 책임지고 돌봐야 한다. 대소변을 보면 몸에 묻게 되니 네가 직접 씻겨야 한다!"는 다짐과 약속을 받고 이것저것 준비를 시작했습니다.

인터넷에도 쉬이 찾을 수 없는 뇌성마비 고양이에 관한 정보. 아내도 나도 고양이 자체를 처음 길러 보는 터라 무엇부터 해야 할지 정리하기 시작했습니다. 사람 먹는 음식을 먹이면 쓸데없는 비만이 와서 몸에 무리가 갈 수 있다는 동물병원 선생님의 말씀만 교본처럼 믿고 우선은 고양이 사료부터 사러 갔습니다. 집도 사고 간단한 장난감과 간식도 샀지만 배변과 위생 처리가 큰 걱정이었습니다. 아내와 딸이 매일매일 씻겨주고는 있지만 고양이는 천성적으로 물을 싫어한다는데 어찌해야 할지 고민이 하나둘이 아니었습니다.

개인적으로 운영하고 있는 인터넷 블로그에 '뇌성마비 고양이 미래 이야기'라는 카테고리를 만들어, 일기처럼, 관찰일지처럼 미래 이야기를 적기로 딸과 약속까지 한 이유는 나 고양이 키운다, 우리 집에 이런 고양이 있다 자랑하려는 게 아니었습니다. 그것은 나 스스로 저 가여운 생명을 끝까지 책임지고 잘 돌봐주겠다 다짐하는, 나를 결속하는 또 다른 의식이었습니다.

야생의
흔적

좀 과장되게 이야기하자면 온 집 안이 상처투성이였습니다. 미래가 우리집에 온 이후 녀석의 손이 닿는 곳 대부분이 숭숭 구멍이 뚫리고 할퀴어졌습니다. 넘어질 때 아프지 말라며 가져다 놓은 고무매트며, 딸의 침대자락이며, 욕실 발판에서 소파 아랫단까지 상처가 한두 군데가 아니었습니다. 놀자 붙들거나, 사료며 물을 주거나, 몸을 씻기기 위해 붙잡으면 스스로 몸의 중심을 잡지 못하다 보니 순간적으로 발톱을 내밀게 되고 그

때문에 여기저기 찢기고 구멍이 나게 되는 것이었습니다. 조그만 보통이 같이, 겨우 한 줌 될까 말까한 새끼지만 꼴에 고양이랍시고 발톱의 날카로움이 예사롭지 않았습니다.

그중 제일 속상했던 것은 딸의 예쁜 손에 생긴 상처들. 꽤 깊다 싶은 상처까지 족히 십여 군데가 넘었습니다. 아프지 않냐고, 괜찮냐고 물어보면 혹여 미래 탓을 할까 봐 생글생글 웃으며 "괜찮아요. 하나도 안 아파요. 약 발랐어요."를 반복하기만 했습니다.

엄마 아빠에게는 말도 못하게 어리광쟁이지만 미래에 대한 마음만큼은 열매 속 꽃을 피우는 무화과처럼 단단하게 성숙한 딸아이. 고양이 먹이로 사온 참치 통조림을 가지고 놀던 미래가 풀썩 쓰러지면 "넘어진 게 아니에요. 너무 좋아서 그러는 거예요~", 쿠션용으로 사다 놓은 고무매트 위에서 뒤뚱뒤뚱 뛰어오르다 고무 조각이 파이고 뜯어지면 "이건 고무가 안 좋아서 그런 거예요. 그리고 고양이한테는 원래 고무가 안 좋대요~." 딸은 그렇게 제 마음대로 해석을 달며 미래를 감싸줬습니다. 은근히 화가 날 법도, 짜증을 낼 때도 되었는데, 새끼 거두는 어미 고양이처럼 딸은 미래를 변호하기에 바빴습니다.

집 안의 이런저런 생채기는 물론이고 딸의 상처가 많이 속상했지만 자신도 모르게 상처를 줄 수밖에 없는, 온몸이 저렇게 태어난 미래의 입장에서 생각하면 그 자체가 얼마나 큰 상처일까 마음이 편하지가 않았습니다. 이러지 말아야지, 이러지 말아야지, 얼마나 귀엽고 예쁜 고양인데 하며 생각을 다잡아 보지만 동작 하나하나가 그리 읽혀지는 것 같아

더욱 불편해지기만 할 뿐이었습니다.

그러나 한편으론 배가 부르거나 기분이 좋을 때 얼마나 까부는지, 녀석의 행동거지를 구경하는 것 자체가 아주 재미났습니다. 한 편의 슬랩스틱 코미디를 보는 것 같다고나 할까요? 제대로 가누지 못하는 몸이라도 딴에는 고양이라고 풀쩍풀쩍 점프를 시작했습니다. 다른 고양이 같으면 재빨리 착지할 것을 금세 비틀거리며 휘청휘청 쓰러지고 말지만, 그 자체가 녀석의 매력이요 애교로 여겨지기 시작했습니다.

일단은 발톱을 어찌해야 할지 공부를 시작했지만, 이런저런 말들이 많아 누구 말을 들어야 할지부터가 헷갈렸습니다. 더구나 몸을 가누지 못하는 뇌성마비 고양이라서 더욱 걱정이 앞섰습니다.

"고양이 발톱에는 신경이 연결되어 있어서 함부로 깎아주면 안 된대요."

어디서 들었는지 딸이 아는 척을 해왔습니다. 딸아이 말대로 고양이는 발톱이 신경에 연결되어 있어서 지나치게 바투 자르면 피가 나고 신경이 손상될 수 있다는 사실을 인터넷과 동물병원 의사 선생님을 통해서 알게 되었습니다. 사람과 달리 오므렸다 폈다 할 수 있는 데다 발톱을 감춘 채 소리 없이 걸어갈 수 있어 사냥에 용이하도록 발달되어 있다는 사실도 알게 되었습니다. 비록 지금은 집 안 이곳저곳, 저 예뻐해 주는 사람들의 손등에 상처를 낼 뿐이지만 야생 사냥꾼 시절의 고양이들에게는 절대적 무기가 돼 주었을 녀석들의 발톱. 고양이 전용 발톱깎이를 사서 발톱을 깎아 주며 그 작은 뾰족함, 끄트머리에 숨어 있는 녀석들의 야생을 생각해 보았습니다.

고양이들의 야생의 흔적은 발톱뿐 아니라 수염에도 많이 남아 있다는 글을 인터넷에서 읽은 후 미래의 수염을 유심히 관찰하다 재미난 사실을 발견했습니다. 녀석의 수염이 짝짝이였던 것입니다. 미래를 안고 코를 맞추면 코끝을 핥아 줄 때가 있는데, 그게 자기 주인 혹은 보살펴 주는 이에 대한 애정 표현이라는 고양이 똑똑박사님 딸의 해설이 생각나 미래에게 코를 들이밀며 놀면서였습니다. 처음엔 대수롭지 않게 봤는데, 코를 들이밀며 녀석의 얼굴을 가만히 들여다보니 왼쪽과 오른쪽 수염의 길이가 각각 달랐습니다. 원래 다른 고양이도 그런 건지 미래가 특별한 건지 다른 고양이들을 유심히 관찰해 본 적이 없는 나로서는 궁금증이 커져갔습니다.

난생처음 고양이를 길러봐서 뭐가 중요한지 무엇을 세심하게 살펴야 하는지는 모르지만 고양이에게 수염이 대단히 중요하다는 이야기는 익히 들어왔던 터. 고양이의 수염은 안테나와 같아서 균형 감각, 방향 감각에 큰 역할을 하며 인간의 손에 길러지기 훨씬 이전 야생 상태의 고양이부터 지금의 사자와 호랑이 등 고양잇과의 모든 동물에 이르기까지 그들이 가진 가장 큰 특징 중의 하나라고 합니다. 그런 수염이 짝짝이라는 사실. 살짝 우습기도 했지만 그렇잖아도 몸이 불편한 미래가 수염마저 짝짝이라는 것이 묘한 불안감으로 다가오기도 했습니다. 걱정은 그뿐이 아니었습니다. 미래가 주로 오른쪽으로 잘 쓰러진다는 사실도 불안감을 주고 있었습니다. 오른쪽으로 난 수염이 상대적으로 짧은 것과 쓰러지는 방향이 같다는 것이 무슨 연관이 있는 것은 아닐까. 자꾸 그쪽으로 쓰러져 수염이 닳아 버린 것은 아닌지, 고양이 초보자인 내가 생각해도 그럴 가능성은 대단히 낮아 보이지만 혹여 짝짝이 수염 때문에 자꾸만 한쪽 방향으로 쓰러지는 것은 아닌지 별의별 생각이 다 들었습니다.

장난기가 유난히 심한 미래는 독특한 깨물기 버릇이 있습니다. 기분이 좋으면 불편한 몸으로 풀쩍 풀쩍 뛰어오르며 놀기를 좋아하는데, 그럴 때마다 가끔씩 사람을 깨물곤 하는 것입니다. 특히 나나 딸아이와 방 안을 휘저으며 놀 때 그렇습니다. 무는 것이 아니라 깨무는 것이라 표현하는 것은 말 그대로 살짝 깨물기 때문입니다. 만약 작심하고 물어버린다면 날카로운 이빨 때문에 상처가 나고 피가 날 게 분명하지만 살짝, 그야말로 아프지 않을 만큼만 발가락이나 손등처럼 제 입에 닿는 부분을 깨뭅니다. 어떻게 깨무는 힘을 조절할까, 신기하기도 합니다. 항상 그런 게 아니라 놀아 줄 때, 우리가 봐도 제 기분 좋을 때 그러는 걸 보면 뭔가 호의적인 표현임은 분명해 보입니다.

초보자의 입장에선 궁금하기 짝이 없는 고양이의 습성들. 누군가 고양이의 깨물기 습성은 야생에서의 사냥 습성, 사냥감을 지칠 때까지 궁지에 몰아넣고 조금씩 조금씩 공격을 가하다 한 번에 숨통을 끊어 놓으려는 초기 동작에 해당한다는 말을 하길래 섬뜩한 적도 있었지만 천연덕스러운 녀석의 깨물기 습관을 보면 얼른 연결되지만은 않습니다.

매일매일 책으로 인터넷으로 고양이의 생태를 연구하고 고민(?)하는 딸의 결론에 의하면 그것은 함께 놀아 달라는 고양이의 의사 표현 방법이라고 하는데, 이 얼치기 고양이 전문가의 말을 어디까지 믿어야 할지 의구심이 가는 건 어쩔 수 없습니다.

할머니와
고양이

"그루… 그루밍이 뭐, 뭐죠?"

전화기 저쪽에서 아주 짧은 순간, 아…. 이 답 안 나오는 양반…. 정도의 탄식이 느껴졌습니다.

미래가 우리 집에 오고 그 녀석을 어떻게든 끝까지 책임지고 돌봐야겠다 결심한 이후, 고양이 공부를 시작했습니다. 블로그에 카테고리를 만들어 글을 올리고, 인터넷 고양이 카페에 가입도 하고, 블로그에 댓글 달아주신 분이 소개한 고양이 용품 쇼핑몰에도 메일을 보내고, 동네 동물병원, 펫숍 방문에, 책도 사들였습니다. 그렇지만 워낙 고양이를 모르던 사람이라 부딪히는 부분이 하나둘이 아니었습니다.

예를 들어, 나는 미래를 안고 쓰다듬는 것을 좋아하는데 가만히 들어보니 고양이 몸에서 이상한 소리가 나는 것이었습니다. 그르릉, 갸르릉거리는 것 같기도 하고, 달달달달~ 작은 장난감 모터 돌아가는 소리 같기도 했습니다. 처음 들어보는 소리였습니다. 내가 뭘 잘못해서 그런가 덜컥 겁이 났습니다.

"고양이 몸에서 이상한 기계 소리가 나요! 혹시 사이보그 고양이일까요?"

대충 그런 식으로 고양이에 대해 하나둘씩 알아 가는 사이, 답답함을 풀어 주는 건 말로 하는 게 최고라고, 고양이를 아는 분들께 수시로 전화를 돌려댔습니다. 그러던 중 알음알음으로 고양이를 무척 좋아하고 해박하다는, 고양이 좋아하는 이들에게는 꽤나 유명하다는 한 의사 선생님을 소개받았습니다. 수의사가 아닌 일반 가정의학과 전문의로 당신 스스로 고양이를 좋아해 여러 마리의 길고양이를 구조해 키우고 있으며, 고양이 관련 지식을 연구해 많은 이들에게 알려주는 것으로 유명한 분이었습니다.

수의사가 아니기 때문에 한계가 있다는 전제하에 선생님은 개인적인 의견이라며, 미래의 증상을 '소뇌 형성의 부전(cerebellar hypoplasia)으로 인한 고양이 뇌성마비(feline cerebral palsy)일 수 있다'고 이야기했습니다. 운동

기능과 평형감각을 조절하고 근육운동을 주관하는 소뇌가 덜 만들어졌 거나 이상기능이 있다는 뜻이었습니다. 그러면서 당뇨 신경병, 기생충 감 염 등의 다른 원인이 있을 수도 있으니 MRI를 찍어 정확한 진단을 받아 보라 권유했습니다. 막연하게 그럴 거라 생각을 했었고, 동네 동물병원에 서도 그 비슷한 경우라고 들었던 터이지만 절망감과 무력감이 고개를 드 는 건 어쩔 수 없었습니다.

선생님은 내 블로그에서 본 동영상만으로 판단해 봤을 때 단지 균형 을 못 잡을 뿐, 살아가면서 아프거나 수명이 짧아지거나 지능이 다른 녀 석들에 비해 떨어지지는 않을 거라며 이야기를 마쳤습니다. 유명한 고양 이 전문가의 의견이 큰 안도로 다가왔습니다. 그러면서 외국의 사례라며 유튜브 동영상 검색 결과를 몇 개 보내주었습니다.

세상에나… 세상에나…. 선생님이 보내준 동영상들 속에는 미래보다 더하면 더했지 결코 덜하지 않은 여러 마리의 고양이들이 끊임없이 비틀 대며 중심을 잃고 있었습니다. 신기하기도 하고 놀랍기도 했습니다. 나 역시 고양이에게도 뇌성마비가 있을 수 있다는 사실을 처음 알았던 터이 지만 그런 고양이들을 정성스레 돌보는 이들이 있다는 사실 자체가 놀라 웠습니다. 나중 메일을 주고받으며 도움을 받기도 한 유튜브 동영상 속 미국 펜실베이니아의 데이지 아주머니는 미국 전역에서 미래와 같은 뇌 성마비 증상의 고양이들만 구조해서 돌보고 있었습니다. 고맙고 또 고맙 다는 생각이 들었습니다. 동영상을 함께 보는 아내와 딸이 "진짜? 진짜?" 를 연발하였음은 두말할 나위가 없습니다.

세상에는 우리 미래와 같은 고양이가 또 있구나 하는 생각과 함께 미래도 저렇게 근력을 길러 자기 방식으로 세상과 부딪칠 수 있겠구나…. 미래도 저렇게 나름의 살아가는 방법을 터득하게 되겠구나 하는 생각이 우리 가족 모두를 기쁘게 만들었습니다.

그루밍이란 단어를 처음 들었던 건 그렇게 인연을 맺었던 의사 선생님과의 첫 통화에서였습니다. 마침 거래처에서 고양이를 많이 기른다는 분을 청해 고양이 기르는 법에 대해 이야기를 듣던 중 전화를 해왔던 것이었습니다. 자초지종을 설명하자 그루밍을 정상적으로 하느냐고 질문하셨습니다. 그루밍이란 단어와 고양이를 근본적으로 연결시키지 못하고 있던 나는 버벅댈 수밖에 없었고 선생님은 고양이가 자기 몸을 핥는 행위를 그리 부른다 가르쳐 주셨습니다.

후에 검색을 통해 알게 되었지만 고양이의 몸 핥음은 땀구멍이 없어 체온을 유지하기 위해, 낡은 털을 걷어 내고 새 털이 잘 나게 하기 위해, 태양을 통해 생겨난 소량의 비타민을 털에서 섭취하기 위해서이며, 다른 고양이나 인간에게 그럴 경우 친근감을 표현하는 방식이라는 사실도 알게 되었습니다. 반드시 그 때문만은 아니지만 그러한 그루밍 때문에 고양이 위와 식도에는 털이 쌓이고 나중 그것을 공 모양으로 뱉어내기도 하는데 그것을 헤어볼이라 부른다는 사실도 알게 되었습니다.

문득 고양이 그루밍이란 단어를 배우며 어릴 적 몸을 씻을 때마다 듣던 고양이 세수라는 말이 생각났습니다. 어른들 말로 들자면 '지 침을 발라 얼굴만 살짝 문지른다'는 것이 고양이 세수였습니다.

추운 겨울날, 솥에 끓인 물을 떠다 마당에서 세수를 하면 부엌일을 하던 어머니와 할머니가 한마디 던집니다.

"고양이 세수하듯이 하지 말고 깨끗이 씻어라!"

도대체 고양이는 어떻게 세수를 하길래 그러는 것일까? 뭔가 부실한 몸 씻기를 그리 부른다 짐작은 되었지만 도무지 이해가 가지 않던 그놈의 고양이 세수. 양은 세숫대야의 시멘트 바닥 긁는 소리를 유난히 싫어했던 그 시절의 꼬맹이는 한 번도 본 적이 없는 고양이 세수의 오명을 쓰지 않기 위해서라도 유별나게 푸다닥 푸다닥 우파파 우파파 물칠을 했더랬습니다.

사료를 배불리 먹은 미래를 안고 있으면 녀석은 발레하듯 뒷다리를 위로 쭉 내뻗고 핥아대 우리들을 웃게 만듭니다. 내가 이렇게 녀석을 보듯, 우리 어머니와 할머니도 세수하는 나의 모습을 지켜보고 계셨던 것이 아닐까. 문득 고개를 들어 창밖으로 펼쳐진 하늘을 봅니다.

생존의
한 방법

미래는 몸을 잘 가누지 못해도 장난기가 이만저만이 아닙니다. 다른 고양이를 길러보지 않아 잘 모르겠지만 호기심 왕이라 불러도 될 만큼 왕성한 호기심을 가졌습니다. 정이 든다는 게 이런 것일까요? 아내가 별스럽다는 말까지 할 정도로 아침에 눈을 뜨면 미래는 일어났을까, 목말라 하지 않을까, 오줌을 눠놓고는 어쩔 줄 몰라 하는 것이 아닐까, 걱정하기 일쑤입니다.

몸을 원하는 대로 움직이지 못하니 많은 부분을 도와줘야 합니다. 아침 일곱 시가 조금 넘는 시각, 딸을 깨우러 방으로 들어서며 미래와 아침 인사를 나눕니다. 침대 밑에 넣어둔 제집에서 잠에 곯아떨어져 있을 때도 있지만 대개는 눈을 말똥말똥 뜨고 문 열리기를 기다리고 있다가 '뭐지?' 하는 표정으로 침대 밑에서 고개를 쑥 내미는 모습이 여간 귀엽지 않습니다.

중심을 잡지 못해 두 걸음 이상 걷지 못하는 데다 뒤뚱뒤뚱 넘어질 때마다 자꾸만 머리를 부딪치는 것 같아 딸 방에 미래를 위한 매트를 하나 깔아줬습니다. 처음엔 괜찮을지 모르지만 매트를 긁어서 상처가 나고, 대소변이 거기 스며들면 냄새가 더 날 수 있다는 아내의 작은 반대가 있었지만 그럴 때마다 "내가 씻을게, 비싼 거 아니니 다른 걸로 갈아줄게" 약속 아닌 약속을 하고 매트를 깔았습니다. 미래는 폭신폭신한 토마스 열차 매트를 무척 좋아하는 것 같았습니다. 이제는 넘어지고 쓰러져도 어느 정도 안심이 되었고, 이동하는 모습을 지켜보는 것도 아주 재미났습니다. 중심을 잘 잡지 못하니 옆으로 누운 상태에서 몸을 돌리거나 이동을 시도하게 되는데, 그때마다 마치 아이젠으로 얼음을 찍어 빙벽을 오르듯 매트에 발톱을 찍어 미끄러지듯 이동하는 방법을 스스로 터득한 것이었습니다.

매트를 깐 뒤 생긴 또 하나의 흥미로운 모습은 미래가 장난감을 더 열심히 가지고 놀게 되었다는 것입니다. 가지고 노는 녀석도, 그것을 지켜보는 우리도 아주 재미나고 즐겁습니다. 첫 장난감은 전형적인 낚싯대 모양이었습니다. 딸이 어디서 얻어온 것이었는데, 꼬맹이들 장난감 모양의 낚싯대 끝에 조그만 방울이 달려 있어 그걸 흔들어주면 눈을 초롱초롱 빛내며 잡으려 애쓰는 모습이 토끼같이 귀여웠습니다.

중학교 때부터니 벌써 삼십 년이 훌쩍 넘었네요. 장난감 수집가로 꽤나 소문난 나는 신문과 방송에도 적지 않게 소개될 만큼 우리 집에는 다양한 장난감들이 넘쳐납니다. 낚싯대를 보면서 처음에는 저것이 내 수집품 중 하나인가, 내가 저런 걸 가지고 있었나 싶었습니다. 그러다 그게 사람이 아닌 고양이 전용 장난감이란 사실을 깨달으면서 생각이 엉뚱하게 발전해가기 시작했습니다. 솔직히 조금은 당황스럽기까지 했습니다.

'고양이 장난감이라…'

'고양이 전용 장난감이라…'

중학교 시절부터 사십 년 가까이 장난감을 모아온, 그래서 고양이 전용 장난감을 처음 접하면서 당혹스럽기도 했지만, 장난감 수집가 아니랄까 봐 장난감에 대한 관심이 커지기 시작했던 것입니다.

최초의 낚싯대를 제외하고 내 손으로 처음 들인 고양이 장난감은 역시나 두 종류의 낚싯대였습니다. 방울과 쥐 모양의 봉제 장난감이 매달린 것은 마찬가지인데, 하나는 보통의 줄이고 또 다른 하나는 탄력이 있어 낭창낭창 휘어지는 일종의 플라스틱 작대기였습니다. 미래가 특히 좋아하는 것은 플라스틱의 그것. 어디로 튈지 모르는 채 휘청휘청거리는 그것을 잡으려고 미래는 죽기 살기로 달려들었습니다. 보통의 줄로 연결된 낚싯대도 같이 놀아 주는 사람이 그것을 휙휙 낚아챌 때마다 몸을 틀고 손을 뻗는 모습은 순간순간 웃음을 짓게 만들었습니다.

미래가 장난감을 대단히 좋아하며 그것으로 함께 놀아주는 것을 좋아한다는 사실을 알게 되면서 눈이 고양이 장난감, 나아가 애완동물 전용 장난감 쪽으로 슬슬 옮겨가기 시작했습니다. 그래도 명색이 30년 장난감 수집가.

'이참에 고양이 장난감의 기원부터 한번 거슬러 올라가 봐?'

내 눈빛이 이상했던지 '쓸데없는 생각하지 마세요!'라는 아내의 힐책이 이내 들어왔습니다. 콜렉션까지 가지는 않겠지만 그래도 간간이 미래의 장난감은 늘어날 추세. "또 퍼 나르느냐?"는 아내의 잔소리를 감수하고 이번에는 오뚝이 모양의 장난감을 하나 들었습니다. 물끄러미 무심한 척 바라보다 냉큼 덮치는 미래. 몸을 가누지 못하는 터라 매번 정확하게 포획하지는 못하지만 그것을 안고 허우적대는 모습이 배꼽을 잡게 만들었습니다. 노는 모습이 무척 재미있어 카메라를 들이대면 막상 그 장면을 그대로 재현하지 못해 아쉽기만 했습니다.

그러다 묘한 걱정이 일기 시작했습니다. 몸이 성치 않은 우리 미래…. 어른도 제 마음대로 뭐가 안 되면 짜증을 내고 어린아이는 인성의 변화까지 겪는다는데, 내가 보기 재미있다고, 말 못하는 미래가 재미있게 노는 것이라고 나 스스로에게 최면을 거는 것은 아닐까? 미래 입장에서는 눈앞에서 훌렁훌렁 움직이는 정체불명의 물체를 본능적으로 방어하고 위협하고 혹은 사냥하려는 것일 뿐인데 나는 그것을 미래가 장난감을 가지고 즐거워한다고 해석하는 것이 아닐까….

딸과 미래에 대해 이야기하면서 "미래는 장난감이 아니다, 생명이다. 음식을 먹고 배변을 하는 털북숭이 장난감이 아니라 우리와 똑같이 심장이 뛰고 생각을 하는 생명체"라고 한 적이 있습니다. 그런 미래에게 장난감을 툭 던져 주고, 그것으로 아옹다옹하는 모습을 연출하며 깔깔대는 나. 우리는 이 세상에서 만나 서로 함께 지내지만 어쩌면 영원히 미지의 영역으로 남을지 모릅니다. 사랑과 웃음을 범벅이며 쉽게 사귈 수 있다고 생각하는 건 어쩌면 우리 인간들의 착각일지도 모릅니다. 눈을 동그렇게 뜨고 웃고 있는 저 인간이란 종들을 어쩌면 미래는 견디어내고 있는 건지도 모른다는 서늘한 생각들이 스쳤습니다.

고양이를 길러본 적이 없었기 때문에 놀이 시간을 어느 정도 조절해야 할지도 숙제였습니다. 어느 정도 놀아줘야 하는지… 저렇게 놀면 고양이가 짜증을 내고, 성격이 좋지 않게 변하는 것은 아닌지…. 고양이 장난감도 어떤 게 더 좋은지, 궁금증이 미래 몸의 털만큼이나 무수히 솟아올랐습니다.

며칠 뒤, 기생충 검사와 혈액 검사를 위해 다녀온 동물병원에서 의미 있는 이야기를 들었습니다. 미래를 유난히 측은하게 여기는 의사 선생님은 배변 문제가 가장 큰 걱정이지만, 점점 커가면서 자기 방식으로 몸을 지탱하려면 기본적인 근력, 어쩌면 다른 고양이보다 더한 근육량과 힘이 필요

할 텐데 그것을 위해서는 장난감으로 열심히 놀아주어야 한다고 했습니다.

그 말을 듣는 순간, 내 귀가 쫑긋해졌습니다. 마치 아이스크림을 좋아하는 아이가 이 썩을까, 배 아플까 마음 한구석이 불안했는데 의사 선생님이 편도가 많이 부었으니 치료를 위해 아이스크림을 계속 먹으라는 이야기를 한 상황이라고나 할까요? 딸아이 품에 안겨 의사 선생님의 장난감 처방을 듣는 미래도 그 말이 반가운지 번쩍 고개를 쳐드는 것만 같았습니다.

다른 고양이들은 즐거워라, 재미있어라 가지고 노는 장난감이 미래에게는 생존의 한 방법이고 세상에 비벼댈 몸을 만들기 위한 훈련 도구가 될 수도 있다는 현실. 묘한 생각들이 미래 머리 위의 고양이 낚시처럼 내 머리 위에서 뱅뱅 맴을 돌고 있었습니다.

기막힌
운명

복층으로 구성된 우리 집에는 화장실이 세 개 있습니다. 그중 아래층 마루 쪽에 위치한 화장실이 메인 화장실입니다. 집 안 식구 대부분이 이 화장실을 사용하고 있는데, 미래가 우리와 삶을 함께하기 시작하면서 작은 변화가 생겨났습니다. 이 화장실 가운데 놓인 세면대가 미래의 변기가 되어버렸던 것입니다.

미래가 가장 불편해하는 것은 화장실 문제였습니다. 어찌 보면 그것은 우리 가족이 가장 힘들어하는 부분이기도 한데, 유난히 깔끔을 떠는 고양이 입장에서는 상당한 곤욕이 아닐 수 없었습니다. 다른 고양이들처럼 배변통을 만들어 놓는다 쳐도 자기 마음대로 그곳으로 몸을 옮기지 못하니 큰 소용이 없었습니다. 더구나 대부분의 고양이 배변통이 높은 턱을 가지고 있어 올라가는 것 자체가 불가능했습니다. 처음에 미래는 방안, 주로 딸의 방 피아노 다리 부근이나 책상 아래서 볼일을 보곤 했습니다. 그러나 그럴 때마다 몸의 중심을 잡지 못해 자신의 배설물 위에 넘어져 버리곤 하는 미래. 그럴 때일수록 미래는 유난히 처량하게 냐옹거리며 도움을 요청했습니다. 가끔은 넘어진 자리에서 어찌어찌 애를 써 구석진 모퉁이까지 기어가 다른 곳을 보며 냥냥거리기도 했습니다. 스스로 자신의 신세를 한탄하며 서러이 우는 것 같은 그 모습은 안쓰러움을 넘어 눈물을 자아내게 했습니다.

그럴 때마다 아내와 딸은 "우리 미래, 괜찮아~. 아이고, 괜찮아~" 하면서 몸을 씻겨 줬습니다. 그러다 보니 거의 매일 목욕을 하게 되었습니

다. 냄새가 날 뿐더러 위생상에도 좋지 않을 것 같아서였습니다. 모래통을 몇 군데 분산해 놓으라는 전문가 선생님의 조언을 좇아 그리도 해봤고, 수건에 미래의 오줌을 조금 묻혀 놔둬 수건 위에 일을 보게도 해봤지만 소용이 없었습니다.

그러나 정작 우리가 부딪힌 문제는 미래의 피부였습니다. 고양이는 피부 자체가 물을 달가워하지 않는다는 것이었습니다. 자칫 피부병에 걸리거나 피부 손상이 올 수도 있었습니다. 목욕을 시킬 때면 가끔씩 느긋하게 몸을 누일 때도 있지만, 매번 발톱을 올리고 싫은 티를 냈습니다. 이럴 수도, 저럴 수도 없는 상황이 계속됐습니다.

게다가 가슴이 더욱 아픈 것은 미래가 스스로 대소변 횟수를 최대한 줄이려 노력하는 게 눈에 보일 정도라는 것이었습니다. 동물병원 선생님에 의하면 고양이는 하루 4~5번의 소변, 1번 정도의 대변을 보는 것이 정상이라고 하는데 미래는 그 횟수가 절반 조금 넘는 듯했습니다. 궁금해서 의사 선생님께 여쭤 봤더니 "일부러 참는 건가?"라며 걱정스러워했습니다. 쉬이 이해가 되지는 않지만, 몸이 불편해 배변 행위 자체가 곤혹스러운 고양이가 스스로 배변량을 줄인다는 것. 그것이 사실이라면, 그저 신기함만의 문제는 아니었습니다.

그러던 어느 날. 방구석에서 소변을 본 후 용케 폴짝거려 다리 부근만 젖은 적이 있었습니다. 딸이 오줌 눈 곳을 닦아 준 뒤, 다리만 씻기겠다며 세면대로 데리고 갔는데 미래가 힘을 주더라는 것이었습니다. 앞발을 딸의 양손에 의지한 채 비틀거리는 뒷발을 세면대 위에 딛고 지그시 눈을 감고는 고약한 냄새의 방귀까지 내 뿜으며…. 우리 집 세면대가 미래의 변기통이 되는 순간이었습니다.

그러기를 몇 번 반복한 뒤, 미래가 마루로 나와 유난히 냐옹거리면 우리 식구는 미래를 안고 세면대로 뛰어갔습니다. 냐옹거림이 하도 분주해 그 낌새를 쉽게 알아챌 될 정도가 되자 오줌은 기본이고 큰일까지 보기 시작했습니다. 신기함에, 곤혹스러움에, 안쓰러움에 우리 식구는 웃음과 눈물이 동시에 쏟아졌습니다.

우리 식구에게는 세면대. 그러나 미래에게는 변기통…. 덕분에 매번 세면대를 살균 소독제로 닦아내고 있지만 아침저녁으로 그곳에서 양치질을 하고 세수를 하면서 묘한 기분이 들었습니다. 내가 이럴 정도이니, 매번 그 일을 도맡아야 하는 아내는 얼마나 곤혹스러운지 그 심경이 이해가 갔습니다. 이러다 딸은 학교에 가고 아내마저 외출했을 때 미래의 용변 문제는 어떻게 할지, 아직 그런 상황을 겪어보지는 않았지만 슬슬 걱정까지 앞섰습니다.

우리 집에 온 지 한 달 정도 지나자 미래는 건강해지고 몸집도 커졌습니다. 그러나 화장실 문제를 어떻게 해결해야 하는지 걱정이 끊이지 않았습니다. 불과 몇 주 전까지만 해도 꿈도 꾸지 못했던 상황. 내 집의 세면대가 고양이의 변기가 되어 버린 이 기막힌 현실. 운명이려니 여겨야 하는 것일까요?

나비와
5분 전 선생님

미래가 집으로 온 지 두 달가량 되었을 때입니다. 딸이 그렇게 가보고 싶다 소원을 하던, 서울의 한 동물병원에 다녀왔습니다. 미래는 가까운 동네 동물병원에 다니는데 딸이 어디서 들었는지 서울 어디어디에 고양이 잘 본다는 병원이 있다고, 그 병원에 가면 우리 미래가 나을지도 모른다고 며칠을 졸라대 소원 들어주듯 그리한 것이었습니다. 동네병원이나 그곳이나 동물을 돌보는 건 매한가지겠지만, 그렇게라도 하고 싶었던 딸의 마음이 혹시나 하는 실낱같은 희망을 품고 아픈 아이 이 병원 저 병원 찾아다니는 부모 마음같이 느껴졌습니다.

유독 겁이 많은 미래가 놀랄까 봐 딸은 담요로 돌돌 싸안고 신림동의 동물병원을 찾아갔습니다. 크리스마스이브, 토요일 오전인데도 꽤 많은 동물 환자들이 대기하고 있었습니다. 내 몸 아파도 병원 가기를 게을리하던 내가 미래 때문에 동물병원을 쫓아다닌다는 것도 내 삶의 큰 변화중 하나였습니다. 그러면서 동물도 우리네 인간처럼 수많은 질병과 장애를 가질 수 있으며 그들에게 맞는 다양한 치료법이 연구되어 왔다는 사실도 새삼 깨닫게 되었습니다.

동물병원에서 만난 사람들의 표정은 그들이 안고 있는 동물들의 표정과 흡사합니다. 키우는 강아지가 아프면 주인의 얼굴도 아파 보입니다. 늙어서 기력이 다한 고양이를 데리고 온 사람의 얼굴은 수심으로 깊이 패어 있습니다. 처음에 한결같이 걱정 가득한 얼굴로 자신들의 개와 고양이를 안고 있는 모습을 봤을 때에는 길거리의 개나 고양이, 어쩌면 병원조차 찾지 못하는 병들고 가난한 사람들에 비한다면 저들이 오히려 너무 호사스러운 게 아닌가 생각이 들기도 했습니다. 그러나 시간이 지날수록 그들 모두에게서 누군가를 사랑한다는, 누군가를 아끼고 보살피고 있다는 따뜻한 마음이 전해져 왔습니다. 한쪽 눈을 실명한 고양이를 유기동물 센터에서 데리고 왔다는 어떤 분에게서는 세상을 살아가는 힘을 얻기도 했습니다. '아, 아직도 이렇게 마음 따뜻한 이들이 있구나…. 미래야, 고마워. 세상을 다시 보게 해줘서….'

앞의 고양이가 수술받느라 한참을 기다렸습니다. 선생님은 익숙한 솜씨로 미래를 이리저리 진단했습니다. 결국, 미래는 딱히 딸이 바라는 기적의 처방을 받지는 못한 채 어미가 임신 중 범백 바이러스에 감염되는 바람에 이렇게 됐을 가능성이 높다는 추정, 마취 위험성 때문에 스케줄을 잡지는 못하고 MRI부터 하자는 얘기, 다른 고양이들이 하루에 서너 번 소변을 보고 한 번 이상 대변을 보는 반면 그 절반에도 미치지 못하는 미래의 경우에 대해, 배변과 관련된 운동신경 조절이 자유롭지 못해 그럴 수 있으니 장이나 방광 마사지를 가끔씩 해주라는 조언 등을 들을 수 있었습니다. 그러면서 이보다 심한 경우가 있는데, 그분들은 주기적으로 병원에 와서 강제 배변을 하게 한다는 것이었습니다.

미래 덕분(?)에 동물병원을 수시로 드나들며 대기실에서 기다리는 동안 묘한 재미를 하나 발견했습니다. 동물병원도 보통의 병원처럼 접수를 한 뒤 의사 선생님의 호명을 기다리는데 '다음 환자분, 누구누구 씨' 하는 사람들의 경우와 달리 치료받으러 온 동물의 이름을 부릅니다. 그런데 그 이름들이 하나같이 보호자의 취향에 따라 붙여진 것이라 매우 재미나고 신선합니다. 대기실은 대기하는 동물들이 많아도 하나같이 아픈 동물들이라 의외로 조용하고 차분합니다. 동병상련이라고나 할까요? 서로가 서로의 동물들을 바라보며 어디가 아프냐 위로하고 안타깝게 쳐다보는 게 일반적인 풍경입니다. 미래가 진찰받으러 갔던 그곳도 많은 동물 환자들이 대기하고 있었고, 역시나 차분한 분위기였습니다.

커다란 눈이 보석처럼 빛나던 벵갈 고양이가 눈에 띄었습니다. '히야~ 그놈 참 잘 생겼다' 감탄하며 어디가 아프냐 말을 붙이려는데 의사 선생님의 호명이 들려 왔습니다.

"고선생! 고선생, 들어오세요!"

"네~" 대답과 함께 새끼 호랑이를 닮은 잘 생긴 벵갈 고양이가 보호자의 손에 들려 몸을 일으켰습니다. 고선생이라…. 순간, 대기실에 짧은, 그러나 밝은 웃음이 짠하고 번져 나갔습니다.

"진아야, 저 고양이 이름이 고선생이래. 고선생…."

기가 막힌 작명이라며 딸에게 말을 건넸더니, '이 무식한 아빠야!' 하는 표정으로 정색을 했습니다.

"고양이니까 고선생이지, 김선생이겠어?"

내가 어렸을 때 거의 모든 동네 고양이들의 이름은 '나비'였습니다. 나비처럼 자유롭고 사뿐한 몸놀림 때문이었을까요? 왜 그랬는지, 그 연유가 무엇인지 아직까지 정확하게 알지는 못 하지만, 강아지는 메리, 고양이는 나비였던 것으로 기억합니다. 그나마 강아지의 경우는 바둑이, 해피, 쫑 정도가 더 있었지만, 유난히 고양이는 나비였습니다. 쌀집을 하던 고모할머니가 들끓는 쥐를 잡으라며 갖다 놓은 고양이 중 한 마리의 이름은 살찐이였습니다. 살 많이 찌라고 그리 이름 붙였다던, 그래서인지 뚱땡이가 되어버렸던 고양이 살찐이를 제외하곤 모두가 하나같이 나비라는 이름을 가졌던 내 어린 기억 속의 고양이들.

이제는 세상의 다양함만큼이나 나비가 아닌, 메리가 아닌 온갖 이름을 가지게 된 고양이와 강아지들. 고선생, 춘자, 알프레도 6세, 심심이, 독고다이, 심바, 보통고양이…. 그냥 들으면 그저 이름 재미있네 싶다가도 동물병원에서,

"알프레도 6세 들어오세요!"

"독고다이! 큭~(실제로 들려 왔던 동물병원 의사 선생님의 짧은 웃음)"

"다음은 보통고양이!"

"춘자! 춘자, 들어오세요!"

호명을 들으면 다 함께 씨익 웃게 되는 그 재미나고 기발한 이름들. 각자에 맞는 의미 있는 이름을 지녔구나 싶기도 하고, 보호자의 염원 같아 가슴이 뭉클해지기도 하고, 개그만화 캐릭터 이름 같기도 한 이름들을 되새겨보다 불현듯 고등학교 시절이 떠올랐습니다.

벌써 삼십여 년 전. 별명이 '5분 전', 혹은 '11시 55분'이었던 선생님이 계셨습니다. 세계사를 담당한 나이 지긋하신 분이었는데, 칠판 앞에 서 계신

얼굴이 언제나 삐딱한 각도인 11시 55분이기 때문이었습니다. 언제나 조용하고 차분하게 수업을 하시던 선생님도 가끔 화가 날 때가 있었는데 그날은 교실이 초상집이 되곤 했습니다. 대개는 학생들이 시험을 엉망으로 치른 며칠 뒤였는데, 그날은 처음부터 작정하고 교실에 들어서곤 했습니다.

그런데 언제부터인가 학생들 사이에 선생님의 매 타작을 미리 알 수 있는 신호가 있다는 말이 떠돌았습니다. '5분 전', 그러니까 정확히 '11시 55분'이던 선생님의 머리가 '12시 정각'을 가리킬 때가 그때였던 것입니다. 언제나 한쪽으로 삐딱하게 고개를 기울였던 선생님이 고개를 똑바로 세우고 교실로 들어서면 그날은 십중팔구 곡소리가 났습니다. 지금 생각하면 무조건 화나는 대로 몽둥이질을 했다기보다 제대로 혼을 내야겠다 작정하고 그리했던 것입니다. 그분도 아이들을 두들기기 전에 긴장을 했던 것이고, 그 결과 평소 무의식 중에 기울어졌던 고개가 똑바로 세워진 게 아닐까, 미래를 보면서 추측해 봅니다.

항상 그런 건 아니지만 미래의 머리는 대부분 12시 5분으로 기울어져 있습니다. 몸의 중심을 잡지 못해 쓰러질 때에도 그쪽으로 쓰러지는 경우

가 많고, 드러눕거나 장난을 칠 때도 그쪽 방향으로 누워있는 편입니다. 그렇지만 뭔가를 발견하고 사냥꾼 모드로 돌입할 때 미래의 머리는 12시 정각을 가리킵니다. 그 어떤 고양이 못지않게 고개를 꼿꼿이 세워 대상을 겨냥하는 것입니다.

보통 때의 미래는 12시 5분. 그러나 정신을 집중하면 12시 정각을 가리키는 미래의 시계. 30여 년이라는 세월은 나를 그때의 '5분 전' 선생님 나이로 만들어놓았고, '12시 정각'을 향하는 미래를 볼 때마다 엉덩이가 뜨끈뜨끈해졌던 그 시절 선생님의 모습이 흑백영화 속 한 장면처럼 떠오릅니다.

고양이의
자격

퇴근 후, 중간고사가 얼마 남지 않은 딸은 학원에 가고, 아내는 운동 간다며 텅 빈 집. 별생각 없이 소파에 앉아 텔레비전을 보고 있는데, 발밑에서 이리 쿵 저리 쿵 하는 소리가 들렸습니다. 미래였습니다. 여전히 비틀거리긴 해도 이제는 날아다니기도(?) 하고 꽤 많은 걸음도 뗄 수 있는데, 마음이 급해서 그러는 건지 몇 번을 넘어지고 부딪치며 나에게 다가오는 것이었습니다. 익숙할 때도 되었지만 나는 그런 모습을 볼 때마다 여전히 명치끝이 시리고 아립니다.

"놀자고?"

딸이 집에 있으면 미래는 언제나 그쪽 편. 딸이 없으면 아무에게나 친한 척 부비대는 눈치 10단의 고수. 하는 짓이 영락없는 꾀돌이 강아지를 닮았습니다. 집에 찾아온 손님이 미래를 보고 무늬만 고양이라며 깔깔거린 적이 있을 정도입니다. 하도 예뻐 얼른 안았더니 이내 골골골 소리를 내며 편안해합니다. 고양이 낚싯대로도 놀고, 왕왕 겁도 주고, 사진도 찍고, 뱅글뱅글 돌리기도 하는 등 10여 분 놀았을까? 양반 다리를 하고 앉은 내 다리 위에 우연히 앉게 된 미래가 갑자기 그루밍을 시작하는 것이었습니다. 처음엔 그저 그루밍을 하나 싶었습니다. 그런데 이게 웬일? 내 다리 위에 앉은 상태라 몸을 동그랗게 말 수밖에 없는 미래는 제대로 그루밍을 시작했습니다. 이건 숫제 설날에 다녀간 이후 추석날에서야 목욕탕을 찾은 손님의 때 벗기기 목욕이었습니다. 무진장 공들여 꼬리며 아랫배, 뒷다리, 발가락 사이사이를 차례차례 핥고 깨물고 코로 누르기를 반복했습니다.

처음엔 하는 짓이 마냥 귀엽다는 생각만 들었는데, 5분, 10분… 그루밍에 집중하는 모습을 보자 생각이 다른 곳에 가 닿았습니다. '아…. 평소에 자기 몸을 마음대로 가누지 못해 아랫배와 뒷다리를 그루밍할 수 없었는데, 우연찮게 내 다리 위에 앉아 몸을 동그랗게 마는 자세가 되고, 그 부분들이 입에 닿게 되자 저리도 열심히 닦아주는구나. 그렇구나… 그런 거였구나….' 그 작은 몸짓들이 미래에게는 삶을 향한 치열한 몸부림일 수도 있겠다는 생각에 처연해졌습니다. '미래야, 미안하다… 정말

미안하다…. 네가 그렇게 불편한 걸 우리가 미처 몰랐었구나.'

고양이들은 본능적으로 그루밍을 통해 자기 몸을 가꾸고 보살핍니다. 제아무리 무늬만 고양이라 놀려도 미래도 엄연한 한 마리 고양이. 본능에 따라 온몸을 샅샅이 핥고 깨물고 싶었을 것입니다. 저 극성스러운 그루밍은 그러므로 한목숨이 당당하고 늠름하게 과시하는 삶의 자세이며 태도입니다. 그렇게 20여 분을 꼼짝없이 앉아 있었을까? 다리가 저려왔지만 발가락만 꼼지락거리며 참고 앉아 있는데, 미래의 동작이 잦아들었습니다. 그루밍을 하다 말고 그 자세 그대로 잠이 들어버렸던 것입니다.

'아….'

우리는 살아가면서 나 아닌 다른 존재가 주는 기쁨과 감동의 순간들을 얼마나 경험하게 될까요? 살살 쓰다듬으며 이름을 부르자 귀찮아 죽겠다는 듯 꼬리만 살랑거리며 미래는 곤하디곤한 잠에 빠져들었습니다. 딸이 부산스러운 소리를 내며 돌아오기까지 30여 분을 그렇게 잤을까? 언제 잠들었느냐는 듯 미래는 이리 쿵 저리 쿵 넘어지며 얼른 언니 앞으로 달려가 장난을 걸기 시작했습니다.

분명한 고양이면서 미래가 할 줄 모르는 고양이 짓이 또 한 가지 있습니다. 꾹꾹이가 그것입니다. 좀 더 정확하게 말하자면, 할 줄 모르는 듯합니다. 고양이 꾹꾹이가 뭔지 이제 겨우 알게 되었고, 아직까지 모든 고양이가 그걸 하는 건지조차 정확하게 알지 못하는 고양이 초보자이지만 미래에게는 꾹꾹이를 하지 못하는 다른 이유가 있는 듯해 그 생각을 할 때마다 아득해지곤 합니다.

운동 신경을 관장하는 뇌 신경계의 문제로 자기 마음대로 몸을 가누지 못하는 고양이. 앉다가, 걷다가 옆으로 쓰러져 머리를 꽁꽁 찧을 때마다 그 작은 몸에 패어있을 상처를 떠올리면 탄식밖에 달리할 수 있는 게 없는 내가 무능하게만 느껴집니다. 그러나 개구리 튀어 오르듯 네 발로 동시에 뜀뛰기를 하거나, 어떻게 터득했는지 옆으로 누운 채 스윽 스윽 미끄럼질하며 이동하는 모습을 보고 있노라면 생명력이 주는 경이로움에 감탄을 자아내기도 합니다. 요즘은 조금 시들해졌지만 잠자리 날개 모양을 한 셀로판지가 펄럭이는 장난감을 흔들면 높이뛰기 선수 저리 가라할 만큼 풀쩍 풀쩍 제비를 돌기도 합니다.

어느 날, 미래와 한참 장난을 치며 놀던 딸이 질문했습니다.

"아빠, 미래는 왜 꾹꾹이를 안 할까?"

그러나 꾹꾹이란 게 당최 뭔지 몰랐던 나. 질문을 한 딸이 되려 꾹꾹이가 뭔지 장황하게 설명을 해야 하는 상황이 펼쳐졌습니다. 고양이가 동료나 사람, 담요 같은 부드러운 데다 마치 안마를 하듯 앞발을 꾹꾹 눌러댄다고 해서 그리 불린다는 꾹꾹이. 외국의 경우 역시 다를 바 없었습니다. 이름 하여 캣 마사지(Cat Massage). 마치 안마를 하듯 발을 눌러댄다 해서 그리 불리는 것입니다. 젖먹이 시절, 젖을 더 잘 나오게 하려고 어미 젖을 눌러대던 행동이 이어지는 것이라고 하는데, 이는 동료나 편하게 느끼는 사람들에게 하는 행동이라고 합니다.

"꾹꾹이는 엄마 젖을 더 잘 나오게 하려는 행동이 남아 있는 거래요. 그런데 우리 미래는 몸이 저래서 그걸 할 수가 없잖아요? 몸이 약한 새

끼는 어미가 버린다는데…. 꾹꾹이를 하지도 못하고, 그래서 엄마 젖을
마음껏 먹지도 못하고 버려졌던 것 같아요."

아…. 딸의 진단에 내 가슴속에선 바람이 서걱이기 시작했습니다.

갓 난 고양이. 몇 마리와 함께 태어났는지 모르지만 어미 품에 매달려
조금이라도 젖을 더 먹겠다 매달려 치열하게 자리싸움을 하고 있었을 아
기 고양이들. 어미젖을 조금이라도 더 빨아 먹겠다며 젖을 꾹꾹 눌러댔
을 미래의 한 배냇 고양이들. 그러다 제 몸을 가누지 못해 젖을 물지도,
꾹꾹이를 할 수도 없어 한켠에 버려지듯 팽개쳐져 있었을 우리 미래. 아
는 만큼 보인다고 했던가요. 꾹꾹이가 뭔지 몰랐을 때와는 또 다른 간절
한 바람이 고개를 들었습니다.

'까짓것 꾹꾹이 좀 안 하는 고양이면 어떠냐, 그런 거 안 해도 건강하
고 잘 산다 보여주기를. 그 순한 눈으로 단단하게 살아가기를. 이제부터
는 고통에게서 버림받기를. 미래야, 너는 그럴 자격이 있단다….'

3박 4일짜리
이별

오빠가 테마파크 전문가라고 하는데, 살림하랴 아이들 키우랴 도통 자신
은 그런 데 가볼 틈이 없었다는 여동생. 오래전부터 같이 가자, 갈 때 데
려가 달라 노래를 부르다 몇 년 만에 여동생네 가족과 오사카 유니버셜

스튜디오 재팬을 다녀오기로 계획을 세웠습니다.

각각 아이가 셋인 집. 수도권에 사는 우리 가족이 KTX로 부산으로 가, 그곳에 사는 여동생네 가족을 만나 배로 갔다가 비행기로 돌아오는 일정이었습니다. 바쁜 일들이 몰아치고 있었지만, 시집간 동생과 그 아이들에게 모처럼 오빠 노릇, 외삼촌 노릇 하려고 3박 4일을 보내기로 작정한 터였습니다. 동생 가족과의 여행 계획은 설레기도 했지만 미래가 걱정이었습니다. 밥과 물을 먹여줘야 하고 대소변도 스스로 해결하기 힘든데 이를 어쩌나…. 그런 내 마음을 읽었을까요? 딸이 갑자기 울음을 터트리며 자기는 이번 여행에 빠지겠다고 선언을 한 것은 출발 이틀 전이었습니다. 유니버셜스튜디오는 정말 가보고 싶지만 미래를 돌봐야 한다는 것이었습니다. 자신은 미국의 유니버셜스튜디오도 가봤으니 안 가도 된다는 어른스런 말까지 덧붙였습니다.

조금은 난감한 상황…. 동물호텔에 맡기는 건 어떨까 생각했지만 결코 흔하지 않은 미래의 몸 상태에 그게 맞을까 걱정도 되고, 유달리 우리 식구들에게 달라붙기 좋아하는 성격이라 혼자 있을 생각을 하니 나 스스로도 막막해졌습니다. 결국 형님네에 살고 계시는 어머니와 아버지가 흔쾌히 우리 집에 머물며 미래를 돌봐주기로 했습니다. 울먹거리던 딸은 할아버지와 할머니께 수십 번의 다짐을 받고, '미래 돌보기'를 설명한 후 여행을 가기로 결정했습니다.

여행지에서 큰 배 안을 깔깔거리며 돌아다니다가도, 쥐라기공원, 스파이더맨, 할리우드 드림라이드… 유니버셜스튜디오에서 재미난 탈 거리를 즐기다가도, 맛난 다코야키와 야키소바를 호호 불며 사촌들이랑 나누어 먹다가도, 나라(奈良) 동대사(東大寺) 마당에서 사슴에 쫓겨 다니다가도 딸은 불쑥불쑥 미래 걱정을 했더랬습니다. 나 역시 미래가 떠오르면 마음속이 덧난 상처처럼 욱신거리곤 했습니다.

"아휴~ 고양이 냄새~." 딸의 방을 들어오며 어머니는 생각 없이 한 말씀을 내려놓으셨더랬습니다. 평소에도 그리 살갑지 않은 노인네 특유의 인사법. 그게 마음에 걸렸던지, 걱정이 되었던지, 미래가 구박이나 받지 않을까, 밥이나 제대로 먹을까, 딸은 끊임없이 미래 걱정을 늘어놓고

있었습니다. 사촌들과 시시덕거리며 놀 때는 천상 어린아이지만 미래 걱
정을 할 때는 영락없는 어른의 모습이었습니다. 그럴 때마다 딸을 다독
거려 줬지만 아내나 나 역시 안절부절못한 채 태연을 가장했을 뿐이었
습니다.

　여행을 마무리하고 돌아오는 길은 미래를 만난다는 생각에 설레기도
했지만 혹시나 건강에 문제가 있지는 않을까 초조하기도 했습니다. 밥은
잘 먹었을까, 물은? 대소변은? 우리의 우려와 달리 나흘 만에 만난 미래
는 부쩍 몸이 자란 느낌이었습니다. 운동을 많이 해야 근력이 생기고, 그

래야 그나마 몸을 지탱하게 된다는 내 이야기를 귀담아들은 어머니가 운동을 많이 시켰던지, 미래와 노는 게 당신 스스로도 재미있었던 건지 몸놀림이 무척 좋아진 것 같았습니다. 장난감을 보고 껑충 뛰어오른다는 게 공중제비처럼 몸을 허공에서 돌리기도 했습니다. 단 4일 만에 무슨 엄청난 변화가 있을 수 있었겠습니까마는, 우리 모두의 눈에는 40일, 아니 넉 달 만에 해후한 듯한 반가움 때문이었는지 더 튼튼하고 건강하게 자란 것처럼 보였습니다. 할머니와 그새 친해져 한참 동안 곁에 앉아 있기도 했습니다. 우리를 만난 반가움을 제대로 몸으로 표현하고 싶었던 것일까요? 몸을 버둥대다 데굴데굴 구르고, 장난감 앞에서 몸을 날리기도 했습니다.

집에서 동물을 길러본 적이 없어 여행할 때 남겨진 동물들을 어떻게 해야 하는가에 대해 단 한 번도 생각해본 적이 없는 우리 가족. 더구나 몸이 성치 않은 미래와의 첫 번째 짧은 이별은 우리를 다른 이들의 삶과 풍경 속으로 걸어 들어가게 해주었습니다.

미래가 우리 집에 들어온 이후 우리 가족의 삶은 놀라울 만치 바뀌었습니다. 밥을 먹거나 화장실에 가는 등 상당 부분을 도와줘야 하는 녀석이라 챙겨야 할 게 한둘이 아니기 때문입니다. 가족 외출을 할 때 "미래의 밥은? 화장실은 어떻게 하지?" 걱정하는 건 기본이고 녀석이 넘어질 때를 대비한 집안 곳곳의 카펫과 매트, 늦잠꾸러기 딸을 깨울 때도 "미래야~ 뭐하니? 미래, 잘 잤니?"라며 고양이를 부르는 척 시끄럽게 구는 등 다양한 변화가 생겨났습니다.

그중에서도 가장 큰 변화는 이렇게까지 고양이를 좋아했었나 싶은 나 자신이었습니다. 어려서부터 동물을 좋아하긴 했지만 특유의 냄새와 어쩌면 나를 할퀴고 물지도 모른다는 두려움 등 누구나 가지고 있는 동물에 대한 막연한 거부감이 있는 데다 털 날리는 것을 워낙 싫어해 집 안에서 동물을 키운다는 것은 상상하기 힘든 일이었습니다. 그랬던 나의 마음 한켠에 하루하루가 다르게 고양이가 쑥쑥 자라고 있는 것이었습니다. 그러다 이제는 감히 우리 생활의 한복판에 들어와 있다 이야기할 정도가 되었던 것입니다.

"당신, 미래 키운 뒤로 많이 부드러워졌어요."

아이디어 짜내는 걸 생업으로 하다 보니 나는 사소한 일에도 짜증을 내곤 합니다. 원고를 쓸 때나 기획서를 다듬을 때는 더욱 신경이 날카로워집니다. 그런 내가 미래와 놀기 시작하면서 알게 모르게 부드러워졌고 바쁜 약속 때문에 서둘러 현관을 나서다가도 고양이를 부르며 미적거리는 걸 보면서 아내는 미래가 많은 것을 바꿔 놓았다 이야기합니다. 평생 집 안에 동물을 들이리라고는 생각하지도 못했던 내가 고양이를 받아들이고, 제 환경에 맞도록 살아가는 방법을 터득하는 걸 지켜보면서 기쁨을 느끼고, 마음의 위안을 찾고, 부드러워졌다 소리까지 듣게 되었다는 것. 다시 한 번 요 작은 고양이 한 마리, 깨물어주고 싶은 미래가 고마워졌습니다.

"고양이는 요물이다 생각하고 안 좋아했는데. 저게 몸이 성치 않아서 그런지 유달리 정이 가는구나…."

형님 댁에 모셔다 드리는 동안 가만가만 말씀하시는 어머니. 가까이 사는지라 일주일에 두세 번씩 집에 들르시는 어머니는 미래 때문에라도 더 자주 우리 집을 찾으실 것 같았습니다. 몸 불편한 고양이 한 마리가 인간들의 거리를 더 좁혀주는구나, 정이 든다는 것은 이렇듯 단단한 시간의 열매를 맺는 것이구나, 아직까지도 어머니 앞에서는 그저 어린아이에 불과한 나는 미래를 통해서 오늘도 자라고 있습니다.

우리들의
관계 설정

"엄마한테 와 봐, 우리 애기!"
"엄마가 닦아줄게. 우쭈쭈쭈~"
"우리 아들, 배고팠어?"
'닭살이 돋는다, 손발이 오그라든다'고 하는가요? 민망하고 스스로 납득하기 힘든 순간을 유난히 못 참는 성격이라 더 그렇겠지만, 공공장소 혹은 동물병원 같은 곳에서 자신들의 애완동물과 이렇게 대화하는 사람들을 보면 나는 듣기가 매우 거북합니다.

별생각 없이, 혹은 마땅한 호칭을 쓸 게 없어서 그런 것일 수도 있고, 얼마나 애정이 넘치고 사랑스러우면 저리 대할까 이해가 가기도 하지만, 그래도 동물은 동물, 사람은 사람입니다. 그것이 온전히 인간과 짐승 간의 관계라는 생물학적 관계 설정이라기보다는 혈연만큼의 소중한 관계로 그들을 받아들인다는 표현이라는 것을 알고 있지만 나는 여전히 그런 표현을 받아들이기가 어렵습니다.

미래를 처음 만났을 때, 딸은 아무 생각 없이 "미래야~ 아빠에게 가봐!"라는 표현을 썼더랬습니다. 처음에는 별생각이 없었습니다. 그것은, '미래야! 우리(나의, my) 아빠한테 한번 가 봐!'라는 의미이기도 했고, 제3자 존칭이 쉽지 않은 우리말의 특성이기도 했기 때문입니다.

며칠 뒤, 겨우 생각해 낸 절충점은 '아저씨'였습니다. 짐승을 방 안에서 기르지 않겠다는 스스로의 선언을 무너뜨린 것까지는 그렇다 치더라도 유별나다, 유난스럽다며 못마땅하던 상황을 자신에게 적용시키지 않기 위해 겨우 생각해낸 호칭이 그것이었습니다. 사람과 애완동물과의 관계를 주인과 소유물로 설정하는 소유와 의탁 관계로 보려는 것은 결코 아니지만, 거기에는 평소의 신조까지 접고 동물을 집 안에서 기르는 사람의 알량한 자존심도 부분적으로 섞여 있었습니다.

어찌 되었건 나는 고양이네 '아저씨'가 되어버렸습니다. 딱히 선택이 없는 딸과 아들은 제3자 호칭으로서의 '언니', '오빠'를 그대로 쓰고 있지만 나는 계속 '아저씨'를 고집합니다. 그 덕에 아내는 자연스럽게 '아줌마'가 되어버렸습니다.

사업 힘들다고 죽는 소리를 하도 해서 그랬던 건지, 정말로 남편 사업이 마냥 잘 나가는 것처럼 보이지 않았던 건지, 대학생 둘에 고등학생 막내까지 아이들 건사할 일이 걱정되었던 건지 아내가 조그만 일을 시작한 것은 그즈음이었습니다. 간간이 집에서 옷 만드는 일을 하긴 했지만 전업 주부로 지내다시피 했던 사람이 일을 하게 되자 지켜보는 내 마음은 불편하고 미안하기만 했습니다. 그런 내 마음을 읽기라도 했다는 듯 아내는 전보다 더욱 씩씩한 웃음을 지었습니다. 친언니의 옷 가게를 낮 시간 동안 봐주는 아내는, 세상의 모든 어머니들이 그러하듯 가족을 위해 고된 노동을 마치고 집으로 돌아온 후에도 또다시 가족을 위해 청소와 요리를 하며 또 다른 노동의 시간을 가졌습니다. 그런 아내를 지켜보며 다정한 말 한마디 건네지 못하는 못난 나는 속으로만 '미안해요, 미안해요'라고 되뇔 뿐이었습니다.

아내가 집으로 돌아와 빼놓지 않는 일상 중 하나는 미래를 한참 동안 안아주는 것이었습니다. 처음에는 청소하느라 미래를 옮겨놓으려고 잠시 들어줬던 것인데, 녀석이 워낙 편안해하길래 포근하게 안아주기 시작했고 아내도 이내 편안함을 느끼며 작은 일상이 되어버린 것이었습니다.

놀라운 것은 미래가 '아줌마'의 품을 무척 편안해하고 좋아한다는 것이었습니다. 눈은 편안하다 못해 게슴츠레 해지고, 거짓말 좀 보태면 온 집 안 가득 '고롱 고로롱 고로로롱' 갈빗대 사이로 고양이 노래가 울려 퍼집니다. 참 신기한 노릇입니다. 나도 녀석을 안아주고 빗질해주고 쓰다듬는 데 인색하지 않은 편인데 '고로롱 달달달' 기분 좋은 소리를 내기도 하지만, 그것도 잠시, 딱 '아저씨, 지금 뭐 해요?'라는 표정으로 올려다보기 일쑤인 녀석. 가족들이 돌아가며 한 번씩 안을 때도 고양이 아니랄까 봐 도도함을 잃지 않고 니양거리며 몸을 빼기가 일쑤인데, '아줌마'가 앞치마를 두른 채 청소하다 말고 안아주면 세상에 이런 천국이 어디 있느냐는 듯 노래 부르며 행복해하는 것입니다. 물론 같이 지내는 시간이 더 많은 딸의 경우는 조금 다르긴 하지만, '아줌마'가 안아주는 것을 좋아하는 것과 '언니'가 안아주는 것을 좋아하는 것은 분명 다르게 느껴지는 듯합니다. 샘이 나기도 해 아내의 자세를 비슷하게 흉내내 보지만 도무지 '아줌마' 품에 안겼을 때의 표정과 고롱고롱 소리는 들려주지 않았습니다.

그러던 언제부터인가는 '아줌마' 품에서 꾹꾹이를 하기 시작했습니다. 꾹꾹이란 어린 시절 엄마 젖을 찾고 눌러대는 본능적 행동이라고 하던데, 제 어미에게 하듯 꾹꾹이를 해대는 것이었습니다. 어려서 버려졌기 때문에 어미에 대한 기억은 가질 수가 없었을 텐데, 혹시 어미에 대한 잠재된 기억 때문일까요? 한 줌도 안 된 크기로 우리 집에 들어왔지만 그래도 녀석에게는 어미가 있었을 터인데, 불편한 몸으로 태어난 탓에 사랑받을 기회조차 가지지 못했을 녀석. 측은함에 코끝이 시큰해지지만 오늘도 소중하게 미래를 안고 있는 아내를 바라보면 서로 뿌리는 다르지만 울창하게 이파리를 피워내고 있는 거대한 나무 같다는 생각이 들었습니다.

그나저나, '아저씨'나 '아줌마'란 호칭에 대해 미래는 어떻게 생각할까? 이해하는 건지 짐짓 모른 체하는 건지 '아저씨', '아줌마' 소리에 녀석은 그저 무표정한 얼굴로 느긋함을 드러내 보일 뿐입니다. 오늘도 나는 녀석의 몸을 쓰다듬으며, "미래야, 아저씨가…." "미래, 아저씨 갔다 올게!" 저

새겨들으라며 '아저씨' 소리를 반복해 봅니다.

이빨 갈이와
야수 본능

미래가 우리 집에 온 이후 몇 가지가 바뀌었습니다. 언제나 밥을 먹여줘야 하고, 냥냥거리는 소리의 의미를 제대로 파악해서 화장실을 데리고 가야 하다 보니,

"미래 밥 먹었니?"

"미래 화장실은?"

주로 딸과 내 몫이긴 하지만, 그렇게 미래를 중심으로 문자메시지며 SNS 대화가 오갑니다. 친구들과 놀기 바쁜 중학생 딸아이도 미래 밥 먹일 시간에 맞춰 학원에서 부리나케 돌아오고, 집에서 글 쓸 일이 있어 컴퓨터 앞에 앉은 나 역시도 미래를 중심으로 생각하게 된 것입니다.

거기에 하나 더 보태진 게 아내의 잔소리입니다.

"고양이 털 날리니 청소 좀 하세요! 청소 안 하면 비켜주든가……."

미래가 안쓰러워 종종 눈물을 비치는 아내는 덤벙대는 나나 딸보다 미래를 훨씬 더 잘 보살펴주지만, 좋아하는 건 좋아하는 거고 불편한 건 불편한 거라며 수시로 청소 지시를 내렸습니다. 그럴 때마다 슬그머니 방 안으로 도망을 치거나 딴청을 피우기도 하지만 이내 제압당해 청소기며

걸레를 들 수밖에 없게 됩니다.

　어느 날, '청소 안 하면 오늘 저녁은 국물도 없다'며 아내는 청소 지시를 내린 후 장을 보러 나갔습니다. 딸과 나는 마룻바닥이며 책장이며 대청소를 시작했습니다. 햇볕 잘 드는 오후, 미래의 털은 햇살 속에 비늘처럼 반짝이며 날아다니고 있었습니다. 진공청소기로 바닥을 훑으면 빨리 끝나겠지만 딸은 진공청소기 사용을 극구 말렸습니다. 고양이 습성상 진공청소기나 헤어드라이어 같은 기계음을 무서워한다는 게 이유였습니다. 미래의 경우는 더욱 심했습니다. 진공청소기 돌아가는 소리를 들으면 한쪽 구석에서 몸을 웅크린 채 덜덜 떨고 있기 일쑤였습니다. 딸은 미래 때문에 머리를 감은 뒤 다른 방에 가서 헤어드라이어를 사용합니다. 결국 진공청소기는 장식품이 되었고, 나는 방 안이며 장식품들을 걸레로 닦고 정리하기 시작했습니다.

　얼마가 지났을까. 딸이 낄낄거리며 나를 불렀습니다. 걸레를 접하는 미래의 반응을 보라는 것이었습니다. 응접실 탁자 아래 숨은 미래는 걸레가 탁자 밑 바닥을 훑을 때마다 걸레를 공격했습니다. 동영상으로 남겨야겠다 싶어 부랴부랴 카메라를 들이대며 다시 해 보랬더니 딸은 과장되게 걸레를 휘둘렀고, 미래는 뒤뚱거리는 걸음으로 도망가느라 정신이 없었습니다. 또다시 해보라 할 수도 없고, 그렇게 얼떨결에 찍은 동영상 속에서 나는 한 번도 본 적이 없는, 한 번도 들은 적이 없는 미래의 표정과 "쉿~ 하악~" 소리를 발견하게 되었습니다.

　요 녀석도 야성이 있다고, 그래도 한 성깔 하는 고양이라고 저런 표정

이 나오는구나…. 그저 온순하고, 밥 달라 화장실 데려가 달라 냥냥거리는 고양이, 장난꾸러기 고양이인 줄로만 알았는데 몸 안에 저런 야수의 표정을 가지고 있었구나 싶었습니다. 청소기며 헤어드라이어의 웽웽 소리에는 부들부들 떨며 몸을 웅크리기만 하더니, 걸레는 만만했던 것일까요. 부리나케 도망가다가도 잡아먹을 듯 무서운 표정을 짓고 "하악~ 캬악~" 소리를 내는 미래의 이중적 대응이 웃음을 짓게 만들었습니다. 나중에서야 그것이 '하악질'이라는, 고양이가 겁을 먹거나 화가 났을 때 내는 소리와 몸짓이란 걸 알게 되었지만 그 순간만큼은 야생의 본능이 살아있음을 느꼈습니다.

하악질이 내심 대견했던 그즈음, 미래는 본격적인 이빨 갈이를 시작했습니다. 처음에는 이빨이 부려졌다며, 큰일 났다며 병원 가자고 야단법석을 떨던 딸이 인터넷에서 고양이들도 이빨 갈이를 한다는 정보를 찾은 후 "우리 미래, 이제 사람 나이로 치면 아홉 살, 열 살쯤 됐네"라며 웃음을 지었습니다.

청소를 하다 말고, 딸의 보석함에 보관된 미래의 이빨을 들여다봅니다. 0.3센티미터도 안될 것 같은 세모 모양의 작은 이빨. 아무리 몸이 불편한 고양이라도, 집 안에서 보듬어 살아가는 짐승이라도 그 안에 들어있는 본능과 성장 과정은 어쩔 수 없는 법. 시간이 되면 이빨을 갈듯이, 위협적인 상대를 만나면 으르렁대듯이 누가 시키지도 않았지만 그렇게 생명은, 자연은 물 흐르듯이 흘러가며 제가 가진 본성을 유지합니다. 그게 바로 자연의 섭리일 것입니다.

청소를 하다 말고 미래와 딸과 재잘거리는 사이, 아내가 장에서 돌아왔습니다. 청소며 정돈이며 집안일 어느 것 하나 제대로 도와주는 것 없이 돌아가며 어질러놓고 말썽을 피우는 '세 말썽꾸러기'들이 아직도 청소 안 끝냈냐며 또다시 딸과 나는, 덩달아 미래까지 혼이 나고 말았습니다. 낄낄거리며 혼이 나고 말았습니다.

고양이
풀 뜯어 먹는 소리

'개 풀 뜯어 먹는 소리'라는 말을 처음 들었을 때 참 많이 웃었던 기억이 납니다. 소도 아니고, 염소도 아니고, 개가 풀을 뜯다니…. 그건 또 무슨 조화냐, 난데없는 그 상황이 머릿속에 그려져 키득키득 웃음이 나왔던 것입니다.

알프스 소녀 하이디가 금방이라도 달려 나올 것 같은 초원, 목동은 꾸벅꾸벅 졸고 있고, 파란 하늘에 두둥실 떠가는 구름. 평화로운 그곳에서 한가로이 풀을 뜯고 있는 개X끼? 개떼? 개놈? 물론 누군가 웃자고 만들어 낸 말이겠지만 실제로 개들은 들이나 안마당의 풀을 뜯어 먹기도 합니다. 단지, 그 말이 우스운 것은 개라는 단어가 주는 사회성, 소나 염소나 양에 국한시킨 한정적 이미지 때문일 것입니다. 특별하게 우리에게 잘못한 것도 없으면서 괜스레 개라는 단어에서 전해지는 격 떨어짐 때문인 것입니다.

그렇다면 고양이 풀 뜯어 먹는 소리는 어떨까요? 미래가 풀을 뜯어 먹기 시작한 건 우리 가족과의 생활이 4개월째를 넘어가던 시점이었습니다. 토요일 오후던가? 소파에 몸을 묻고 텔레비전을 보고 있는데, 딸이 미래와 아웅다웅하며 놀고 있었습니다. 제법 굵직한 북채를 어디서 구해 온 딸은 화분 앞에서 미래를 다스리고 있었습니다.

"이거 먹으면 돼, 안 돼? 혼날 거야, 말 거야? 또 그럴 거야?"

마룻바닥을 딱딱 두드리는 딸아이의 북채. 제 잘못을 아는지 모르는지 딸 앞에 바짝 엎드려, 딱딱 소리가 날 때마다 몸을 찔끔거리는 고양이. 그 모습이 귀엽기도 하고 못내 안쓰럽기도 해 이유를 물었습니다.

"미래가 또 무슨 짓 저질렀어?"

여전히 북채를 놓지 못한 딸이 씩씩대며 설명했습니다. 미래가 자꾸만 화분의 나뭇잎을 뜯어 먹는다는 것이었습니다. 집 안에 여러 종류의 화분이 많은데 유독 하나, 아내 말로는 스킨 뭐라 부르는 작은 나뭇잎을 맛나게 뜯어 먹는다는 것이었습니다. 정말인가 싶어 고개를 빼 들자, 아니다 다를까 미래는 화분 앞에 드러누워 말뚱말뚱 잎을 올려다보고 있었습니다. 딸의 북채 소리가 사라지자 미래는 슬그머니 몸을 일으켜 다시 잎을 뜯어 먹기 시작했습니다. 딸은 혹시라도 독성이 있거나 소화를 못 시키는 성분이 있어 배에 탈이 나면 어떻게 하냐는 걱정을 했습니다. 나뭇잎을 함부로 먹다가 죽은 고양이가 한두 마리가 아니라는 이야기를 인터넷에선가 책에선가 봤다는 것이었습니다. 다시 미래를 화분에서 떼 놓으며 딸은 흥분을 이어 갔습니다. 생선을 좋아하는, 호랑이나 사자와 몇 촌쯤 될 것 같은 고양이. 그런 고양이가 풀을 뜯어 먹다니…. 그것도 다른 풀은 마다하고 오로지 그 풀 하나만 종종거리다니….

한참이 지나도록 미래의 풀 뜯기는 고쳐지지 않았습니다. 그러면 그럴수록 딸의 한숨은 더 깊어 가고, 그걸 아는지 모르는지 미래는 자꾸만 나뭇잎을, 화분에 늘어진 스킨을 뜯어 먹는 초식 고양이가 되어 갔습니다. 그렇다고 고양이로서의 식성이나 식습관을 바꿔버린 것은 아니었습니다. 여전히 전용 사료에 고양이 참치캔을 섞어 먹고, 연어나 쇠고기류의 고양이용 간식을 날름날름 받아먹기도 하지만 이상하게도 풀을, 그것도 한 가지만 뜯어 먹는 행동을 멈추지 않는 것이었습니다. 제 몸을 핥아 대는 그루밍 때문에 털이 몸에 엉겨 붙어 그것을 뱉어내려고 일부러 구토한다는, 그렇게 뱉어낸 털 뭉치를 '헤어볼'이라 부른다는 이야기를 들은 적도 있지만, 왜 유독 그 나무 하나에만 애정을 표하는지 알다가도 모를 일이었습니다.

한바탕 홍역을 치른 것 같았습니다. 금요일이라 다음날 학교 안 간다며 늦게까지 텔레비전을 보다 막 잠자리에 들려던 딸이 미래의 앞발 관절 쪽에 난 상처를 발견하고 마루로 뛰어 나왔습니다. 딸은 눈물을 쏟아내며 안절부절못했습니다. 얼핏 보니 다리에 난 상처인가 싶었지만, 힘없이 냥냥거리며 축 늘어져 있는 모습이 갑자기 긴장감을 일으켜 세웠습니다. '무엇 때문에 그런 거지?' 놀라고 답답한 마음에 부랴부랴 인터넷을 찾아보고, 책을 뒤져보고, 아는 이들에게 전화를 하다 블로그와 고양이 관련 카페에 긴급하게 질문까지 올렸습니다. 많은 분들이 댓글과 메일로 의견을 보내줘서 큰 힘과 위안이 되기도 했지만 곰팡이일 수 있다는, 그렇다면 다소 심각해질 수도 있다는 의견이 섞여 있어 걱정이 더욱 깊어 갔습니다.

　미래는 한숨까지 들이키며 신음 소리를 냈습니다. 어찌해볼 도리가 없는 나 자신이 한없이 답답하게만 느껴졌습니다. 아이를 셋씩이나 키워내며 그 아이들이 아파할 때마다 가슴이 아려오고 발 동동 구르며 때로는 눈물까지 흘리던 기억이 오롯이 되살아났습니다. 더구나 이번에는 의사를 직접적으로 표명할 수 없는, 거동조차 자유롭지 못한 고양이입니다. 말 못하는 짐승의 상처를 지켜보면서, 아파도 어떻다 소리조차 할 줄 모르는 그들의 마음을 헤아리면서 나와 딸, 우리 가족은 또 한 번 동물과 함께 살아가는 법을 배워나가고 있었습니다.

날이 밝자마자, 소문난 늦잠꾸러기 딸아이는 벌떡 일어나 미래를 병원에 데려갈 준비를 서둘렀습니다. 거래처와 약속이 하나 있었지만 양해 전화를 걸고 동물병원을 찾았습니다. 동물병원은 입원한 강아지들이며, 병원에서 기르는 네 살짜리, 일곱 살짜리라는 덩치 큰 고양이들로 부산했습니다. 그들이 두려운 건지, 몸이 아파 그러는 건지 미래는 심하게 몸을 떨며 상처를 내밀었고 의사 선생님은 현미경 검사부터 시작해서 꼼꼼하게 상처를 살펴봤습니다.

결론은 곰팡이가 아니라 세균성 상처였습니다. 조금 더 지켜봐야겠지만 곰팡이의 경우 여러 다른 징후들이 보이는데 그게 없다는 것이었습니다. 굳이 상처조직을 배양까지 해보지 않아도 곰팡이는 아니라는 결론을 내렸습니다. 불행 중 다행이라 여겼던 것일까요? 걱정했던 최악의 상황이 아니어서 가슴을 쓸어내렸습니다.

그러면서도 씻긴다고 씻기고, 깨끗하게 한다고 했는데, 왜 그렇게 되었는지 괜히 나 자신에게 짜증이 났습니다. 꼭 위생 문제 때문만은 아니라는 의사 선생님의 말씀이 있었지만 도대체 관리를 어떻게 했기에 이런 상처가 생겨났을까, 자책이 되었습니다. 상처 부위를 소독하고 약을 받아 돌아오는 길. 곰팡이가 아니어서 다행이라며 딸의 손을 잡았지만 아이 역시 나와 같은 생각을 하고 있었는지 우울한 표정을 감추지 못했습니다.

　딸과 미래를 집으로 데려다 주고 미루었던 약속 장소로 가는 동안 많은 생각이 머릿속을 헤집고 다녔습니다. 의사 선생님과 나누었던 짧은 대화 때문이었습니다. 처음에 미래를 키우겠다 결심했을 때 모든 검사를 다 받아 볼 생각이었습니다. 치료법이 있다면 찾아주겠다 결심했었습니다. 실제 그리하기도 했었습니다. 엑스레이를 찍고, 세균성 검사부터 이름도 모를 검사까지 수많은 검사를 받느라 돈도 수월찮게 들어갔지요. 그리고 마지막 남은 MRI 검사. 다른 가능성은 없으니, 쉽게 말해 치료가 가능한 후천성 상황이나 질병은 아닌듯하니 마지막으로 MRI 촬영을 통해 운동 신경을 관장하는 미래의 소뇌 혹은 그 관련 신경이 덜 발달되거나 잘못된, 그래서 사람으로 친다면 뇌성마비와 같은 증상을 보이는 것이라 확인하고 확진을 받는 것밖에 남지 않은 상황입니다. 천에 하나, 만에 하나 그러지 않을 경우도 있겠지만 그것은 희박한 경우의 수였습니다.

　그렇다면, 그다음엔 뭘 어떻게 하지? 외국의 사례가 대부분이지만 동물 MRI를 찍은 경우에 대해 인터넷을 뒤지다가, 그들 중 상당수가 안락사 시킬 것을 권유받는다는 사실을 알게 되었습니다. 마음이야 아프겠지만 증상을 확인한 의사 선생님들은 대상이 되는 동물들이 오히려 더 고통스러우니 키우는 것 자체가 힘들 뿐 아니라 자칫 그들에게 고통을 강요하는 상황이 되기도 해서 안락사가 낫다는 결론을 내린다는 것이었습니다.

　물론, 미래의 MRI 촬영을 머뭇대는 데에는 100만 원 가까운 비용도 걸림돌이었습니다. 장비 자체가 비싸서겠지만, 동물 MRI를 촬영하는 곳이 극히 드물어 가격이 그리 형성되었는지도 모르겠습니다. 하지만 그 돈이야 아내의 잔소리를 감수하고, 술자리를 줄이고, 무리를 한다면 마련할 수 있는 돈입니다. 그렇지만 그 돈을 들여 미래의 MRI를 촬영하고 남는 것은 그저, 원래부터 그렇다는 상황의 확인. 좀 더 나아가, 외국의 사례처럼 안락사까지 권유받을지도 모르는 상황이라면? 그럴 리야 없을 거라 생각하고 또 생각해 보지만 답답함만 더욱 커져 갔습니다.

마침 그즈음은 화장실 세면대에서 볼일을 보던 미래가 우리가 쓰는 변기에서 볼일을 보기 시작한 무렵이었습니다. 물론, 누군가 잡아줘야 하고, 볼일을 볼 때마다 배를 문질러줘야 하지만 세면대보다는 한결 수월해져 우리에게 또 다른 기쁨과 귀여움을 주고 있을 때였습니다.

결과가 어찌 되었건 나는 미래를 끝까지 지킨다, 보살핀다 마음을 다잡아보긴 하지만 혹여나 하는 두려움에 하루에 몇 번씩 동물전문 MRI 병원 전화번호만 만지작거렸습니다. 게다가 곧 중성화 수술도 고민해야 하는 시기. 유난히 덜덜덜 몸을 떨던, 동물병원에서의 미래의 모습이 자꾸만 눈에 밟혀갔습니다.

모로 누워
세상 보기

똑바로 서 있고, 똑바로 걷고, 똑바로 앉아 있기가 사뭇 불안하고 불편한 미래는 대부분의 시간을 모로 누워 보냅니다. 옆으로 누운 미래의 모습은 어떻게 저렇게 신비로운 생명체가 있나 싶을 정도로 예쁘고 귀엽습니다. 그렇게 누워 '달달달달~ 갸르릉 갸르릉~' 기분 좋다는 소리를 내기도 하고, 졸기도 하고, 귀찮은 듯 팔을 허우적거리기도 합니다. 그럴 때면 우리 가족은 "미래야~ 뭐해?"라며 배를 쓰다듬기도 하고 간질이기도 합니다.

그러다 문득, 그렇게 누워 세상을 바라볼 수밖에 없는 미래의 운명을 생각하면 가슴이 저려옵니다. 저 아이인들 저러고 싶어 저리 누워 있겠나…, 눈물이 나는 것입니다. 이내 소설 속 한 장면이 떠오릅니다. 임레 케르테스라는 헝가리 출신 작가의 《운명》이 그것인데, 작가는 열다섯 살 소년의 시선으로 '극한의 상황에서 삶의 의지를 잃지 않는 것, 살고자 하는 의지를 가지는 것, 이것만으로도 행복이다'라는 구절을 통해 도저히 어쩔 수 없는 운명에 처한 상황에서도 행복한 순간들이 있었음을 고백합니다. 미래의 타고난 운명은 비록 어쩔 수 없는 것이라 할지라도, 살고자 하는 의지를 가진 이 순간은 그래도 행복하지 않을까, 옆으로 누운 채 우리가 부르는 소리에 낮은 소리로 냐앙거리며 한쪽 발을 드는 미래를 보고 있노라면 희망은 절망 속에서 싹튼다는 말의 뜻을 알 것도 같습니다.

딸과 나는 가끔씩 미래 옆에 누워서 미래의 시선으로 세상을 볼 때가 있습니다. '16년 동안 옆으로 누워서 세상을 바라보신 와묘 미래선생의 시선'까지는 아니더라도… 그저 그렇게 미래 옆에 함께 누워 미래는 세상을 어찌 볼까 짐작해 보는 것입니다.

그럴 때마다 참 낯설고, 이상하게 보이는 우리 집과 이 세상….

딸의 침대 밑에서 주로 생활하는 미래는 조그만 인기척이라도 들리면 날름 고개를 내밉니다. 단추를 누르면 뭔가 발사되는 장난감처럼, 자그마한 소리에도 툭 튀어나오는 미래의 머리. 딸의 방은 현관에서 바로 보이기 때문에 미래는 그렇게 누워서, 딸의 방문이 닫혀있지 않는 한 우리 집을 오가는 모든 이들을 감시하고 관찰합니다.

내 출근길, 미래의 인사도 언제나 그런 모양입니다. 미래는 세상을 어떻게 볼까? 카메라를 미래의 눈높이, 눈 놓임에 맞춰 사진을 찍어 봅니다. 침대 아래, 고개를 쏙 내밀고 현관문을 바라보고 있는 미래의 모습. 현관과 마루가 모로 보입니다. 미래는 바로 이런 모양의 시야 속에서 내가 인사하고, 딸이 "미래야, 학교 갔다 올게" 손 흔드는 것을 바라보는 것입니다.

자신을 위해 깔아 놓았다는 걸 아는지 텔레비전 앞 촌스러운 핑크색 쿠션 매트를 유난히 좋아하는 미래. 한참을 놀다 지치면 미래는 매트를

베개 삼아 텔레비전 앞에 덩그러니 누워 있기도 합니다. 동물 관련 프로그램에 관심을 많이 표하기도 하지만 드라마를 방영할 때 꼼짝도 않고 지켜보는 걸 보면 드라마도 좋아하는 것 같습니다. 딸의 침대 밑 외에도 마루의 작은 상 아래, 피아노 아래 역시 좋아합니다. 보일러를 돌리면 그곳이 마루에서 제일 따뜻해진다는 것을 미래는 잘 알고 있습니다.

미래의 시각. 우리 집이지만 나는 낯설어 보입니다. 그러나 저렇게 보이는 것이 미래에게는 정상적인 시야일 것입니다. 모로 누워 세상을 보는 미래의 시선으로 사진을 찍다가 조금 다른 생각을 해봅니다. 어쩌면 저렇게 옆으로 돌아누운, 모로 누운 우리 집 풍경이 뇌성마비 고양이 미래에게는 아주 정상적인 모양일지도 모른다고 말입니다. 우리 집뿐 아니라, 모로 누워 세상을 사는 미래에게 온 세상은 그렇게 옆으로 서 있는 세계일지 모릅니다. 우리가 미래와 다르게 살기 때문에, 중력과 타협하기 때문에 미래에게 밥을 먹일 때, 미래에게 장난감을 던져 줄 때, 미래를 화장실로 데리고 갈 때 그를 그가 사는 방식과 다르게 들고, 안고, 앉힐 뿐이 아닌가 생각해 봅니다.

그럴 때마다 미래에게는 우리의 기준으로 봐서 똑바로 앉은 이 세상이 모로 누워 있는 이상한 세상으로 보일지도 모릅니다. 사는 모습이야 조금 불편하겠지만 오히려 저리 모로 누워 세상을 바라보는 미래가 정상이고, 그런 미래에게 모로 누워 있다, 옆으로 누웠다 말하는 우리 모두가 정상적이지 않을 수도 있지 않을까요….

다시 미래 앞에 누워 봅니다. 미래와 눈을 맞추고, 그가 바라보는 대로, 그의 생활 방식, 그의 관점에서 올바르게 마주 보며 사진을 찍어 봅니다. 고양이의 눈을 보지 않고 고양이의 눈으로 세상을 봅니다. 미래, 너의 세상을 이렇게 조금은 더 알아가는구나, 이야기를 건네면서….

메이드 인
프랑스

미래가 우리 집에 온 지 5개월 만에 열흘 가량의 유럽 출장을 다녀오게 되었습니다. 프랑스 남부 도시 리옹에서의 사업 관련 전시회 참가가 주 목적이었는데, 테마파크, 테마박물관 기획이라는 본업에 도움을 받기 위해 앞뒤 주말을 붙여 인근 몇몇 나라의 테마파크들을 돌아보는 꽤 빡빡한 일정이었습니다.

　일정을 마치고 집으로 돌아오는 비행기 안에서 이런저런 생각을 정리하다 미래에게까지 생각이 미쳤습니다. 녀석이 우리 집에 온 이후 가장 긴 시간을 떨어져 있던 셈이었습니다. 아내가 일을 돕겠다며 이번 출장에 동행하느라 딸과 부모님이 돌봐주고 있었는데, 말썽은 안 피우고 잘 있었는지 갑자기 궁금해졌던 것입니다. 혹여 나를 잊어버리지는 않았을까? 상상이 꼬리를 물었습니다.

　미래와 함께 살게 된 후 내 해외 출장길도 약간의 변화가 생겨났습니다. 테마파크 등 테마 시설을 기획하는 일이 주 업무인지라 새로 생긴 상가들을 많이 찾게 되는데, 언제부턴가 거의 빠지지 않고 펫샵(Pet-shop)이라든가 대형마트의 고양이 용품점을 찾게 되는 것입니다. 이번에도 예외가 아니었습니다. 런던, 파리, 리옹, 암스테르담에서도 고양이 용품 가게에 들렀습니다. 동행한 아내가 자신이 보고 싶은 화장품 가게나 선물 가게 돌아볼 시간은 허락하지 않으면서 펫샵만 찾아다닌다고 바가지 아닌 바가지를 긁을 정도였습니다.

내가 대단한 고양이 애호가라서, 비싸고 귀한 신줏단지 모시듯 하는 사람이어서 그렇다기보다는 상대적으로 반려동물 문화가 발달한 곳이니 혹여 몸 불편한 고양이들을 위한 특별한 뭔가가 있을까 싶어 발길이 그리 향하는 것이었습니다. 이런 내 생각을 설명했고, 조금 너무하다 싶은 내 행동을 미안해하기도 했지만 가게만 들어서면 나보다 더 적극적으로 미래를 위한 물건이 없나 찾아보는 아내를 보며 미래가 우리 가족에게 얼마나 다가섰는지를 알 수 있었습니다.

가장 인상 깊었던 곳은 파리 남부에 있는 베르시 신도시 지역의 테마 상가 베르시 빌라주(Bercy Village)의 펫샵이었습니다. 대단한 물량공세도 없었고 신기한 물건들로 차 있었던 것은 아니지만 개와 고양이를 유난히 사랑하는 프랑스인들의 문화를 직접적으로 느낄 수 있는 공간이었습니다. 과거에는 수송용 철로까지 놓인 대규모 와인창고였는데 한참 동안 버려졌다가 멋들어진 레스토랑과 각종 가게들로 다시 태어난 곳입니다. 창고의 원형은 거의 건드리지 않은 채. 역시 프랑스다 싶은 멋과 예술적 감각이 돋보였습니다. 베르시 빌라주의 목 좋은 곳에는 펫샵이 자리를 하고 있었습니다. 햇빛이 통째로 들어온다 싶을 정도로 자연광이 쏟아지는 가게 안에는 반려동물들을 위한 온갖 물건들이 진열되어 있었습니다. 크게는 개와 고양이 용품 공간이 전체를 양분하다시피 하고 있고 토끼, 작은 거북이, 뱀과 도마뱀 등 기타 애완동물 용품 공간이 사이 사이에 놓여 있었습니다. 물고기와 물고기 용품을 파는 공간은 별도로 설치되어 있었습니다.

아내와 나는 얼른 고양이 용품들을 뒤지기 시작했습니다. 엉뚱하게 풀을 뜯어 먹기도 하고, 발톱을 갈아대기도 하는 녀석의 최근 습성을 떠올리며 뭔가 도움이 될 만한 게 있을까 이것저것 찾아봤습니다. 별의별 게 다 있고, 없는 것 없이 다 있다 싶은 구색이었습니다. 게다가 유럽이라면, 프랑스라면 미래처럼 장애를 가진 반려동물을 위한 뭔가 특별한 것이 있을 수 있지 않겠나 하는 기대감도 컸습니다. 결론은 꼭 그렇지만은 않았다는 것. 어눌한 영어에 말도 안 되는 프랑스어 단어를 섞어가며 물어본 후 추천을 받은 것은 영양제가 전부였습니다.

몇 달 전 일본 도쿄의 거대한 펫샵을 방문한 기억이 났습니다. 우리나라의 어지간한 대형 슈퍼마켓만 한 규모였는데 거기에 비하면 유럽이나 파리의 펫샵은 오히려 초라하다 여겨질 정도. 그러나 분명히 비교되는 점은 일본의 그것이 반려동물을 다분히 인간의 장식품으로 여기고, 그것을 키우는 자들의 체면과 만족도를 위한 물건, 이를테면 온갖 종류의 개 옷, 고양이 옷, 그들을 넣고 싣고 다니는 수레와 유모차에 그들을 위한 선글라스와 액세서리, 심지어 반려동물을 위한 생일케이크까지 갖춘 반면, 베르시 빌라주의 가게를 포함한 대부분의 유럽 펫샵은 고양이와 개, 인간과 함께 생활하는 동물의 구체적인 안락함, 실질적인 생활을 위한 물건들이 중심에 있다는 것이었습니다. 온갖 상품을 다 갖춘 유럽의 펫샵에서 개 옷, 고양이 옷을 쉽게 볼 수 없는 것은 바로 그러한 이유가 아닌가 생각해 봤습니다.

쇼핑을 마치고, 장애를 가진 고양이를 기른다는 말에 남다른 관심을 표하던 직원과 인사를 나누고 돌아서는데 무척이나 탐이 나던 고양이 용품이 다시 눈에 밟혔습니다. 어린아이들의 입체 미로처럼 생긴 장난감, 반짝반짝 불이 들어오는 공을 고양이들이 손을 넣어 굴려가면서 놀 수 있게 만든 것이었습니다. 아래쪽에는 먹이를 넣어둘 수 있는 공간도 있었습니다. 정말 잘 만들었다 싶은, 마음에 드는 물건이었습니다. 신제품으로 크게 인기를 끌고 있다며, 고양이들이 앞다리를 들고 놀 수 있어 건강에도 좋다고 했습니다.

그러나 중심을 잡고 서 있지도 못하는 우리 미래에게는 꿈도 꾸지 못할 물건이라는 생각이 미치자 선택의 여지가 거의 없는 미래의 삶이 다시 가슴을 아리게 해왔습니다. 나와 같은 생각을 했는지 아내도 한참 동안 그것을 바라보며 관심을 보이다가 말조차 꺼내지 않았습니다. 언젠가 몸이 좋아져, 쑥쑥 건강해져서 조금은 비틀대도, 조금은 휘청대도 꼿꼿이 서서 장난감을 가지고 놀 날이 올 수도 있겠지만, 어쨌든 지금은 불가능한 상황. 애꿎은 시선은 창밖으로만 향했습니다.

누군가는 고양이가 좀 더 다양하게 표정을 지을 줄 알았다면 그토록 신비롭게 만은 보이지 않을 것이라고 합니다. 일부러 신비롭게 보이느라 그러는 건 아니겠지만 표정의 변화가 크게 없는 고양이의 얼굴을 들여다보고 있노라면 언뜻 그 말이 수긍이 가기도 합니다. 그렇지만 적지 않은 시간을 함께 보낸 미래의 얼굴을 보면 사람이나 개의 표정만큼은 아니더라도 무표정하게 보일 뿐 소소한 일에도 반응을 보인다는 것을 금방 눈치챌 수 있습니다. 더구나 특유의 눈빛으로 보내는 신호들은 표정 그 이상의 역할을 한다 해도 과언이 아닐 것입니다.

많은 사람들이 고양이를 냉정하고 고독한 동물, 혼자 있는 것을 즐기는 성격이라 합니다. 그렇지만 고양이를 오래 관찰해보면 녀석들이 의외로 정이 많고 붙임성이 있으며 더불어 살기를 희망한다는 것을 알게 됩니다. 물론 고양이 속까지 들어가 보지 않아 정확하게는 알지 못하겠지만, 적어도 우리 집 미래를 보면 그런 생각이 듭니다. 보통의 고양이들이 고독한 것처럼, 그것을 즐기는 것처럼 보이는 것은 아마도 시크한 듯한 특유의 표정, 도도함이 뚝뚝 묻어나는 일상의 자세들 때문이지 않나 싶습니다. 물론 그렇게 본다면, 우리 미래도 고독하고 혼자 있기를 즐기는 것처럼 보일 때도 있습니다.

그러나 마루에서 가족들이 둘러앉아 이야기를 나누고 있을 때를 보면, 언제나 미래의 존재감이 느껴집니다. 텔레비전을 볼 때도 그 한가운데로 미래가 끼어드는 것이 느껴집니다. 나 여기 있소! 같은 구성원이라는 사실을 애써 주장하려 드는 것만 같습니다. 어떤 행동을 하면 우리가 녀석에게 관심을 보이는지 정확하게 아는 듯한 행동을 하기도 합니다.

운동선수가 철봉을 하듯 테이블 다리를 붙들고 몸을 비비적거리며 자신을 봐달라고 주장할 때가 그렇습니다. 그렇게 존재감을 인정받은 뒤에는 특유의 시크한 자세로 돌아갑니다. 그럴 때마다 우리 가족은 다시 한 번 녀석을 쓰다듬고, 미래는 귀찮고 싫다는 듯 냥냥거립니다.

출장을 마치고 돌아온 집. 표정이 없는 미래가 긴가민가하는 눈빛으로 신호를 보내며 아는 척을 해옵니다. 열흘 사이 놀랄 만큼 커져 있었습니다. 낯설어하면 어쩌나 걱정했는데, 꼬리를 바짝 세우고 허공을 허우적대며 특유의 인사를 합니다. 어쩌나 반갑고 사랑스러운지 끌어안고 몸을 긁어주자 금세 골골골 소리를 내기 시작합니다. 미래는 역시나 낚싯대 모양의 깃털 장난감에 큰 관심을 보입니다. 근력을 키우는 데 도움이 되겠다 싶어 선택한 장난감이었습니다. 처음엔 시큰둥한가도 싶었지만 이내 죽자 살자 그것을 가지고 놀기 시작합니다. 그리고 두 시간여 만에 '메이드 인 프랑스' 알록달록 깃털 장난감은 봉두난발 플라스틱 작대기가 돼버리고 말았습니다.

또 하나, 잘 사왔다 생각이 든 것은 우리네 접고 펴는 밥상처럼 생긴 밥그릇이었습니다. 원래는 개 밥그릇 코너에 진열되어 있던 제품으로 네 다리를 접었다 펼 수 있으며, 주름이 있어 얇고 깊음을 쉽게 조절할 수 있습니다. 원래 개나 고양이 밥그릇은 바닥에 놓여져 있어 허리를 숙이고 먹이를 먹게 되는데, 이 제품은 허리가 좋지 않은 노견(老犬)들에게 유용하다는 것이었습니다. 설명을 듣는 순간, 어쩌면 우리 미래에게 잘 맞을지도 모르겠다는 생각이 들었습니다.

결론적으로 이야기하자면, 선택은 탁월했습니다. 밥 먹이기도 한결 수월해졌고, 미래 역시 방바닥에 놓인 밥그릇에 고개를 처박고 먹을 때보다 훨씬 편하게 먹는 것 같았습니다. 평소에 잘 안 마시는 물도 옆의 빈 그릇에 담아 두면 이따금 먹기도 했습니다. 밥그릇을 장난감 박스 같은 물건 위에 얹어 놓은 적이 있었지만, 밥을 먹다 머리를 흔들다 보면 쏟아지기도 했었는데, 이번 밥그릇은 네 발로 버티는 안정적인 구조라 아주 잘 맞는 듯했습니다. 미래도 좋아하고, 그걸 보는 우리 가족도 행복하니 마음에 쏙 드는 또 하나의 '메이드 인 프랑스'가 아닐 수 없습니다.

출장길에 가지고 온 물건들을 내놓고, 미래의 반응을 지켜보다 보니 어느새 여행의 피로가 사라지는 듯했습니다. 그러면서, 반려동물을, 그것을 기르는 자들의 기쁨과 만족을 위해서가 아닌, 그들 동물의 기쁨과 편안한 삶에 대한 가치, 그 지향점들로 가득했던 유럽 반려동물 가게의 형편과 정신에 대해 곱씹어봤습니다. 사랑이라는 말은 강한 자의 횡포와 소유욕과 집착이 아니라 서로가 꿈을 나누어 가지는 것이라는 진리를 되새기면서….

붉은 고양이
J.P.모건을 기억하다

2012년 3월의 유럽 출장길. 프랑스, 벨기에를 거쳐 네덜란드 암스테르담에서 머무르게 된 마지막 날. 거래처와의 미팅을 마치고 나니 하루 정도의 시간적 여유가 생겼습니다. 예전 같으면 미슐랭 가이드(Michelin Guide)를 뒤지면서 맛있는 음식점을 찾아가거나 신기한 볼거리를 찾아 도시의 골목들을 돌아다녔겠지만, 그날도 어김없이 나는 인터넷을 열고 고양이 정보를 뒤지기 시작했습니다. 그러다 발견한 재미난 안내 글자, '카텐 카비넷(Katten Kabinet)'. 영어와 쥐꼬리만 한 네덜란드어 상식으로 추적한 그 의미는 캣 캐비닛(Cat Cabinet). 고양이 캐비닛? 고양이 진열장, 조금 더 확대해서 고양이 박물관이라는 의미였습니다.

'우아, 고양이 박물관?!'

처음으로 고양이를 키우고 사랑하게 된 테마파크 기획자, 테마박물관 기획자가 고양이 박물관을 마다할 이유가 어디 있을까요? 고양이 박물관은 암스테르담 도심에 있는 유명한 꽃시장인 싱겔 시장(Bloemenmarkt op Singel) 한 블록 아래, 운하 주택가에 숨어 있었습니다. '숨어 있다'라는 표현에서 알 수 있듯이 찾기가 쉽지 않았습니다. 알 만한 사람만, 꼭 오고 싶은 사람만 찾아오라는 개인 공간이었습니다.

싱겔시장 운하 옆길을 따라 걷다 보면 몇 개의 고양이 그림 포스터를

만나게 됩니다. 큰 관심을 가지지 않는다면 그냥 지나쳐 버릴지도 모르는 입구. 고양이 박물관은 그 입구조차 친절하지 않았습니다. 어쨌건 번지수만 들고 운하 옆길을 몇 번 뺑뺑이 돌다 초인종을 눌렀습니다. 정확한 이유는 물어보지 않아 알 수 없었지만, 운하 옆 주택가에 위치한 박물관은 초인종을 누르고 대답을 받은 뒤라야 입장이 가능했습니다. 낯선 손님을 경계하는 고양이 습성을 흉내 내려 그리한 것이라면 지나친 비약일까요?

안은 그야말로 모든 게 고양이였습니다. 처음에 고양이 박물관이라는 안내 글을 보고, 고양이가 인간과 함께 살기 시작한 역사에서부터 종(種)으로 분류하는 식의, 고양이라는 동물 자체에 대한 과학적 동물학적 테마인지, 온갖 고양이와 관련된 용품들과 유물들을 아우르는 문화인류학적 컬렉션인지 궁금했었는데, 결론적으로 이야기하자면 이곳은 양쪽 다아닌, 고양이를 소재로 한 예술품 진열장이었습니다. 우리 개념으로 대략 80여 평 정도 될까? 6유로의 입장료를 내고 안으로 들어갔습니다. 1층 일부분과 2층의 대부분을 차지하는 전시 공간에는 고양이 그림과 조각들로 빼곡하게 채워져 있었습니다. 그 엄청난 수의 예술적 고양이들 사

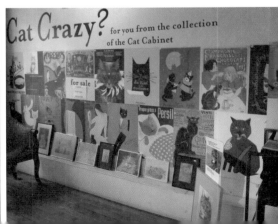

이로 실제 고양이도 몇 마리 보이지만 특유의 숨는 습성으로 슬그머니 사라지고 말았습니다. 박물관 안을 걷다 보니 나도 모르게 고양이 걸음을 흉내 내고 있음을 느낄 수 있었습니다. 이상한 마법 따위가 아니라 오래된 목조 건물 특유의 삐걱대는 소리에 스스로가 민망해졌기 때문이었습니다.

고양이 박물관, '카텐 카비넷'이 자리 잡은 건물은 암스테르담에서도 꽤 유서 깊은 건물에 속합니다. 1600년대에 지어져 지금까지 외형을 유지하고 있는데, 19세기에는 나중 미국 2대 대통령이 된 존 애덤스(John Adams)가 네덜란드 대사로 재직하면서 공관으로 사용하기도 했다고 합니다. 이후 건물을 인수한 윌리엄 메이저(William Meijer)라는 사업가가 1980년대에 건물을 개축하였는데, 그의 '사랑하는 친구이자 오랜 동반자'였던 붉은 고양이 'J.P.모건'이 죽자 그 자리에 그를 기리기 위해 고양이 박물관을 세웠다는 것입니다.

너무나 많은 고양이 예술품들, 그 하나하나의 가치들은 차치하고라도 무질서하다시피, 난장의 담벼락 같은 배치가 몹시 어지럽다는 생각마저 들 정도였지만, 그림과 조각들의 면면은 상당한 수준이었습니다. 피카소, 로트렉 등 미술 교과서에서나 볼 법한 화가들의 이름이 심심치 않게 보였습니다. 그러나 결코 특별대우를 받지 못하는 그들. 그들은 피카소로서가 아니라, 로트렉으로서가 아니라 고양이를 그린 화가 중 한 사람으로서 이름을 올리고 있을 뿐이었습니다. 박물관을 가만가만 둘러보고 있는데, 계속해서 편안한 피아노 소나타가 실내를 울리고 있었습니다. 사람이 그리 많지 않아 설마 실제 피아노 연주일까 했는데, 한쪽에서 젊은 여성이 빈 의자들을 앞에 둔 채 피아노를 연주하고 있었습니다. 이 피아니스트를 좋아하는 사람들이 그녀를 위한 후원회를 준비하였고, 후원회 멤버 중 한 명이라는 박물관 주인이 장소를 제공해 연주회를 가지게 된 것이라 했습니다.

운하로 이어지는 문을 나서자 강바람이 훅 불어왔습니다. 박물관에서 목격하고 감상했던 수많은 예술품들은 수면 위에 반짝이는 강물처럼 충분히 가치가 있고 아름다웠습니다. 주인이 그토록 사랑했다는 친구이자 동반자였던 붉은 고양이, J.P.모건…. 자신을 기리는 박물관까지 가지게 된 고양이. 솔직히 부럽다는 생각이 들지 않는다면 해탈의 경지에나 오른 사람이 아닐까 싶을 정도였습니다.

문득, 우리 집 고양이 미래, 그리고 세상 사람들이 기르고 애지중지하는 모든 고양이들이 시간이 흐르고 흐른 다음 과연 어떻게 주인들에게 남고 기억이 될까 궁금해졌습니다. J.P. 모건처럼 돈 많은 사업가와 인연을 맺어 호사스러운 박물관으로 기려지게 될까? 그저 한순간의 귀여웠던 동물로 남아 또 다른 개체로 교환이 되고 말까? 버려지거나, 이 세상 살아봤다는 발자취도 없이 사라지고 마는 것일까? 꽃시장 쪽으로 다시 걸어가고 있는데, 후다닥 푸드덕 소리를 내며 고양이 한 마리가 날다시피 뛰어가고 있었습니다. 길고양이였습니다. 생존을 위해 먹이를 찾으려고 쓰레기 더미를 뒤지고 있었던 것입니다.

발걸음을 멈추었습니다. 누군가는 자신이 그토록 사랑했던 고양이를 위해 박물관까지 지었습니다. 암스테르담 뒷골목의 또 다른 고양이는 쓰레기 더미에서 음식을 찾아 도망치듯 달려가고 있었습니다. 조금 전 보았던 수많은 고양이 소재 예술품들에서 느꼈던 감동과 사랑스러움이 내 머릿속에서 정교한 박제가 되고 있는 느낌이었습니다. 누군가는 어제와 다른 오늘을 살고, 누군가는 고통스러운 어제만이 반복될 뿐입니다. 강물은 저 자리를 수천 년간 흘러왔고, 앞으로도 흐를 것입니다. 내 작은 예술적 감흥을 가로막고 있던 것은 햇살에 튕기듯 영롱이는 강물이 아니라, 끼니를 때우기 위해 고풍스러운 골목길을 헤집고 다니는 작고 마른 고양이 한 마리였습니다.

우유가
좋아

몸이 불편한 우리 집 고양이 미래 이야기를 하면 많은 분들이 걱정을 해주십니다. 여러 통로로 전해 듣거나, 미래와 함께 살아가는 이야기를 기록한 내 블로그를 보거나, 인터넷 고양이 카페의 글을 읽은 분들인데, 언제나 응원과 안타까운 마음을 전합니다. 격려도 잊지 않습니다. 매번 그분들께 일일이 답할 수는 없지만 우리 미래는 매우 건강하고, 아주 밝다 대답을 합니다. 물론 물리적인 육체가 건강하냐 그렇지 않냐가 기준이라면 가슴 아픈 구석이 왜 없겠습니까만, 근력을 길러주고 지구력을 늘려

준다며 이리 뛰고 저리 뛰게 하다 보면 '아하, 이 녀석. 보통내기가 아닌 걸! 여간 장난꾸러기가 아닌걸!'하는 생각이 절로 고개를 듭니다. 활발하기가 이를 데 없습니다. 호기심 하면 아마 이 녀석 따라갈 고양이가 세상에 또 있을까 싶을 정도입니다.

본격적인(?) 운동을 시키고 나서는 근력이 늘어 1~2분, 많게는 3~4분가량을 제자리에 가만히 앉아 있기도 합니다. 대개는 모로 누워 있거나 엎드려 있을 때가 많지만 여느 고양이처럼 허리 꼿꼿이 세우고 가만히 앉아 있는 녀석을 보노라면, 처음 우리 집에 왔을 때 누워 있는 자세조차 불편해하던 녀석의 모습이 떠올라 대견해지며 코끝이 찡해집니다. 고양이가 그깟 2~3분 앉아 있는 걸 가지고 무슨 호들갑이냐 나 자신에게 묻다 보면, 오히려 미래의 처지가 안타까워 쓴웃음이 지어지기도 합니다.

그렇지만 미래는 유쾌하기 짝이 없는 고양이. 가끔씩 축축 늘어져 있는 것은 미래가 아니라, 녀석을 동정심으로 대하는 나 자신입니다. 녀석은 개구리처럼 폴짝폴짝 마루를 뛰어다니며 온갖 사고를 칩니다. 언젠가는 날아다니는 파리를 쫓다가 2~3미터가량 부웅하고 날아간 적도 있습니다. 네 발을 한꺼번에 오므렸다 뛰는 특이한 점프 동작이라 그러한 상황이 가능했다고 추정하는데, 마룻바닥에 쿵하고 떨어지자 스스로도 상당히 얼떨떨해했습니다. 딸이 장난감을 던지면 거기로 돌진, 한바탕 공중제비와 쿵후의 결투 장면을 연출하기도 합니다.

이 장난꾸러기가 제일 좋아하는 음식은 우유입니다. 고양이 초보인 우리 가족은 수의사 선생님의 지시를 거의 교본처럼 따르는데, 사람 음식, 특히 사람 우유는 먹이지 말라는 당부를 철저히 지키고 있습니다. 그렇지 않아도 몸이 좋지 않은 아이인데, 사람에 맞게 가당 가공된 음식을 먹이면 영양 불균형이 생겨 좋지 않다는 설명이었습니다. 특히, 사람이 먹는 우유는 사람 몸에 맞게 가공이 된 상태라 고양이가 제대로 소화를 시키지 못할 수도 있다는 것이었습니다.

그러다 일본 출장길에 고양이 전용 우유라는 것을 발견하게 되었습니다. 그전에도 작은 사이즈의 애완동물 전용 우유를 산 적은 있었지만, 이번에는 사이즈도 클 뿐 아니라 냉장고에 넣어 두고 따를 수 있는 살균 카톤팩 방식이라 얼른 두 통을 집어 들었습니다. 호주에서 수입한 제품으로 '펫(Pet) 우유'라는 이름하에 강아지와 어린 고양이 전용이며 아미노산, 비타민, 미네랄, 유당분해효소 등이 들어 있다는 설명이 적혀 있었습니다.

결과는 대만족. 미래는 거의 껌뻑 넘어갔다는 소리가 무색할 만큼 우유에 탐닉했습니다. 변의 상태도 좋아진 듯했습니다. 그런데 문제는 이 우유를 먹기 시작한 이후 물을 아예 입에 대지 않는다는 것이었습니다. 일단 우유의 양을 줄여 나갔고 그나마 그마저도 바닥이 나버렸지만, 여전히 물 먹기를 거부했습니다. 궁여지책으로 사료를 물에 불려 주었지만 배변 상태마저 나빠진듯해 고민에 빠졌습니다. 그즈음 건강 검진을 받으며 엑스레이를 찍었는데, 근육 조절이 안 돼 그런 건지 모르겠다면서 다른 고양이 같으면 벌써 소화시키고도 남을 시간인데, 위장에 음식물이 남아 있으며, 대장에도 변이 많이 차 있다는 의사 선생님의 말씀을 듣고 집으로 돌아온 딸이 울음을 터트리기도 했습니다.

　일단 의사 선생님의 조언에 따라 장 마사지를 해줬지만 큰 효과는 보지 못했습니다. 주무르는 것 외에 계속해서 전용 우유를 구해 먹여야 하는 건지, 다른 방법은 없는지 이리저리 정보를 찾아봤지만 속 시원한 답을 얻을 수 없었습니다. 안쓰러운 마음에 사다 준 우유가 결국 녀석의 입맛만 이상하게 만들어 놓은 것 같아 속이 편치 않았습니다. 아이가 사탕을 먹으며 행복해하기에 자꾸 사다 줬더니 충치가 생겨 고민에 빠진 부모의 심경이라고 해야 할까요? 맛난 우유를 내놓으라는 건지, 물 마시기를 거부한 채 사료에 탄 물만 겨우 홀짝이는 미래 앞에 걱정이 쌓여 갔습니다.

다름과
닮음

동물을 가까이하다 보면 그들에게서 느껴지는 사회성이나 생활방식들이 인간의 그것에 투영되고 비교돼 놀랄 때가 많다고 합니다. 우리 집 고양이 미래를 나름 오랫동안 지켜보면서, 비록 몸은 불편하지만 생명을 가진 한 객체로서 보여주는 특징 외에도 어쩌면 그렇게 사람과 하는 짓이 똑같을까 신기할 때가 있습니다.

　얌체 짓을 한 뒤 나 몰라라 시치미를 뗄 때나, 화장실 다녀와서 개운한 듯 깡충거리며 즐거워할 때, 저 씻겨주려고 목욕 준비를 하면 어느새 소파 밑이든 침대 밑이든 숨어버리고, 어떻게든 한바탕 소동을 치르며 목욕시키고 드라이어로 말리기까지 하고 나면 억울하다는 듯 토라져서 고개를 파묻고 누워있을 때 등 감정을 표현하는 방식이 아이들 키울 때와 어쩌면 그리 똑같은지 감탄을 멈출 수가 없습니다.

꽤 오래전부터입니다. 녀석은 나나 아내가 밥을 먹여줄 때와 딸이 먹여줄 때를 정확하게 구분해 행동합니다. 엄마 앞에서 밥 먹을 때와 할머니 앞에서 밥 먹을 때가 다른 것처럼 말입니다. 녀석이 밥을 먹을 때에는 언제나 식구 중 한 명이 붙잡아줘야 하는데 그게 누구냐에 따라 행동이 귀신같이 달라집니다. 너덧 살 먹은 아이의 밥투정과 다를 게 하나 없습니다.

보통은 부엌에서 밥을 챙겨 거실 쪽으로 나가 먹이는데, 사료통을 흔들어 서걱서걱 소리가 나기 시작하면 뒤뚱거리며 열심히 부엌 쪽으로 다가옵니다. 매번 식사를 할 때마다 그렇게 왔다 갔다 반복하는 이유는 녀석이 그걸 즐기는 듯하기도 하고, 근력 운동도 시키기 위해서입니다. 재미있는 건 그다음입니다. 녀석과 가장 붙어있는 시간이 많은 딸과의 식사 시간은 엄한 엄마 앞에서 밥을 먹는 착한 어린이의 그것입니다. 머리를 조아리고 두말없이 열심히 식사를 합니다. 그렇지만 나나 아내가 밥을 줄 때는 태도가 싹 바뀝니다. 엄마 앞에서는 고분고분 스스로 밥을 잘 먹던 아이가 할머니 앞에서는 갑자기 투정을 부리며 먹여 달라 떼쓰는 것과 같다고나 할까요?

나나 아내가 식사 준비를 하면 비틀대면서 일단 깡충깡충 달려옵니다. 그렇지만 밥상을 차려놓으면 어김없이 고개를 치켜들고 냐옹거리기 시작합니다. 밥을 떠서 먹여달라는 것입니다. 식사 태도를 고치려고 몇 번이나 마음을 먹기는 하지만, 솔직히 어리광부리는 모습이 너무 귀여워 포기하고 한 숟갈 한 숟갈 떠먹이고 맙니다.

개를 먹여주고 재워주고 예뻐해주면 '이 사람들 이렇게 나한테 잘해주는 걸 보니, 이 사람들은 신(神)이구나'라고 개는 생각하고, 똑같은 상황에서 고양이는 '이 사람들 이렇게 나한테 잘해주는 걸 보니, 내가 신(神)이구나'라고 생각한다는 이야기가 있습니다. 물론 꼬리를 흔들고 부산하게 움직이며 경중거리는 개와 고양이 특유의 거만한 듯한 표정과 자세 때문에 생긴 우스갯소리겠지만 밥까지 떠먹여야 하는 미래를 쳐다보면 '이 녀석 정말 우리를 어떻게 생각하는 거지?' 우스운 상상을 떨쳐낼 수 없습니다.

아이들 키울 때의 어리광부리던 모습을 마치 비디오를 튼 듯 다시 보여주는 미래. 오늘도 아내와 나는 어리광쟁이 고양이에게 밥을 한 숟갈 한 숟갈 떠먹이며 사람과 동물, 그 묘한 다름과 닮음에 대해 알아나가고 있습니다.

내 이름은

미래

나는 고양이, 내 이름은 미래다.

원래 이름은 빅토리아 루시우스 사파이어 안젤리나 미씨카 프린세스 음… 어쩌고 저쩌고였고… 고양이별 공주님이였는데, 아니, 그랬었던 것 같은데, 에이 까먹었다. 어쨌든 난 공주님이였고, 이름도 참 우아하고 아름답고 엘레강스했었다.

그런데 사람들이 자꾸 "미래야, 미래야" 부르는 바람에 나도 모르게 내 이름이 미래가 되어버린 거다. 처음엔 같잖은 이름 붙였다고 대꾸도 안 했는데, 밥 갖다주고, 물 대령하고, 음… 창피하지만… 화장실까지 데리고 가서 쉬 뉘여주고, 이런 시중 저런 시중 들어주면서 "미래야, 미래야" 부르니 아, 어쩔 거야…. 싫다고 발톱도 세우고 몸을 비틀기도 했는데, 하도 "미래, 미래" 하기에 귀찮아서 그렇게 부르지 말라고 냐앙거렸더니 저 사람들, 어휴 좋아하는 모양새하고는…. 덕분에 원래 이름은 완전히 까먹고 말았다.

고양이 처음 키워본다고 눈 반짝거리는 저 사람들, 좀 멍청하고 촌스럽긴 해도 그냥저냥 봐줄 만한데 이 집 방바닥은 참 무엄하다. 내가, 이 우아한 몸이 걸어가는데, 똑바로 서서 귀족 걸음으로 한 발짝 두 발짝 걸으려는데, 이놈의 방바닥은 왜 이렇게 내 볼따구를 때리는 거야? 가만히 앉아 사색 좀 하려고 조신하게 발걸음을 떼는데, 울긋불긋 나무껍질이 일어나 까칠까칠해지기까지 한 넓은 마룻바닥은 자꾸만 내 옆구리에, 내 볼에, 내 엉덩이에 와 닿는다. 철썩 철썩 나를 때린다.

내가 쓰러질 때마다, 아니지, 저 무례한 마룻바닥이 내 옆구리를 이유도 없이 때리며 달라붙을 때마다 나는 창피해 죽겠는데 진아 언니와 저 뚱뚱한 남자, 아줌마는 몸을 움찔움찔한다. 왜 그러는 거지? 나는 불편한 거 하나 없는데…. 방바닥이랑 마룻바닥이 자꾸 내 몸에 달라붙는 건 저 녀석들 버릇이 없어 그런 거지. 그깟 아픈 것쯤이야 창피한 데 비하면, 스타일 구긴 거 생각하면 아무것도 아닌데. 그럴 때마다 언니와 아저씨, 아줌마는 놀란 눈으로 나를 쳐다본다. "미래야, 우리 미래야…" 하며 눈물이 그렁그렁 맺힌 채 바라본다.

아… 그렇게 슬픈 눈으로 나 좀 쳐다보지 마세요, 제발!

뇌성마비라고? 그게 뭐지? 내 뇌신경에 문제가 있다나 뭐라나. 아니, 그럼 이 집 방바닥이 문제가 있는 게 아니고 내가 쓰러지는 거라고? 말도 안 돼. 아 몰라~ 그게 뭔지는 몰라도 나는 고양이, 이 집의 콧대 높은 공주님이시다. 그냥 똑바로 안 앉아 있으면 어때? 좀 비틀거리면서 걸으면 어때? 옆으로 드러누워 있는 게 얼마나 편한지 당신들이 몰라서 하는 소리지. 일부러 춤도 추는데, 좀 휘청거리면서 걸으면 어때?

내 시중 잘 들어주는 이 집 사람들 있지! 자고 싶을 때 자고 놀고 싶을 때 놀면 그만이지! 건방지고 버릇없는 이 집 방바닥들만 철이 좀 들면 좋을 텐데….

아, 심심해…. 학교 간 진아 언니는 언제쯤 오려나?

2부
너는 내 운명

우리 인간이라는 존재는 풍족하고 행복했던 과거의 기억보다는 어딘지 모르게 부족하고 서툴고 결핍된 것들이 더 기억에 남기 마련입니다. 미래의 머리와 배, 다리를 부드럽고 따뜻하게 쓰다듬는 둘째 아이를 보면서, 멀뚱한 표정으로 이따금 하품까지 해대지만 세상에서 가장 행복한 자세로 누워 있는 미래를 바라보면서, 운명이란 이런 것인가 기억의 풍경들이 펼쳐집니다.

저 스스로 서 있으려 안간힘을 쓰다가도 중심을 못 잡고 픽 쓰러지는, 개중 절반 이상은 머리를 바닥이나 벽에 부딪히고 마는 미래를 지켜보면 가슴 한쪽이 언제나 시려왔습니다. 조금은 익숙할 때도 되었건만 좀체 그러하지를 못했습니다. 시간이 흐르면서 녀석은 나름대로 제 살길을 만들고 살아가는 방식을 터득하는 것처럼 보였지만, 녀석의 불편한 행동거지를 지켜보는 우리 가족의 마음은 편할 날이 없었습니다.

불편한 몸으로 세상을 살아간다는 것. 장애를 안고 평생을 살아간다는 것. 나와 아내는 '장애'라는 단어를 되뇌며, "너를 언제까지라도 보살펴주마" 약속하며 사랑스럽게 고양이를 쓰다듬어 주지만, 그럴 때마다 그 단어, '장애'라는 말 위에 겹쳐지는 우리 부부 인생의 커다란 무게감과 지난날 가졌던 슬픈 여정들을 쉬이 떨쳐낼 수는 없었습니다. 우리 삶 가장 깊은 곳에 고여 있는 한없는 미안함을 이겨낼 수는 없었습니다.

1993년 2월 건강한 둘째 아들을 얻은 나는 하늘을 나는 기분이었습니다. 산고로 몸조차 가누지 못하는 아내에게는 뭐라 할 말이 없었지만 그로부터 2년 전 태어난 첫째에 이어 두 번째로 얻은 아들은 또 하나의 축복이었습니다. 말해 무엇할까만 그 아이들은 내 삶의 커다란 희망으로 솟아오르고 있었으며 조금이라도 더 열심히 살아야겠다는 각오를 돋워주는 소중함 그 자체였습니다. 꼭 아들이어서 그랬던 것만은 아니었습니다. 몇 년 후 둘째와 조금 터울을 두고 막내로 딸을 봤을 때의 기쁨을 생각하면, 그것은 내 피붙이, 내가 사랑하는 사람과 함께 탄생시킨 생명에 대한 애정과 고마움이 아닐까 생각합니다. 내 사랑하는 아이들은 온전히 내게 꿈이고 희망이고 기쁨이었던 것입니다.

둘째 아이가 시각장애 진단을 받은 것은 생후 4개월이 조금 넘었을 때였습니다. 서울대 병원 소아 안과. 비장한 음악이 깔리는 것도 아니고, 어떤 드라마틱한 장치나 복선도 없이 의사는 건조하게 말을 이어가고 있었습니다. 눈이 선천적으로 문제가 있어 시신경이 말라가고 있으며 크고 나면 명암 구분, 다시 말해 밝고 어두움만 구분할 정도이지 정상적인 시력을 가지지는 못할 것이라는 진단이었습니다. 치료 방법도 없을 것이라는 말도 덧붙였습니다.

"지금부터라도 맹인 교육 시킬 준비를 하는 게 좋을 겁니다."

의사의 마지막 말은 벌겋게 달군 쇠꼬챙이를 내 가슴에 박아 넣고 후벼댈 만큼 아프고 고통스럽게 느껴졌습니다.

'맹인이라니… 장님이라니… 앞을 보지 못한다니….'

얼마나 서럽게 울었는지 모릅니다. "불편한 사람 많다, 그리 살아가는 사람 한둘이 아니다, 다른 곳은 건강하지 않니…." 가까운 이들이 애써 위로의 말을 던졌지만 사랑하는 아들에게 내려진 비극적 선고는 도무지 받아들이려야 받아들일 수가 없는 그 무엇이었습니다.

방송국에서 어린이 드라마와 다큐멘터리 프로그램 작가로 일하던 당시 나는 모든 일을 접고 아이의 눈 문제에 매달렸습니다. 겨우 세 살이 된 큰아이까지 돌봐야 하는 아내 역시 마음 편할 리 없었습니다. 이 병원 저 병원 다니지 않은 데가 없었고, 조금이라도 눈에 관한 정보를 가졌다 싶으면 모든 인맥을 동원하거나 무턱대고 찾아가기도 했습니다. 인터넷이 그리 활성화되어 있지 않았던 그 시절, 의과대학 도서관을 찾아 당최 무슨 뜻인지 알지도 못하는 안과 의학 전문서적을 읽기도 했습니다. 눈에 좋다고 하면 무당의 부적을 받는 일까지 마다치 않았습니다.

여러 의학적 요소가 복합적으로 섞여 있었지만 아이의 눈이 가진 가장 큰 문제는 안저의 색소 결핍으로 인해 시상이 명확하게 맺히지 않는다는 것과 '말라 간다'고 표현을 하던 시신경의 불안정함이었습니다. 쉽게 표현한다면 필름을 담아 두는 카메라에 빛이 새들어 간다고나 할까요? 시신경 자체의 문제는 별도로 하더라도, 사물이 하얗게 보이는 현상이었던 것입니다.

포기할 수 없었습니다. 실낱같은 희망이라도 건져내기 위해 내가 할 수 있는 모든 노력을 기울였습니다. 처음에 아이의 문제를 접했을 때 아내와 나는 눈 하나씩을 아이에게 줄 생각을 했습니다. 그것은 너무나 쉽고 당연한 결정이었습니다. 안구이식 수술이라는 단어를 곧이곧대로 받아들여 그리 생각했던 것이었습니다. 그러나 우리가 이야기하는 그 안구이식이라는 것이 안구 자체의 이식이 아니라 사실은 각막만의 이식이며, 시신경이나 관련 근육을 연결하는 수술은 현대 의학으로는 완벽하게 불가능하며 시도조차 할 수 없다는 사실을 아는 데는 그리 오랜 시간이 필요하지 않았습니다.

이후 7개월이 채 넘지 않은 아이를 안고 미국 볼티모어의 존스 홉킨스 병원, 플로리다 주립대학 병원 등 세계적으로 유명하다는 안과를 찾아갔습니다. 집을 처분하고 처가로 세간살이를 옮겨 놓았고, 뻔뻔하지만 도와줄 수 있는 모든 분께 도움을 요청했습니다. 실제로 방송작가로 일하던 방송국의 PD와 동료 작가들, 취재 과정에서 만난 만화가 이현세 선생님 등이 상상하기 어려울 정도의 큰 도움을 주시기도 했습니다. 체면을 차릴 형편이 아니었습니다. 그저 넙죽넙죽 받아야 했고, 고개만 꾸벅여야 했습니다. 의료지원 대상국의 국민도 아닌 외국인이, 의료보험 대상도 아닌 사람이 미국에서 진료를 받는다는 것은 엄청난 경제적 부담을 줬지만 내 아이가 제대로 볼 수 있다면, 그래서 저 홀로 건강하게 삶을 일으켜 세울 수 있다면 나는 모든 것을 다하겠다 마음을 먹었습니다. 아니, 실제 그리할 수 있는 데까지 해야만 했습니다. 경제적인 문제와 큰아이 때문에 아내는 한국에 남고 나 혼자 둘째 아이를 감싸 안고 미국의 유명하다는 병원들을 찾아다녔습니다.

그런 노력 덕이었는지, 저 스스로 이겨낸 덕분인지, 그것도 아니면 초기의 수십 번에 걸친 검진과 검사가 잘못되었던 때문인지는 모르겠지만 아이의 시력은 생각보다 좋아졌습니다. 비록 시각장애 5급의 판정을 받아야 했지만 초등학교부터 정상 학교를 다닐 수가 있었습니다. 우리 주변에서 어렵지 않게 보는, 안경이 없으면 주변을 더듬거리는, 눈이 몹시 나쁘지만 혼자 버스 타고 전철 타고 다니는 사람 정도의 시력을 가지게 되었던 것입니다. 물론, 언제나 교실의 제일 앞줄에 앉아야 했고, 그러면서도 칠판 보는 것을 불편해하기는 했지만 부드럽고 착한 성격의 아이는 큰 말썽 없이 자라 고려대학교에 합격하는 기쁨을 선물하기도 했습니다.

컴퓨터 모니터에 코 박고 게임에 빠진 탓에 시도 때도 없이 혼이 나는 둘째 아이는 조용한 성격만큼이나 미래를 살살 만지는 것을 좋아합니다. 친구들과의 어설픈 술자리가 있는 날, 멋쩍은 웃음을 지으며 집으로 돌아온 녀석은 미끄러지듯 조용히 미래에게 다가가 녀석을 쓰다듬습니다. 닭튀김을 먹다가 닭고기 좋아하는 미래 생각이 났는지 호주머니에 숨겨 온 하얀 닭 살점 조각을 먹여 주기도 합니다. 그런 거 먹이면 어떡하냐는 동생의 잔소리가 따라붙지만 미래를 쓰다듬으며 아이는 환하게 웃음을 짓습니다. 우당탕 후다닥거리는 딸과 달리 조용조용 다가와 쓰다듬는 것을 좋아하는 둘째 아들을 미래는 어떻게 보는 것일까요?

내 아이의 장애를 겪으며 누구보다 그 문제에 진지한 고민을 거듭했던 나와 내 가족이 만난 뇌성마비 고양이 미래. 우리 인간이라는 존재는 풍족하고 행복했던 과거의 기억보다는 어딘지 모르게 부족하고 서툴고 결핍된 것들이 더 기억에 남기 마련입니다. 미래의 머리와 배, 다리를 부드럽고 따뜻하게 쓰다듬는 둘째 아이를 보면서, 멀뚱한 표정으로 이따금 하품까지 해대지만 세상에서 가장 행복한 자세로 누워있는 미래를 바라보면서, 운명이란 이런 것인가 기억의 풍경들이 펼쳐집니다.

내가 어렸을 때이니 1970년대 후반에서 1980년대 초반이었을 것입니다. 일요일 아침은 언제나 가수 김국환의 정갈한 목소리에 실린 〈은하철도 999〉의 주제가로 시작되었습니다.

'기차가 어둠을 헤치고 은하수를 건너면~ 우주 정거장에 햇빛이 쏟아 지네~'

〈은하철도 999〉를 보기 위해 우리 형제는 일요일 아침 늦잠의 유혹을 이겨내야만 했습니다. 한참 나중에서야 그 만화영화가 일본에서 만든 것이고, 거기서 불렸던 노래를 우리나라 가수가 우리 말 가사로 새로이 불렀다는 것을 알게 되었지만 묘한 비장미가 넘쳤던 그 주제가는 어린이 만화영화답지 않은 구슬픈 가사와 트로트 리듬감으로 휴일 오전의 정서를 지배하고 있었습니다.

우리 주변 동물들의 삶과 그들과 함께 살아가는 사람들의 이야기를 짧은 다큐멘터리 형식으로 담는 〈TV 동물농장〉이라는 프로그램이 있습니다. 이 프로그램이 요즘 아이들의 아니, 가족들의 일요일 아침 시간대를 이끈 것은 꽤 오래전부터의 일입니다. 어린 날의 내가 그랬듯 늦잠을 자고 일어난 일요일 아침, 깔깔한 입맛에 식사는 하는 둥 마는 둥 대충 때우고 TV 앞에 드러누운 아이들은 힘차게 달리는 〈은하철도 999〉 대신 우리 주변에서 한번은 봄 직한, 한번쯤은 만났음 직한, 그러나 그들이 담고 있는 이야기들만큼은 오만가지 사정을 담고 있는 동물들의 이야기를 지켜봅니다. 가끔씩 뱀이며 원숭이, 닭도 등장하지만 주로 등장하는 이들은 개와 고양이입니다. 미래와 함께 살면서 고양이에 관한 정보를 좀 더 알 수 있을까, 내가 모르는 게 있지 않을까 싶어 〈TV 동물농장〉을 시청하게 되었습니다. 왜 저 프로그램은 개 이야기만 나오고 고양이는 적게 나오는 것일까? 내 나름의 불만을 품고 있던 프로그램이었습니다.

〈TV 동물농장〉 제작진의 연락을 받은 것은 미래가 우리 집에서 살기 시작한 지 6개월째 접어들 무렵이었습니다. 개인적으로 방송작가로 활동했던 적도 있고 이런저런 일로 방송 출연을 해본 적도 있어 매체 자체의 어색함은 없었지만 이 녀석, 비틀비틀 제대로 앉아 있지도 못하는 고양이가 방송에 등장한다니 별의별 생각이 다 들었습니다. 내 블로그에 올린 글을 보고 전화를 주셨다는데, 괜스레 유난을 떠는 것도 같고, 불필요한 사생활의 노출이라든가, 몸 불편한 고양이가 스트레스를 받지는 않을까 걱정이 앞섰습니다. 그러나 막상 사전 취재를 하러 집에 찾아온 PD로부터 〈TV 동물농장〉 취재를 하면서 겪은 다사다난했던 일들을 듣자 마음이 울컥해졌습니다. 유기견, 유기묘에 대한 가슴 아픈 이야기들, 너무나 배가 고픈 나머지 돌멩이를 삼켜야 했던 길고양이 이야기, 애지중지 기르다가도 싫증이 나면 쓰레기처럼 버려지는 동물들에 관한 이야기, 무엇보다 몸 불편한 동물들이 치료받을 기회가 많지 않다는 사실을 다시 한 번 깨달으면서, 혹여 미래와 우리가 사는 이야기가 그런 현실을 일깨우고 각성하는 데 한 줌의 보탬이라도 될까 싶어 부끄러운 일상을 공개하기로 결정했습니다.

또 하나. '명랑하다, 까불이다, 풀쩍풀쩍 날아다닌다. 기회 있을 때마다 이야기를 해도 뇌성마비니, 몸이 불편하다 하니 많은 분들이 만날 드러누워만 있는 줄 알고 있는 우리 미래, 보십시오! 그게 아니죠? 약간 불편하긴 해도 정말 건강하죠?'라고 이야기도 하고 싶어 취재에 동의하게 되었던 것입니다.

생각보다 많은 인력이 투입된 촬영은 미래가 힘들어하는지를 살펴가며, 미래가 죽고 못 사는 딸의 학교 스케줄까지 맞춰가며 진행되었습니다. 예전에 내가 방송작가로 활동하던 1990년대 초·중반, 커다란 조명 기며 붐 마이크에 쌀가마 절반만 한 ENG 카메라를 들고 야외촬영 하던 때와는 천양지차의 취재 환경이었지만, 말귀를 알아듣지 못하는 동물을 촬영하는 것은 이만저만 고된 일이 아니었습니다. 제아무리 어르고 꾀어도 꼼짝 않는 동물들, 이런 특징이 있네 저런 움직임이 있네 이야기를 들어도 막상 그 순간을 포착하지 못할 때가 한두 번이 아닌 듯했습니다. 누군가 동물을 촬영하는 것은 한없는 인내심과 기다림의 대가라더니 나 같으면 진즉 나가떨어졌으리라 생각되었습니다.

취재를 하는 과정에서 그동안 숙제처럼 밀려왔던 미래의 MRI 촬영을 할 수 있었습니다. 몸이 약한 녀석이 마취를 견뎌낼 수 있을까 하는 걱정에, MRI 판정이 난 후 혹여 상상하기 싫은 권유를 받게 될지도 모른다는 두려움 등으로 미루고 미루던 MRI 촬영을 방송 취재를 핑계 삼아 공개적으로 해보리라 결정했던 것입니다. MRI 촬영이 있던 날, 급한 업무를

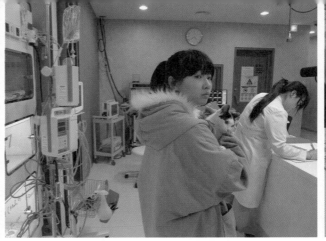

마치고 서울 강남에 자리 잡은 동물전문 방사선 병원으로 달려갔습니다. 미래를 안은 딸의 얼굴이 시름에 차 있었습니다. 마취를 하자 딸은 "우리 불쌍한 미래…"를 반복하며 울음을 터뜨렸습니다. 엎어진 개구리 모양으로 뉘인 미래는 MRI 장비 속으로 빨려 들어가고 있었습니다.

결과는 일반적인 예상과는 조금 달랐습니다. 분명 운동 신경을 조절하는 작은 뇌 쪽의 문제, 소뇌 형성의 부전(cerebellar hypoplasia)이라 판단하지만 현재 갖춰진 장비로는 명확하게 원인이 나타나지 않는다는 것이었습니다. 워낙 뇌성마비라는 말 자체가 하나의 병명이 아니고 뇌나 관련 신경에 장애가 있어 운동이나 자세의 장애를 보이는 증상 전체를 통틀어 일컫는 말이어서 뇌성마비라 부르지만 현재의 장비와 의학적 소견으로는 명확한 원인을 찾아내는 데 상당한 시간이 걸린다는 것이었습니다. MRI를 판독한 의사 선생님은 미래의 소뇌는 어느 정도 정상으로 보이나, 운동 장애는 관련 신경계통의 문제 때문에 온 것이라고 설명했습

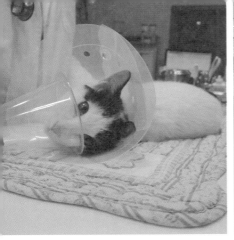

니다. 아마도 미래가 어미 배 속에 있을 때 모체가 범백 바이러스에 감염
되었고, 그로 인해 신경이 손상되어 운동 장애가 온 것으로 보이며 비록
몸은 약하지만 죽지 않고 태어난 것이 큰 행운이라고 덧붙였습니다. 게다
가 앞으로 더 이상 나빠지지는 않고 차츰 좋아질 것이라는 설명까지 덕
담처럼 얹어 주셨습니다. 여태껏 겨우 울음을 참아왔는데 이제 다 괜찮
다고 등을 가만히 다독여주는 것만 같아 나도 모르게 눈물이 울컥 올라
왔습니다. 힘들다는 듯 니양니양거리는 미래를 안고 있던 딸이 질문을
던졌습니다.

"그렇담 우리 미래는 더 이상 뇌성마비가 아닌 거예요? 나을 수 있는
거예요?"

딸은 반짝이는 희망까지 섞어 질문했습니다. 그러나 뇌성마비임은 분
명하며 보살피는 정도에 따라 호전될 수는 있지만 근본적으로 고쳐지는
건 아니라는 답변이 이어졌습니다. 딸은 이내 풀 죽은 표정으로 실망감

을 드러냈지만, 차츰 좋아질 수 있다는 말에 위로를 받는 것 같았습니다.

〈TV 동물농장〉 방송이 나가자 반응은 폭발적이었습니다. 정말로 많은 분들로부터 연락이 왔고 격려 인사가 전해졌습니다. 십수 년 전 마지막으로 만났던 동창으로부터, 선배로부터, 예전에 함께 살던 이웃사촌, 연락이 끊어진 거래처 사장님과 동네 마트 계산원까지 우리 가족을 아는 이들은 개인 전화와 집으로, 방송을 보고 안타까움과 행복을 느꼈다는 시청자들은 방송국으로 연락을 주셨습니다. 모두 고맙고 또 고맙다는 인사와 격려였습니다. 별 한 것도 없는데 이리 관심을 보이니 한없이 부끄러워지기도 했지만, 그분들이 전하고픈 말은 단 한 가지였을 것입니다. 우리 미래 잘 키우라는….

그중에서도 블로그에 덧글을 남겨주신 한 네티즌의 사연은 내 사연같이 아프기도 했지만, 우리도 누군가에게 위로를 주고 있다는 사실에 가슴이 벅찼습니다.

부럽네요. 우리 집 마루도 뒷다리를 갑자기 쓰지 못하게 된 지 2년째입니다. 병원에 가서 별 검사를 다 하고 약도 먹였지만 차도가 없습니다. 그동안 방광염도 왔는데 너무 심해져 가는 관을 통해 소변을 빼는 카테터(atheter)를 하기도 했어요. 이젠 아예 똥오줌을 못 가립니다. 미래를 보면서 우리 마루도 좋아질 수 있는 기회가 온다면 얼마나 좋을까 생각해봅니다. 아무쪼록 오래오래 건강하게 잘 지냈으면 하는 바람입니다. 미래도 우리 마루도 화이팅!

대략 일주일간 진행된 방송 촬영 때문에 미래는 미래대로, 우리 식구는 또 식구대로 피곤해졌지만, 많은 사람들에게서 들은 격려와 응원의 목소리는 우리 모두에게 한없는 고마움과 무거운 책임감을 느끼는 계기를 주었습니다. 미래와 우리 식구의 마음이 또 한번 포개지는 과정이었습니다.

고양이도
한숨을 쉰다

'고양이가 한숨을 쉰다? 고양이도 한숨을 쉰다!'

도대체 어떻게 이해를 해야 할까요? 카메라 들이댈 찬스는 놓쳐 버리고, 혹시 한 번 더 쉬지 않을까 다시 카메라를 갖다 대면 그럴 기미가 전혀 안 보이고, 무방비 상태에 있다 보면 다시 내뱉는 그것. 우리 집 고양이 미래가 한숨을 쉬고 있었습니다. 말 그대로 '에효~' 같은, '어휴~' 같은, 분명히 깊은 곳에서 우러나오는 한숨이었습니다.

어린아이가 뭔가 신기한 것, 이를테면 개구리가 말을 걸었다든지, 나무가 히죽히죽 웃었다든지 하는 걸 보고 사람들을 데리고 왔는데, 개구리는 이미 달아나 버리고, 나무는 시치미를 뚝 떼고 서 있습니다. 그러면 그 아이는 어떻게 될까요? 사람들은 아이를 허풍쟁이, 양치기 소년이라 놀려대고 나무랄 것입니다. 딱 그런 경우라고나 할까요?

중학교 2학년이던 딸이 수학여행을 떠났던 사흘 사이. 첫날은 여느 일상과 다를 바 없었습니다. 사료를 먹이고 화장실에 데려가고 함께 놀았습니다. 문제는 이튿날부터였습니다. 갑자기 미래가 폭풍 한숨을 몰아쉬는 것이었습니다. 보통 때 같으면 풀쩍 뛰면서 쿵후 영화 몇 편을 찍었을, 저 좋아하는 장난감을 몇 개씩 던져줘도 심드렁해했습니다. 냄새만 몇 번 맡거나 깨작거리더니 이내 몸까지 돌리고 말았습니다. 장난꾸러기 본능을 숨긴 채, 강아지도 아니면서 끼잉끼잉 소리 내며 그들을 외면하고 있는 것이었습니다. 심지어는 몸을 축 늘어뜨린 채 현관문 쪽만 바라보고 있었습니다. 그러다 듣게 된 예의 그 한숨 소리. 처음엔 이게 무슨 소리인가 싶었는데, 녀석이 몸을 뒤척이며 몇 번의 한숨을 반복하는 걸 보고 아내와 나는 눈을 동그랗게 뜰 수밖에 없었습니다.

고양이 초보자인 아내와 나는 원래 고양이들이 한숨을 쉬는지도 몰랐지만, 하필 좋아하는 언니가 수학여행을 떠난 사이 저리 한숨을 몰아쉬니 어떻게 대처해야 할지 난감하기만 했습니다. 처음에는 그저 웃음이 나왔습니다. '요 녀석 봐라~ 무슨 고양이가 한숨을 쉰대?' 하며 웃기만 했습니다. 그렇지만 밥도 잘 먹으려 들지 않고, 잠만 자고, 화장실에서는 요지부동. 까불기는커녕 축 늘어져 한숨을 내쉬는 모습에 점점 가슴한켠이 아려왔습니다. 우리가 언니만큼 해주지 못해 저러나 싶어 미안해지기도 했습니다. 가끔씩 꼬리털을 몽둥이만큼 커다랗게 부풀리고 딸과 함께 껑충껑충 뛰며 놀 때는 "미래 다친다~ 너 그거 동물 학대야!" 잔소리만 잔뜩 늘어놨었는데, 아이가 집을 비우자 저리도 외로운 티를, 그리운 티를 내고 앉아 있는 것이었습니다.

오후에는 숫제 현관문 앞에 있는 발판 위에 웅크려 누워있기까지 했습니다. 잠이 들었나 싶어 카메라를 들고 살그머니 다가가면 어느새 고개를 발딱 들고, 영락없이 제 친구를, 제 주인을 기다리는 모양새를 하고 있었습니다.

미래의 언니 따라 하기, 꽁무니 졸졸은 하루 이틀이 아니지만 보면 볼수록 어쩌면 그럴 수 있나 싶을 정도로 대단합니다. 24시간을 따라다닐 순 없지만 어떻게든 딸과 뭔가를 함께하려 합니다. 특히 잠을 자고 일어나는 건 그 정도가 더합니다. 야행성이라는 고양이의 생체 리듬은 찾아볼 수가 없습니다. 고양이에게 토요일이나 일요일, 방학이 있을 수 있는 일일까요? 그런데 딸이 늦잠을 자는 날이면 신기하게도 미래 역시 밥 먹는 것도, 화장실 가는 것도 잊고 잠에 곯아떨어집니다. 무슨 놈의 고양이가 오전 11시가 되도록 정신을 못 차리고 늦잠 자느냐고 식구들이 돌아가면서 한 소리씩 하지만 꿈쩍도 않습니다. 사람이 아니어도, 작고 병든 동물이어도 제 생각이 없을 리 없는 자연의 질서. 저 챙겨 준다고, 좋아해 준다고, 아웅다웅 다투고 구박을 밥 먹듯 해도 언제 그랬냐는 듯 미래는 언니 옆에 찰싹 달라붙어 떨어지질 않는 것입니다.

저를 거두고 가장 크게 마음을 쓰는 이가 언니라는 사실을 알아서일까요? 어떤 때는 너무 장난감처럼 다루어서 어른들에게 싫은 소리를 들을 때도 있지만 그걸 받아들이는 미래는 생각이 조금 다른 듯합니다. 발톱을 깎을 때에도 응애응애 소리만 낼 뿐 꼼짝하지 않습니다. 고양이들이 가장 민감하다는 코를 만지며 손으로 닦는데도 녀석은 어리광만 부립

니다. 언니가 잠시 컴퓨터를 보고 있으면 이제나저제나 언니 곁을 맴도는 언니 마니아, 언니쟁이 미래. 그러니 한숨이 절로 나오는 게 어찌 보면 당연한지도 모르는 일이었습니다.

수학여행을 영어마을로 가는 바람에 별 재미없었다며 심드렁하게 집으로 돌아왔다는 딸. 하지만 아내의 말에 의하면, 얼마나 열심히 놀았는지 목은 잠기고 눈은 반쯤 감긴 채였다고 합니다.

'아빠, 나 와쩜.'

딸의 문자를 받고, 평소보다 서둘러 집으로 돌아가며 미래가 얼마나 좋아하고 반가워할까 생각하니 내가 더 가슴이 뛰었습니다.

아니다 다를까. 표정이야 눈 동그랗게 뜬 고양이 얼굴 그대로지만 행

동이 달라져 있었습니다. 먹는 둥 마는 둥 하던 밥도 아주 맛나게 비워냈습니다. 딸이 오자마자 거의 한 시간을 껑충거리고 후다닥거리며 놀았다고 했습니다. 그러다 "아, 피곤해~" 소리 지르며 딸이 침대 위에 드러눕자 그 밑에 웅크리고 앉아 바닥 한 번 쳐다보고 침대 위의 딸을 한 번 쳐다보기를 멈추지 않았습니다. 그 모습이 귀여워 딸이 덥석 안아 올리면 싫은 기색 한번 없이, 언제 한숨을 쉬었냐는 듯 고개를 빳빳이 세웠습니다.

다른 고양이도 한숨을 쉬는지, 쉰다면 그게 어떤 의미인지 모르겠지만, 그저 사흘 떨어졌다고 저리 한숨을 내쉬며 우두커니 앉아 있는 미래를 보니 앞으로 우리 가족의 여행, 딸아이의 외출은 어떻게 해야 할지 나야말로 긴 한숨이 나왔습니다.

바람의 색깔과
고양이 똥

"바람은 무슨 색깔이에요?"

선천성 시각장애로 악보는커녕 한 줌 빛조차 볼 수 없는 일본의 맹인 피아니스트 츠지 노부유키(辻井伸行). 타고 난 재능과 노력으로 비장애인들과 동등하게 겨루어 세계적인 피아노 콩쿠르인 반 클라이번(Van Cliburn)에서 우승까지 한 그가 어린 시절 엄마에게 그리 물어본 적이 있었다고 합니다. 태어나면서부터 아무것도 보지 못한 아이에게 색깔이라는 개념을 이해시켜주고 싶었던 아나운서 출신의 어머니는 날마다 꽃의 아름다운 색깔, 바다 색깔, 하늘 색깔, 무지개 색깔을 설명해 주곤 했었습니다.

"꽃은 너의 마음만큼 고운 색깔이야."

"바다의 색깔은 바라보기만 해도 아주 마음이 편안해지지."

"솜털을 만지면 아주 부드럽지? 노란색은 바로 그 느낌 그대로의 색깔이야."

어머니가 다정하게 이야기하면 아이는 매우 재미나게 들으며 자기 나름대로 색깔의 개념을 머릿속에 그려보곤 했습니다. 그러던 어느 날, 색깔의 개념을 상상하던 아이가 불쑥 그리 물어오더라는 것이었습니다. 바람의 색깔이 무엇이냐고…. 세상 그 누구도, 밝고 어두움을 씨앗만큼이라도 느낄 수 있는 사람이라면 상상조차 할 수 없는 질문이었습니다. 그날, 어머니는 아이를 낳은 이후 가장 많은 눈물을 흘렸다고 했습니다. 이른바 정상적인 이들에게는 너무나 당연하고 사소한 일이지만, 그렇지 못한 이들에게 세상은 상상 이상으로 힘들고, 낯설고, 어려운 곳인지도 모릅니다.

어느 늦은 오후, 잔뜩 일거리를 싸 들고 집에 들어오는데, 딸이 카메라를 들고 씩씩거리고 있었습니다. 왜 그러느냐는 질문에 대답 대신 사진을 보여줬습니다. 미래가 냉장고 앞에 똥을 한 무더기 싸놓았다는 것이었습니다. 아내도 외출하고 집을 비우게 되는 낮 시간. 대부분 잠을 자며 시간을 보내는 미래가 그날따라 유난히 배가 아팠던 건지 사고를 쳐놓은 것이었습니다. 나는 진아가 왜 그리 속상해하는지 금방 이해할 수 있었습니다. 그것은, '이놈의 고양이가 냉장고 앞에다 똥을 싸놨어요!', '아이, 더러워~'가 아니었습니다.

학교를 마치고 돌아오면 미래의 화장실부터 챙기는 딸. 매일같이 배를 만져 주고, 한 번씩 건너뛰는 배변 문제며, 화장실 갈 때마다 묘한 소리를 내며 괴로워하는 모습을 안타까워하던 딸의 입장에서는 배탈이 났던 건지, 보통 때는 잘 가지도 않는 냉장고 앞까지 머리와 어깨를 몇 번이고 쿵쿵 부딪히고 넘어지고 구르고 기어가서 힘들게 볼일을 볼 수밖에 없었던 순간이 너무나 안쓰럽고 속상해 사진이라도 찍어 보여주려 했던 것입니다. 보통의 고양이라면 당장 빗자루라도 들고 씨름했을 판. 그러나 혼자서는 화장실을 갈 수 없는 미래. 저 혼자 집에서 끙끙대다 얼마나 냐옹거렸을까, 얼마나 참고 또 참았을까…. 그러다 겨우겨우 자기가 머무는 곳에서 최대한 멀리 떨어진 곳으로 굴러가 배설을 했던 것입니다.

애써 별일 아닌 체하고 싶었지만 가슴 속에서 싸한 바람이 일었습니다. 고양이 똥 싸놓은 것 가지고 웬 소란이냐 싶겠지만 내겐 그것이 똥이 아니라 앓는 마음의 소리인 것만 같았습니다. 똥을 누다 넘어진 탓에 온몸이 지저분해져 있었지만, 한참을 답답하다고 냥냥거리며 버둥댈 때까지 꼭 안았습니다. 마침 집으로 돌아온 아내와 딸이 미래를 함께 씻겼습니다.

"이 똥고양이! 또 그럴래? 그게 뭐야!"

야단을 치다가도 그러는 자신들이 무안한지, 가슴이 아팠던 건지, 모녀는 한참 동안 말을 잊기도 했습니다. 몸은 어쩌지 못하면서도 목욕하기 싫다고 나가겠다 '미잉~ 미잉~' 거리는 미래의 투정만 욕실 밖으로 흘러나왔습니다.

몸을 씻겨주자 개운하다는 뜻인지, 장을 비워내 기분이 좋아졌다는 의미인지, 다른 때보다 들떠 보이는 미래가 채 마르지도 않은 몸으로 집안을 굴러다니기 시작했습니다. 미래와 놀며 우리가 생각하지 못한 이들의, 우리가 이해 못하는 고통과 아픔에 대해 곱씹어 보았습니다. 우리에게는 너무나 일상적인 행동과 삶의 방식들이 그러지 못한 이들에게는 상상하지 못할 고통과 반전으로 다가갈 수 있습니다. 맹인 피아니스트 츠지 노부유키가 물어봤다는 바람의 색깔. 그는 아무 의심 없이 바람 역시 색깔이란 것을 가지고 있으리라 상상하며 물어왔고, 그 어찌할 수 없는 질문 앞에 어머니는 미안함과 죄책감이 고인 눈물을 터트리고 말았습니다. 몸을 가누지 못하는 고양이의 하찮은 배설이 그 어머니의 아픔만 할까마는 내 집에 거둔 고양이의 작은 실수가 가져온 생각의 소용돌이가 나를 휘감았습니다.

'저 녀석 계속 저러면 어쩌나, 혼자 있을 때 화장실을 어찌할까?' 생각만 하면 가슴이 답답해졌지만 어쩔 도리가 없습니다. 눈앞에서 장난꾸러기 짓을 이어가는 모습을 보며 그저 허허 웃기만 할 뿐이었습니다. 냉장고 앞에 퍼질러 놓은 고양이 똥을 치우며 녀석을 위해 무엇을 할까, 세정제로 바닥을 닦으며 녀석의 입장에서 무엇을 생각해볼까, 이런저런 궁리들이 마루 위의 미래 마냥 머릿속을 데굴데굴 굴러다녔습니다.

모래와
사람의 집

거래처 손님과 식사를 마치고 막 헤어지려는데 핸드폰이 울렸습니다. 전화기 저쪽에서 쫑알쫑알 대는 아이의 목소리가 들려왔습니다. "그래, 그래, 알았어." 집에 고양이를 다섯 마리나 키우고 있다는 그분은 모래를 사 오랬는데 깜빡했다고, 어디 잠시 들렀다 가야겠노라며 방향을 바꾸었습니다.

'고양이 모래? 모래? 갑자기 웬 모래?'

아주 짧은 시간 동안, 고양이들은 모래 위에 배설을 하고 그것을 묻는다는, 주위들은 상식이 머릿속에 돌아올 때까지 '고양이'와 '모래'라는 두 단어는 내게 대단히 이질적인 그 무엇이었습니다. 그래도 명색이 고양이 키우는 집인데, 바들바들 떨기만 하던 주먹만 한 녀석이 우리 집에 들어와 제법 어른 고양이로 자랄 만큼의 시간이 지났는데, 털 달린 짐승을 집 안에서 키울 수 없다는 내 생각을 바꾸고, 고양이는 요물이라던 노모가 생각을 달리하시고, 모든 식구들이 예쁘다 예쁘다 노래를 부르는 집인데, 고양이 모래가 없는 집. '고양이와 모래가 무슨 관련이 있지?'라며, 잠시 혼란스러워하는 사람의 집.

처음 미래를 키우기 시작했을 때 많은 조언을 해주시던 고양이 애호가인 의사 선생님께서는 '고양이에게 모래는 자존심'이라 표현한 게 기억났습니다. 그것은 자신의 부끄러운 부분을 보여주지 않으려는, 자존심 강한 고양이들의 습성을 표현하는 말이라 이해되었습니다. 자신의 배설물을 모래 속에 파묻는 행위는 개보다 몇 배나 더 야성이 남아 있는 고양이들의 천성 때문이라는 글을 읽은 적도 있습니다. 원래 고양이들은 배설물에 포함된 호르몬으로 자신의 위세와 흔적을 드러내는데, 자신을 돌보는 사람들을 자신보다 크고 힘센 고양이로 인식해서 그들로부터 자신을 보호하고 감추기 위해 그렇게 한다는 것이었습니다.

그렇지만 미래는 모래를 사용할 수도, 파묻을 수도 없습니다. 모래를 사용하도록 여러 번 시도도 해봤지만 비틀대다 제 용변 위에 풀썩 쓰러지고 말았습니다. 그럴 때마다 몸에 묻은 오물을 털어내고 닦아내려 애를 쓰다 스스로가 혐오스러운 듯 서럽게 냐앙냐앙거리곤 했습니다. '이

건 네 자존심이다, 너는 몸이 조금 불편해도 당당한 고양이이니 스스로 터득하라'고 놔둬 보기도 했지만 의지만으로 해결할 수 있는 일이 아니었습니다. 결국 녀석은 우리 식구 중 누군가에게 매달려 우리와 같은 화장실을 사용하게 되었습니다.

변의가 느껴지면 미래는 화장실 근처로 와서 냥냥거리기 시작합니다. 용변을 보고 싶다는 신호인 것입니다. 녀석은 독특한 울음소리와 안절부절못하는 자세로 의사를 표현하는데, 그것을 알아챈 우리가 녀석을 붙들고 화장실로 달려가는 식입니다. 대변의 경우는 조금 다르지만 소변은 아침에 한 번, 딸이 학교 다녀온 뒤 한 번, 잠자리에 들기 전 한 번 정도가 습관이 되었습니다. 처음에는 녀석의 신호를 알아차리지 못한 탓에 집 안 구석구석에 용변을 봤고 그 자리에 쓰러져 오물을 묻혔다가 번번이 목욕을 당하기도 했지만, 이제는 어느 정도 일정한 패턴을 가지게 된 것입니다. 다만 대변은 패턴이 일정하지 않습니다. 변을 보고 나면 개운해서 그런지 어떤 때에는 개구리처럼 폴짝거리는 뜀박질로 온 집 안을 쓸고 다니기도 했습니다.

몸이 불편한 고양이를 키우고 좋아하게 되고, 그 고양이를 위해 뭔가 해줘야겠다 항상 생각하면서도 정작 고양이와 모래를 연결조차 시키지 못하는 우리 집 사람들. 고양이 모래를 사러 방향을 돌리는 거래처 손님을 배웅하며 문득 내가 얼마나 무신경한지 돌이켜보기도 했습니다.

그러던 언제부터인가 미래가 화장실을 타기 시작했습니다. 우리 집으로 온 지 1년이 조금 지난 시기였다. 고양이를 처음 길러보는 입장에서

'화장실을 탄다'라는 말을 이리 쓰는 게 맞는지 모르겠지만, 화장실 습관을 갑자기 바꾸는 것을 '화장실을 탄다'라 하는 것이라면 미래는 분명히 그때부터 화장실을 타기 시작했습니다. 좀 더 구체적으로 말한다면, 어느 정도 일상화되어 있던 녀석이 화장실 패턴을 스스로 바꾸려 한다고나 할까요?

아기 고양이 때에는 세면대에서, 조금 지나서는 화장실 양변기에 발을 올려주고 몸을 붙들어 주면 배변을 했는데, 언제부턴가 녀석이 그곳에서 볼일 보기를 거부하는 것이었습니다. 오줌은 그대로 누는데, 똥은 완강하게 거부하기 시작한 것이었습니다. 그렇다고 대변을 보지 않는 것은 아니었습니다. 오히려 패턴은 일정했습니다. 그렇지만 화장실에서는 거부하고 다른 곳에 볼일을 보기 시작했는데, 냉장고 앞이 그곳이었습니다. 똥 마렵다 몸짓을 해서 화장실을 데리고 가면 아옹아옹 싫다는 소리를 내며 몸부림을 쳤습니다. 아닌가 보다라며 놔두면 어김없이 냉장고 앞에 한 무더기 쌓아놓는 것이었습니다. 꼭 그 한 군데, 냉장고 앞의 낡은 마룻바닥 위였습니다. 식구들이 있을 때에는 그렇게 하지 않는데 조금만 빈틈이 생기면 어느새 그 앞에 가 볼일을 보는 것이었습니다. 예전에도 몇 번 그런 일이 있긴 했지만, 똥 누고 싶다는 소리를 우리가 못 들어 그런가 보다 생각하고 말았었습니다. 그런데 점점 그 시기가 일정해지고 분명해지는 것이었습니다.

냄새도 나고, 냉장고 앞이라 가족들 위생도 걱정이 되는데, 안하무인 미래는 그곳에서 똥 누기를 고집하고 있습니다. 토요일이나 일요일, 식구들이 집에 있어 볼일 보기가 힘들면 비키라고 신경질적으로 울어대기도 했습니다. 화장실에 안고 가면 싫다고 앙탈만 부리는 녀석. 정 급하면 화장실에서 대변을 보기도 하지만 등을 돌리고 누워 토라진 티를 내기도 했습니다. 변비가 있어 그런가 싶어, 주위 사람의 권유로 아기들에게 먹이는 정장제를 사료에 타서 먹였더니 수월하게 변을 보기는 했지만 냉장고 앞을 고집하는 건 꺾이지 않은 상태입니다. 어떻게 해야 할까. 매번 볼일을 볼 때마다 화장실 데리고 가는 것을 시도하고, 냉장고 앞에 볼일을 보면 살균 세정제로 열심히 닦아내고는 있지만 녀석과의 화장실 전쟁은 끊이지 않고 있습니다. 사랑한다는 것은 이해하는 것이라는데, 어떻게 관리해야 할지 머릿속이 복잡해졌습니다.

첫
발정

"쉽게 말해서 첫 생리를 하는 겁니다."

우리 집에 온 지 6개월쯤 지났을까? 미래의 상태가 이상해 딸과 함께 찾아간 동물병원. 며칠 전부터 낑낑대더니 식욕도 뚝 떨어졌습니다. 뭐가 불편한 건가? 어찌 보면 허둥대는 것 같기도 하고, 안절부절 딸의 침대를 뛰어올랐다 굴렀다 갑작스레 부산해졌습니다. 밤이면 집 주위에서 유달리 고양이 소리가 많이 들린다 싶었는데, 거기에 미래가 다소 격한 반응을 보이는 것도 그즈음이었습니다.

　제일 걱정인 건 밥을 잘 안 먹는다는 것이었습니다. 언제나 붙들어줘야 밥을 먹을 수 있는 몸이지만 먹성 하나는 끝내주는 녀석인데, 먹거리 앞에서 고개를 휙 돌리고 마는 것이었습니다. 걱정된 나머지 동물병원에 데리고 갔습니다. 미래의 몸을 여기저기 살피던 의사 선생님은 '첫 생리'라고 표현했습니다. 미래의 발정은 그렇게 찾아왔습니다.

　마냥 새끼인 줄로만 알았는데, 자연의 섭리에 따라 어느새 잉태가 가능한 성체가 되었던 것입니다. 정확하진 않으나 우리 집에 처음 왔을 때가 대략 2개월이 안 되었을 거라 추정했었으니 그로부터 6개월 후면 대략 7~8개월 정도의 나이. 충분히 그럴 수 있다고 식구들 모두 예견은 했었지만 막상 닥치고 나니 당혹스러움을 어쩔 수가 없었습니다. 고양이 기르는 주위 분들 말씀처럼 잠을 자지 못할 정도로 울어대는 건 아니어서 긴가민가하기도 했었는데 고양이마다 정도의 차이가 있다는 의사 선생님의 말씀을 듣고 상황을 이해할 수 있었습니다. 중성화 수술에 대해 의논을 했습니다. 언젠가는 이러한 상황이 닥치리라 예상하고 있었지만 과연 그게 옳은가에서부터 그렇다면 미래가 얼마나 힘들어할 것인가까지 함께 고민했습니다.

　'일단 지금 당장은 발정이 난 상태이기 때문에 수술을 할 시기가 아니다, 발정이 났을 때 수술을 하면 자칫 지속적으로 상상 발정 증세를 보이는 부작용이 있을 수 있으므로 발정이 끝나고 한 달쯤 뒤 수술을 해야 할 것이다'는 의견과 함께 정 힘들어하면 어떻게 하라는 민간 처방요법도 귀띔해 주었습니다. 일단은 그리 이해하고 집으로 돌아왔습니다.

어떻게 해야 하나….

누군가는 고양이를 집 안에서 키우려면 중성화 수술은 의무와도 같다고 했습니다. 옛날에야 시골 마당을 자유롭게 드나들며 그들만의 세상을 즐길 수 있었지만, 요즘처럼 다닥다닥 집들이 붙어있는 상황에선 고양이를 싫어하는 이웃들에게 발정 소리가 큰 피해를 줄 수도 있다는 것이었습니다. 그러나 미래는 사뭇 다릅니다. 인간에게도 마취는 공포인데 하물며 몸을 가누지 못하는 이 고양이에게 그것은 얼마나 가혹한 짓인가? 심장에 무리가 갈 수도 있다는데…. 과연 옳은 것인가? 너무 인간 중심으로 생각하는 것은 아닌가?

가족의 중요 구성원으로 자리 잡은 미래가 새끼를 낳는다면 기꺼이 예뻐하고 키울 수도 있을 것입니다. 그렇지만 이 뇌성마비 고양이가 그 모든 과정을 이겨낼 수 있을까? 그렇게 태어난 새끼 고양이들은 몸 불편한 어미에게 어떻게 기댈 것인가? 정해진 섭리에 따를까도 생각해 봤지만 무리라는 결론을 내렸습니다. 수고양이들에 비해 암고양이들의 중성화 수술은 더 힘들다고 하던데, 실패할 수도 있다던데…. 멀뚱한 눈으로 나를 마주 보는 미래를 쓰다듬으며 중성화에 대한 고민은 꼬리에 꼬리를 물었습니다. 미래의 몽글몽글한 배는 보드랍고 따스했습니다.

내 걱정을 읽었는지, 무슨 마음을 먹었는지, 병원에 다녀온 그날부터 미래는 안정을 찾아갔습니다. 발정 기간이 짧아서일까, 첫 발정이라서 그럴까, 우는 소리도 크게 거슬리지 않았고 무슨 일 있었냐는 듯 장난을 걸어오기도 했습니다.

병원에 다녀오고 나서 며칠 뒤 근 2주에 가까운 유럽 출장을 떠나야 했습니다. 딸은 딸대로, 아내는 아내대로 걱정을 떨쳐내지 못하고 있었습니다. 적지 않은 시간 동안 집을 비워야 한다는 생각에 마음이 무거워졌습니다.

"미래야, 아저씨 출장 갔다 올 테니 아프지 말고 잘 있어~"

걱정스런 내 마음과는 달리 미래는 시큰둥했습니다. 동행이 많은 출장이고, 내가 모든 것을 챙겨야 하는 상황이어서 전화도 자주 하지 못했지만 딸은 이메일과 SNS로 미래의 사진을 보내왔습니다. 어쩌다가 통화하게 되면 절반은 미래에 대한 걱정이었습니다. 덴마크, 프랑스, 네덜란드로 이어진 출장길. 길이 이어지는 모든 곳에 미래가 있었습니다. 출장 말미에 지독한 몸살감기까지 얻어 휘청이며 돌아온 집. 여전히 똑같은 표정의 미래는 전보다 훨씬 건강하고 밝아진 모습이었습니다.

의사 선생님이 말한 한 달의 시간이 흘렀습니다. 본격적인 중성화 수술 고민이 시작되었습니다. 미래는 다시 이전의 까불이 고양이로 돌아온 상태. 우리가 장난을 걸 때만 반응하던 녀석이 제법 어떻게 장난을 거는지도 알게 되어 다리에 달라붙고, 발가락을 깨물며 놀아달라 응석을 부리기도 했습니다. 먹성도 발정 이전의 상태를 완전히 되찾았습니다. 그런 미래를 보며 우리 가족은 미래가 또다시 발정 증세를 보이고 힘들어하면 어떻게 하나 고민에 빠졌습니다. 발정과 중성화 수술…. 자연의 섭리를 거스르는 것이 과연 옳은가 고민하고 또 고민해 보지만 마땅한 결론이 나지 않았습니다. 과연 윤리적인가, 비윤리적인가 판단이 서지 않았습니다. 인간의 편리함에 녹아든 잔인한 결정이 아닌가, 미로 속을 헤매었습니다.

인터넷에서 중성화 수술 후 힘들어하는 고양이에 대한 글을 보면서 고민도 되었습니다. 집 안에서 키울 수 있으면 힘들게 수술시키지 않아도 된다는 글도 읽었습니다. 미래야말로 몸을 가누지 못하는 특수한 상황이어서 열린 문틈 새로 나가 임신할 확률도 대단히 낮습니다. 그렇다고 스스로가 가진 성체로서의, 암컷으로서의 기능이 적거나 부족할 리는 없습니다.

이후 미래는 3~4개월에 한 번 정도 발정 증세를 보였습니다. 다른 고양이들의 경우에 비하면 미래의 발정 정도는 그리 심하지 않았습니다. 워낙 몸이 약한 터라 마취에 대한 부작용이 걱정되기도 하지만 중성화 수술 자체에 대한 가치 판단과 혼란으로 수술은 계속 미루어지고 있습니다. 과연 어느 쪽이 옳은가, 고른 숨을 쌕쌕 내쉬며 아기처럼 곤하게 잠들어있는 미래를 들여다보면서 나는 불침번을 서고 있습니다.

지킬과
하이드 놀이

아름다운 약혼녀를 둔 선한 의사와 악의 화신 하이드를 오가는 헨리 지킬의 이야기, 《지킬과 하이드》. 이따금 너무나, 깜짝 놀랄 만큼 돌변하는 태도를 보여 주는 미래를 관찰하며 지킬과 하이드를 떠올릴 때가 있습니다. 어쩔 수 없이 미스터 하이드의 끔찍한 면을 상상하는 것이 미안하기도 하고, 그래서 귀여운 이미지로 그리 부른다 위안을 삼기도 합니다만, 녀석의 몸이 몸인지라 살짝 걱정이 되기도 합니다.

사단은 방송국에서 걸려온 전화 한 통에서 시작되었습니다. 교육방송 EBS의 〈교육 리포트 ON〉이라는 프로그램 작가로부터 걸려 온 전화였는데, 반려동물과 가정 교육을 연결시키는 내용의 프로그램에 미래를 소개하고 싶다는 내용이었습니다. 10여 분 내외의, 일종의 짧은 휴먼 다큐멘터리처럼 우리 집 안을 촬영하고 싶다는 것이었습니다. 민망한 기분이 들지 않은 건 아니지만, 프로그램의 취지가 나쁘지 않아서이기도 했고, 무엇보다도 방송작가로 일하면서 EBS의 어린이 드라마와 교육 다큐멘터리 일을 유난히 많이 맡았던, 그래서 아주 고맙고 좋은 느낌을 가지고 있는 개인적 인연이 있어 선뜻 그 제안을 받아들이기로 했습니다.

마침 딸아이의 예술고등학교 실기 시험이 얼마 남지 않은 때라 그 준비에 방해가 되지 않을까 걱정도 됐지만 어찌어찌 되겠지 생각하고 약속을 잡았더랬습니다. 문제는, 그 프로그램의 PD가 혼자 우리 집을 방문한 직후에 발생했습니다.

미래가 낯선 사람을 두려워할지 모르니 혼자 오시라는 내 부탁을 듣고, 그 무거운 장비들을 지고 메고 혼자 우리 집을 찾아온 PD. 그분이 초인종을 누르기 전, 우리는 누군가 우리 집을 찾았다는 사실 자체도 느끼지 못했을 때 자기 의자에 드러누워 졸고 있던 미래가 갑자기 사라져 버렸던 것입니다.

보통 때 같으면, 특히 나나 아내, 딸아이의 발자국 소리를 들으면 눈도 뜨지 않고 심드렁하게 누워있기만 하는 녀석, 그 발자국 리듬을 아는 것인지 냄새 때문인 건지 낯선 사람이 집 안으로 다가오고 있다는 사실을 눈치 채고는, 더군다나 자기를 만나기 위해 누군가가 찾아온다는 걸 알기라도 한다는 듯, 잘 가누지도 못하는 몸을 비틀대며 소파 밑으로 사라져 버렸습니다.

그런 반응을 보이는 미래를 아예 이해하지 못하는 건 아니었습니다. 그로부터 몇 주 전 다른 방송국에서 미래와 딸아이를 취재해 간 적이 있었는데, 시사 보도 프로그램 특성상 여러 명의 스태프들이 꽤나 많은 종류의 장비들을 가지고 한꺼번에 우리 집을 찾은 적이 있었습니다. 일반 교양 프로그램이 아니라 취재가 주 업무인 그분들은 유난히 움직임이 빠르고 분주했습니다. 그 과정에서 말 그대로 혼비백산을 한 미래. 덕분에 인터뷰하는 언니 품에 안겨 있던 미래는 급기야 오줌을 지려버리고 말았습니다.

그런 경험이 있었던 터라 PD 혼자 오시라 미리 말씀을 드렸던 것인데, 똑같은 상황이 아니, 그보다 더 심각한 상황이 벌어지고 말았습니다. 불러도, 저 좋아하는 장난감을 흔들며 유혹해도, 억지로 끄집어내지 않는 이상 미래는 어두운 소파 밑에서 나오지를 않았습니다. 겨우 녀석을 끌어내도 딸아이나 아내의 품에 잠시 안겨 있다 조금의 틈만 나면 부리나케 뛰어내려 비틀비틀 소파 밑, 침대 밑으로 달아나는 것이었습니다. 그런 와중에서도 미래는 코끝이 빨개져서는, 아르릉~ 아르 아르릉~ 하는, 우리 가족이 한 번도 들어본 적이 없는 아기 사자 소리를 내 지켜보는 이들을 웃게도 만들었습니다.

촬영을 해서 프로그램을 만들어야 하는 PD도 난감해하고, 저나 우리 식구 모두 똑같이 미안하고 당황되고 입장이 난처하다는 말밖에는 할 말이 없었습니다. 카메라를 설치해 두고, PD가 집 밖으로 한참 동안 나가 있기도 했지만 다 알고 있다는 듯, 밥도 먹지 않고 설치된 카메라 쪽만 쳐다보며 그 아르~ 아르릉~ 소리만 반복하고 있었습니다.

결국 PD는, 조금 시간을 가지고, 짧게 짧게라도 우리 집에 들러 미래에게 익숙해져 가며 촬영을 시도해봐야겠다고 하셨지만 미안한 마음을 금할 수가 없었습니다.

그렇게 PD가 돌아가고 대략 30분 정도가 지났을까? 미래의 태도가 돌변했습니다. 돌변이라는 표현이 너무나도 딱 맞을 만큼, 조금 전의 그 아르~ 아르릉~은, 조금 전의 그 겁먹고 숨어들던 고양이는 어디로 갔는지 말도 못하는 개구쟁이로 변하고 말았습니다. 폭풍 흡입이라는 말이 딱 맞을 만큼 식사도 무섭게 해치웠습니다. 평소의 녀석과 다르다 느껴질 정도로 명랑한 티를 내기 시작했던 것입니다.

얼마나 겁이 났으면 그랬을까, 얼마나 무서웠으면 그랬을까, 제 몸 방어를 제대로 할 수 없으니 그리하는 것이겠지 하는 안쓰러운 마음이 들어 딸아이와 함께 열심히 놀아 줬더니 거의 날아다닌다는 표현이 어울릴 정도로 요란을 떨기 시작했습니다. 지킬과 하이드, 어쩌면 그렇게 돌변할 수 있는지 모를 만큼 야단법석을 만들었습니다.

하루가 지났습니다. 전날 방문하셨던 EBS PD님이 다시 우리 집을 찾았습니다.

"PD님 가시고 난 다음에 미래가 얼마나 요란스럽게 놀았는지 말로 다 못하겠네요. 어제 오셨을 때 애가 컨디션이 조금 안 좋았었나 봐요…."

그러나 설명이 채 끝나기도 전에 미래는 사라져 버리고 말았습니다. 그리고 상황은 다시 반복. PD는 다시 오겠다며 방송국으로 돌아가셨고 미래는 또다시 필요 이상으로 방방~. 녀석은 그렇게 지킬과 하이드 놀이를 멈추지 않았습니다.

결국 프로그램 촬영은 근 열흘 동안 이어졌습니다. 담당 PD는 거의 매일, 끈질기게 우리 집을 찾았고, 좀처럼 마음의 문을 열지 않는 미래는 승강이를 계속하면서 숨을 곳만 찾았습니다. 우여곡절 끝에 프로그램 제작을 마칠 수 있었지만 무거워진 마음은 마냥 편안하지 않았습니다.

원래 미래의 별명은 삐돌이였더랬습니다. 암고양이지만 예쁘게 그리 부르는 것이었는데, 별명처럼 삐지고 토라지는 데 일가견이 있는 녀석이었습니다. 별일 아닌데도 홱 토라져서 어디론가 숨어 버리고 그럴 때마다 우리집 식구들은 깔깔대며 녀석을 찾아내고, 안아 주고 보듬어 주지만 그러면 그럴수록 더욱 샐쭉해지는 녀석. 아이들을 키우면서, 녀석들이 커 가면서 성격이 더러 변하고 그것을 드러내는 모양이 참 변화무쌍하다 싶었는데 미래는 그 정도는 아무것도 아니라는 듯 삐지기의 참모습을 보여 줬더랬습니다. 그러면서 풀어지는 것도 조금씩 조금씩이었는데, 나는 지킬과 하이드요 하려는 듯 돌변하듯 이랬다저랬다 하는 녀석을 보면서 놀라지 않을 수가 없었습니다.

한번 크게 데었다 싶을 만큼 혼이 난 방송 촬영. 그 뒤로, 유독 시커먼 카메라 장비만 보면 혼비백산을 하는 미래. 그리고 그 상황이 끝나면 이전의 행동보다 두 배, 세 배 정도는 더 까불어대며 노는 녀석. 워낙 무서웠던 터라 그 위협(?)이 사라지자 보상이라도 받겠다는 듯 더 정신없이 노는 건지, 다른 고양이들처럼 몰래 달아나고, 움직이는 것이 익숙지 않아 그런 것인지, 그것도 아니면 자신의 무서움을 보상이라도 받겠다며 그러는 것인지 도통 그 속내를 알 수가 없었습니다.

키티 파베르
Kitty Faber

인간을 동물과 구분하는 잣대 중의 하나가 도구를 사용하는 점이라고 합니다. 그래서 실제 도구를 사용한 것으로 추정되는 150만 년 전의 고대 인류 호모 하빌리스(Homo Habilis)의 직접적 분류와 그 상징적 가치를 결합시켜 도구의 인간, 도구를 사용하는 인간이라는 뜻의 '호모 파베르(Homo Faber)'란 단어를 만들어내기도 했습니다.

그렇다면 도구를 사용 혹은 활용하는 고양이는 어떨까요? 몸이 불편해 뒤뚱뒤뚱 넘어지고, 가고 싶은 곳을 마음대로 가지 못하는, 그러면서도 장난기와 말썽만큼은 세상 어떤 고양이 못지않은 우리 집 고양이 미래를 나는 가끔씩 도구의 고양이, '키티 파베르(Kitty Faber)'라 불러봅니다.

그렇다고 녀석이 사람처럼 도구를 자유자재로 쓴다는 의미는 아닙니다. 제 몸이 불편하고, 제 마음대로 안 움직여 주니까 나름의 잔머리를 쓰고 있다는 뜻입니다. 녀석이 가장 불편해하는 것은 마음대로 몸을 뒤틀어 그루밍을 하지 못한다는 것. 그러다 보니 자연스레 주위의 지형지물을 이용하게 된 것입니다.

제일 만만한 것은 테이블 다리. 밥을 먹고 난 후, 때때로 녀석은 응접실의 테이블 다리를 지지한 채 그루밍을 합니다. 처음에는 우연히 몸이 닿았나 싶었는데 가만히 살펴보니 마치 철봉 선수들이 철봉을 돌듯 테이블 다리를 이용해 이리저리 몸을 뒤틀고 돌려 몸의 곳곳에 혀를 갖다대고 있는 것이었습니다. 테이블 다리를 마치 하나의 완전한 도구처럼 사용하는 게 신기하게 느껴질 정도였습니다. 그러다 나중에는 테이블 다리에 몸을 지지하고 잠이 들어버리기도 했습니다. 테이블 다리를 끌어안듯 보듬고 잠이 드는 것이었습니다. 뒷다리 사이에 앞다리를 집어넣은 모습은 마치 추운 사람이 웅크리고 누워 있는 것 같아 웃음이 나오기도 했습니다.

다음으로 녀석이 좋아하는 도구는 딸 방의 침대 모서리. 정확하게 말해 침대와 벽이 닿은 살짝 차갑고 딱딱한 틈새에 몸을 끼워 넣어 비벼대는 것입니다. 등 쪽을 긁고 싶을 때나 그루밍을 하고 싶을 때 그런 행동을 보이는 것 같은데, 아줌마에게 들키면 이내 혼이 나 쫓겨나고 말지만 심심찮게 그곳에 올라가 등을 비비곤 했습니다.

마루에 놓인 작은 상에 턱과 코를 기대고 문지르는 것도 미래의 도구 활용 작업 중 하나. 딸의 설명으로는 턱에 난 여드름 같은 게 가려워서라고 하는데, 중심이 잘 잡히지도 않는 몸을 기댄 채 아주 야무지게 비벼 댑니다. 그럴 때면 눈이 사팔뜨기처럼 한가운데로 모입니다.

도구를 스스로 활용할 수 있게 된 미래가 우리 가족에게 큰 감동을 준 것은 밥 먹는 방법을 터득하면서입니다. 조금 일찍 퇴근한 저녁 시간, 미래 밥 먹일 준비를 하던 딸이 문자를 보내왔습니다. 집 안에서 문자를 보낼 때에는 말을 하기가 어렵거나 조용히 뭔가를 전달하고 싶을 때. 아니나 다를까, 살짝 자기 방으로 와보라는 것이었습니다. 시키는 대로 딸의 방에 조용히 들어섰습니다. 밥 먹이고 있는 줄 알았던 딸은 침대에 엎드려 스마트폰으로 침대 아래를 찍으며 나에게 뭔가 보라고 손짓을 했습니다. 공기청정기를 서랍장 근처에 밀어서 삼각형 모양의 틈을 만들고 그 사이에 미래를 넣어 둔 것이었습니다. 미래는 넘어지고 쓰러지려는 몸을 서랍장과 공기청정기에 기대고 부딪혀가며 지탱한 채 최대한 한쪽으로 몸을 붙여 쓰러지지 않게 몸을 유지하며 혼자 힘으로 밥을 먹고 있었습니다. 딸은 사료를 숟가락으로 저어 한가운데 소복하게 쌓이도록 해줄 뿐이었습니다.

순간적으로 눈물이 핑 돌았습니다. 어찌나 씩씩하고 의젓하게 혼자 밥을 먹고 있는지 내 안에 있던 뭉클한 기운이 한꺼번에 쏟아지는 듯한 기분이었습니다. 딸은 벌써 두어 번 이렇게 밥을 먹었다며 시큰둥하게 그러나 자랑스럽게 이야기했습니다. 그렇게 혼자 밥 먹는 방법을 알아낸 것은 미래가 마루 벽 쪽에 바짝 붙여 놓은 화분 틈새에 몸을 집어넣은 채 놀고 있길래 밥을 가져다줬고, 그 사이에 몸을 지탱하면서 스스로 밥을 먹는 걸 보면서였습니다. 사정을 잘 모르는 이가 이 이야기를 들으면 고양이 혼자 밥 먹는 게 뭐 그리 눈물까지 날 정도냐, 별스럽다 말하겠지만 우리 가족에게는 그 모습이 얼마나 고맙고 기쁜지 감동의 여파가 무척 컸더랬습니다. 틈만 나면 다리를 건드리고 깨물며 장난을 거는 녀석과 부지런히 놀아줬더니 생각보다 다리가 튼튼해져서 식사가 가능해졌다고 생각하니 더욱 마음이 뿌듯해졌습니다.

우리 가족은 길을 가다가 혼자 똑바로 걸어가거나 혼자 서서 무언가를 먹는 고양이를 보면 신기하게 바라봅니다.

"저 오늘 고양이가 혼자 걸어가는 걸 봤어요. 안 넘어지고 똑바로 걸어가던데요?"

"와? 진짜? 진짜?? 안 넘어져? 되게 신기했겠다!"

"어떻게 고양이가 안 넘어지고 걸어가지?"

남이 들으면 정말이지 바보 같은, 웃음이 터져 나올 대화를 아무렇지도 않게 나누는 우리 가족. 우리도 그런 말을 해놓고 웃을 때가 한두 번이 아닙니다. 넘어지고 쓰러진다고 녀석이 미운 건 아니지만, 오히려 더 곱고 예뻐 보이기까지 하지만, 혼자 밥을 먹을 줄 알게 되었다는 사실 자체가 가슴 뿌듯함 그 이상으로 다가오는 것입니다.

미래를 걱정해주시는 어떤 분이 이메일을 보낸 적이 있습니다. 당신께서 기르는 앞을 못 보는 고양이가 높은 곳에 올라가면 물건을 하나 떨어뜨려 보고 그 소리를 들은 다음 높이를 가늠한 후 뛰어내린다는 내용이었습니다. 꼭 고양이라서 그런 것만은 아니겠지만, 다른 고양이들도 미래처럼 도구를 활용하는지는 잘 모르겠지만, 유달리 주변의 물건들을 잘 활용하는 미래, '키티 파베르'를 보고 있노라면 살아있다는 것의 거룩함에 전율이 입니다.

채터링(Chattering),
고양이 몸속의 새 한 마리

아파트로 이사 오기 전에 살던 집에는 옥상을 겸한 작은 마당의 텃밭이 있었습니다. 텃밭이라 부르기에는 콧방귀 나는 수준의 옥상 모퉁이 작은 공간이어도 상추며 배추, 고추에 가지, 호박까지 키우다 보니 어머니와 아버지를 비롯한 우리 일곱 식구 먹거리 야채는 그곳에서 나는 것들로 얼추 해결할 정도가 되었습니다. 농약 근처에도 가지 않았으니 가장 원초적인 의미의 유기농 채소들인 셈. 조금 억세게 느껴질 때도 있지만, 순수한 맛과 향이 보통이 아니었습니다. 도시 생활하며 그럴 수 있다는 것이 어떤 의미에서 호사라는 생각이 들 정도였습니다.

그런데 그리 가까운 곳에 흙과 채소들을 두다 보니 심심찮게 집 안에 벌레가 들어오는 일이 생겼습니다. 날파리는 기본이고 하루살이, 무당벌레, 배추벌레부터 밤 시간의 나방 등 한 번도 본 적이 없는 친구들까지 도시에서는 보려야 볼 수 없는, 정체불명의 작은 생명체들이 집 안 곳곳에 출몰하곤 했습니다. 집 안에서 쉽게 발견되는 벌레들이 우리 가족은 그리 반갑지만은 않았습니다만, 어느 날부터인가 집 안에 벌레가 출몰하면 유달리 바빠지는 녀석이 있었습니다. 미래였습니다. 무슨 종류든 벌레만 나타나면 본격 사냥꾼으로 나서겠다는 듯 부산스러워지는 미래. 그래봤자 결국에는 뒤뚱거리고 넘어져 버리기 일쑤였지만 그 모습을 우리 식구들은 재미난 슬랩스틱 코미디로 지켜보며 응원했습니다.

벌레가 보이거나 발견하게 되면 미래는 일단 온 신경을 그쪽으로 가져갑니다. 그리고 어떻게든 벌레를 잡으려 애를 쓰고 집중합니다. 벌레를 겨냥한다는 게 털썩 털썩 넘어지고 주변 사물에 부딪히는 등 쉬이 잡을 리 없지만, 그 의지만큼은 전문 사냥꾼을 연상시켰습니다. 어느 날은 내 눈앞에서, 단숨에 날파리를 잡아먹은 적도 있었습니다. 빤히 내가 지켜보는 앞에서 덥석 그러나, 정확하게 말해 얼떨결에 삼킨 적이 있었습니다. 사냥에 성공하고 입맛을 다시는 녀석, 그렇지만 스스로도 꽤나 당황되는 듯한 눈빛이 얼마나 우스웠던지⋯. 벌레를 무서워하는 딸아이가 알면 기겁할 일이라 미래의 날파리 흡입 사건은 나와 녀석만이 아는 비밀로 하고 있는 상태입니다.

벌레 잡기에 하도 집중을 하는 터라 일부러 벌레를 잡아 밀어 줄 때도 있는데, 사냥 실력은 그리 나아질 기미가 없었습니다. 저기 저 벌레를 잡고는 싶은데, 몸은 움직이지 않고 다른 엉뚱한 쪽으로 몸이 뒤트는 미래. 마음먹은 대로, 움직이고 싶은 대로 몸을 움직이지 못하니 저는 오죽 답답할까만은, 그 행동이 한없이 귀엽게 느껴지고 뒤뚱거리는 모습에 웃음이 저절로 터져 나왔습니다. 물론, 그 웃음의 끝은 언제나 녀석에 대한 안타까움으로 마무리가 되곤 했습니다. 그렇지만 벌레를 잡든 잡지 못하든 자기 식의 사냥이 한 차례 벌어지고 나면 미래는 퍽이나 기분 좋은 티를 내곤 했습니다. 거기에 우리가 장난감으로 놀아주기라도 하면 꼬리를 몽둥이만큼 부풀린 채 나 기분 좋소 광고를 하며 천방지축 까불어 댔습니다.

그렇게 벌레 사냥에 흥미를 가지기 시작한 미래에게서 재미난 아니, 특이한 행동을 발견한 건 그즈음의 일이었습니다. 아침에 미래 얼굴이 퉁퉁 부어 있을 때가 많아 대책을 고민하고 있을 때였습니다. 퉁퉁 부은 얼굴이 토끼처럼 보여 예쁘기도 하고, 고양이도 사람처럼 그리되는가 싶어 신기하게 보기도 했지만 녀석의 몸이 몸인지라 식사 시간도 조절해주고 아침 일찍 깨워 운동을 시켜주는 등 나름의 방법을 찾고 있었습니다. 병이 생긴 건가 싶어 병원에 가볼까도 싶었지만 그 정도는 아닌 듯해 다른 방법을 찾아주려는 것이었습니다. 당류나 염분은 아예 주지 않고 정해진 사료만 주던 터라 메뉴 자체가 바뀌는 일은 없었고 밤늦게 밥을 주지 않았으며, 가능한 한 물을 많이 먹이려 애를 썼습니다. 은근히 물을 안 먹으려는 녀석에게 물을 조금이라도 더 먹이려고 사료에 물을 더 부어주는 식이었습니다.

운동은 별다른 게 아니라 장난을 걸며 몸을 조금이라도 더 움직이도록 하는 것이었습니다. 혼자 움직이기 힘든 녀석이라 함께 놀아줘야만 몸을 움직이는데, 아침 시간 비몽사몽일 때부터 마루에 녀석을 내놓았습니다. 학교 갈 준비하는 딸, 출근 채비하는 내가 번갈아 왔다 갔다 하며 장난을 걸어 껑충껑충 뛰도록 만드는 것이었는데, 그게 생각처럼 수월하지만은 않았습니다. 그런데 그 과정에서 미래가 아주 재미난 반응을 보이는 것이었습니다. 녀석이 아침 일찍 햇볕이 드는 창 쪽을 보며 한 번도 들어본 적이 없는 소리를 내기 시작했던 것입니다.

"먀하아~ 묘하아~ 표르르르~"

이 녀석이 내는 소리인가 싶을 정도로, 정말 고양이 소리인가 싶었던, 어찌 들으면 휘파람 소리 같기도 하고, 특수한 음향 효과음 같기도 한 소리였습니다. 새소리가 아닐까 생각도 들었습니다. 동쪽으로 향한 마루의 큰 창, 아침 일찍이면 그곳을 통해 햇살이 수직으로 들어오다시피 하는데, 잠에서 덜 깬 미래를 운동하라 그곳에 내놓았더니 그 소리를 내는 것

이었습니다. 눈부실 텐데 일부러 피하지도 않고, 동공을 최대한 닫아 눈동자를 'I'자로 만든 후 일부러 볕을 쫓아가기라도 하겠다는 듯 고개를 세우고 "먀하아~ 묘하아~ 표르르~" 소리를 내는 것이었습니다. 당황하지 않을 수 없었습니다. 놀라기도 했지만 해를 너무 직접 바라보는 것 같아, 눈이 상하기라도 하면 어쩌나 싶어 얼른 몸을 틀어줬지만, 녀석은 힘들게 다시 몸을 되돌리며 해를, 햇빛을 계속 쳐다보려 했습니다. 그리고는 바로 그 이상한 소리를 이어 갔습니다. 소리는 점점 커져갈수록 "표르르~ 표르르르~" 새의 울음소리를 닮아 갔습니다.

햇빛을 보며 소리를 내기 시작한 미래는 벌레 사냥을 하면서도 똑같은 소리를 냈습니다. 주로 대상은 텃밭에서 날아들어 온 날파리들이었는데, 그 녀석들을 잡아먹어야겠다는 듯 몸을 잔뜩 웅크린 채 사냥 자세를 취하며 그 소리를 냈습니다. 기묘하기도 하고 괴상망측하기도 한 그 소리의 정체가 고양이들의 채터링(Chattering)이라는 사실은 얼마 후에 알게 되었습니다. 그것은 고양이가 야생동물이었을 때의 본능이 그대로 남아 있는 결과로, 일종의 사냥 준비 동작, 준비 신호 같은 것이었습니다. 사냥감을 보고 흥분하거나 집중했을 때 자기도 모르게 내는 소리인데, 사냥감이 너무 멀리 있거나 하늘을 날고 있을 때 등 좌절감을 느낄 때도 그 소리를 내고, 드물게는 사냥감을 잡은 다음 성취감으로 내기도 한다고 했습니다. 성대를 통하지 않고 턱 관절, 입술, 이빨의 가는 부딪힘과 떨림 등이 복합되어 나는 소리로 모든 고양이가 똑같지는 않고 제각각 다른 소리를 낸다고 했습니다.

이른 아침 마루에 드러누운 채 그 아침의 햇빛을 보며 혹은, 그 안에 숨어 있는 진짜 벌레들을 보고 안타까움을, 자신의 사냥 의지를 미래는 그리 표현했던 것입니다. 상황이 상황인지라 사냥이 수월할 수는 없지만, 사냥 본능을 그대로 가지고 있는 고양이, 미래. 저 불편해도 할 거 다한다 싶은 생각을 하니 대견하기도 하고, 몸이 건강했더라면 우리 집 벌레들 죄다 소탕해 버리겠다 우스운 상상이 되기도 했습니다.

미래의 채터링이 반복되고 소리가 커질 때에는 저 녀석이 새를 한 마리 잡아먹었나? 몸 안에 새가 한 마리 들어앉았나? 엉뚱한 상상을 하기도 했습니다. 그때가 미래가 우리 집에 들어온 지 1년이 넘어가던 시기였던가? 나름 고양이 초보는 벗어났구나, 그래도 고양이를 좀 알게 되었구나, 그 누구보다 고양이를 좋아하게 되었으며 고양이라는 동물이 익숙해졌구나 자부하고 있던 터였는데, 한 번도 들어 보지 못한 녀석의 기묘한 울음소리, 고양이 몸속에 새 들어앉은 소리를 듣게 된 그 아침 시간.

그것이 채터링이라는 이름의 고양이 본능이었다는 것을 알게 되면서 아직 멀었구나, 녀석에 대해 나는 아직도 많은 것을 모르는구나 생각이 다듬어졌습니다. 세상의 모든 것이 그러하듯 우리의 생각이, 경험이 언제나, 얼마나, 제 우물 안에 고여있는지 깊은 반성을 하는 계기가 되었습니다.

루돌프 코,
미래 코

아침 6시 30분이 조금 넘으면 우리 집의 하루는 시작됩니다. 부지런한
아내가 아침 준비를 하는 중간중간 딸아이를 깨웁니다. 대학 다니고 군
대까지 갔다 온 아들 녀석들이야 알아서 척척 제시간을 맞추지만 막내
딸은 그저 5분의 아침잠이 아쉬울 뿐입니다.

그렇게 잠을 깬 딸이 학교 갈 준비를 하면 고양이 깨우기가 시작됩니
다. 딸과 함께 잠꾸러기로 치면 우리 집 대장 노릇을 하고도 남을 미래.
침대 아래 제집에서 자게 하라 다짐을 하고, 딸 역시 그러마고 약속을 하
지만 언제나 미래가 잠을 깨는 곳은 딸의 침대 위. 온 침대에 고양이 털
이라며 아내는 또다시 소리를 지르지만 끝도 없이 반복되는 아침의 일상
입니다.

녀석의 아침은 세상 여느 잠꾸러기들과 다르지 않습니다. 딸이 등교

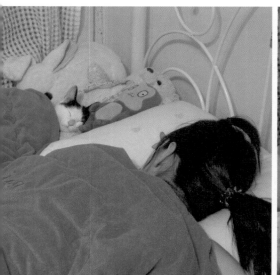

채비로 바삐 움직이고 있으면 이불 속에 몸을 숨기고 있던 미래는 게슴츠레 눈을 뜹니다. 눈은 떴지만 아직도 꿈속에 머물러 있는지 누운 채 골골골 소리를 내는 녀석. 씻고, 아침 먹고, 학교 갈 준비에 방 안을 들락거리는 딸아이가 몇 번을 부르며 미래를 깨우는데, 눈만 감았다 떴다, 간혹 멍하니 시선만 내려놓은 채 꿈과 현실 속을 왔다 갔다 할 뿐입니다.

그렇게 아침을 맞는 녀석을 바라보면 언제나 코부터 시선이 갑니다. 루돌프 사슴의 코가 빨개서, 크리스마스의 어두운 밤, 빛이 날 만큼 빨개서 산타클로스의 썰매를 끌었다고 하더니 그 루돌프만큼 빨개지곤 하는 미래의 코. 몸이 건강한 녀석이 아니라서 건강 상태 체크하는 방법을 많이 알아보게 되는데, 코가 건조해지지 않고 핑크빛을 유지하는 게 좋다는 고양이 고수들의 조언을 듣고 제일 먼저 코를 살펴보게 되는 것입니다. 아직까지는 심하게 마르거나 지저분해지거나 하는 식의 갑작스러운 변화를 보지 못했고, 타고난 뇌와 신경 계통 외에는 그리 불편한 데가 없다 싶어 다행이긴 하지만, 그래도 혹시나 싶어 녀석의 코는 언제나 관찰

의 대상이 됩니다.

그런 녀석의 코 색깔이 변할 때가 가끔 있는데 아주 신나게 놀이를 하고 나서입니다. 저 좋아하는 고양이 장난감을 흔들며 유혹을 하면 아니나 다를까 껑충껑충 뛰어오르고 구르며 놀이에 반응합니다. 특히, 고양이 낚시를 흔들어 주면 좋아하는 티를 유난히 냅니다.

근력 길러주는 운동의 목적도 있지만 부지런히 놀아주기 시작하면 아주 끝을 보고 싶어 하는 녀석인지라 저 성에 안 차게 놀고 그것을 그만두기라도 하면 마치 더 놀아요~ 더 놀아줘요~ 하듯 몸을 굴리고 애교를 피우며 장난을 걸어옵니다. 그렇게 신나게 놀다 보면, 단거리 달리기를 막 마친 선수마냥 숨을 할딱거리는데 그때 코가 마치 루돌프의 그것처럼, 서커스 피에로처럼 빨개집니다.

처음 빨개진 코를 보고는 혹시 몸이 잘못된 게 아닌가 싶어 걱정을 한 적도 있지만 염려하지 말라는 의사 선생님의 말씀을 듣고 안심이 되었습니다. 꼭 그 말씀이 아니었어도 언제나, 기분 좋고 씩씩하게 논 다음에야 코가 꼭 빨개지는 터라 기분이 좋아지면 좋아졌지 걱정은 되지 않는다 하겠습니다. 코가 빨개졌을 때 발바닥을 살펴보면 발바닥 역시 코 색깔만큼 빨개져 있다는 것을 발견하게 됩니다. 빨간색 코와 빨간색 발바닥. 일부러 맞추기도 힘든, 재미나고 귀여운 조합입니다.

미래 코가 가장 빨갛게 달아올랐던 건 냉장고 위에 녀석을 올려놓았을 때였습니다. 화장실을 가지 않으려 하고, 계속해서 냉장고 앞에다 똥을 누는 바람에 녀석을 혼낸다고 딸아이가 그리했던 것인데, 파르르 몸을 떨며 코가 홍시마냥 빨갛게 달라 올랐고, 급기야는 눈물까지 보이고 말았습니다. 그 모습을 보고 있으려니 인터넷에서 냉장고 위에 올라가 아래를 내려다보는 고양이 사진이 생각났습니다. 그 사진을 보며 순간적으로, 저 사람은 왜 위험하게 고양이를 냉장고 위에 올려놓았을까 궁금한 적이 있습니다. 고양이가 냉장고 위에 올라가는 건 일상이라고 하는데, 냉장고 위로 올라가기는커녕 얕은 침대 위에서 혼자 내려오기도 힘든, 저 스스로 온전히 서 있기조차 버거워하는 우리 집 뇌성마비 고양이 미래. 냉장고 위에 올려진 것만으로도 코가 빨개지는 녀석. 미래는 왜 노상 나를 울리는 걸까요.

녀석의 건강을 나타내는 리트머스이기도 하지만 언제나 우리 가족의 기분을 좋게 만드는 미래의 빨간 코. 계속 부지런히 놀아 주고 열심히 뛰게 만들면 언젠가의 크리스마스에는 정말 멋지고 늠름한 루돌프처럼 될 수 있지 않을까 상상을 해봅니다.

편식쟁이의
비오비타

처음 미래를 집 안으로 들였을 때, 동물을 그리 싫어하는 건 아니었지만 끌어안고 다니며 유난 떠는 이들을 그리 예쁘게 보지 않던 내 입장에서 그나마 지키고 싶었던 것은 동물과 사람 간의 구분이었습니다.

미래가 몸이 불편하지 않았다면, 그래서 그냥 내보냈다가는 제 목숨 간수하기도 어려울 것이란 측은지심만 아니었다면, 처음, 딸아이가 새끼 고양이를 집 안에 들였다는 아내의 전화를 받고 시청 동물보호소로 가져다 주라던 내 말이 그대로 이루어졌더라면, 그런 생각 자체를 하지 않았겠지만 알량한 자존심 때문이었는지, 어차피 보듬고 가야 할 녀석과의 동거 속에서 나는 그나마 사람과 동물의 그것을 애써 구분하며 지내야겠다 마음을 먹었던 것입니다.

그러나 녀석을 키우면서, 부족하나마 매일 보듬으며 녀석의 불편한 삶을 조금이나마 도와가면서 그런 내 마음은 스스럼없이 허물어져 갔습니다. 고양이 목욕시키고 쓰는 수건이라며 차곡차곡 쌓아 놓은 수건을 쓰다 아내에게 잔소릴 듣고 이불 안에 튀어 들어온 미래와 낄낄거리며 장난을 치다 한밤중에 이불을 턴 적도 있었습니다. 아직까지 녀석의 건사료를 맛본 적은 없습니다만, 일본에서 사 온 고양이 전용 멸치와 가다랑어포를 맛보다가 딸에게 편잔을 듣기도 했습니다.

그렇게 인간과 동물 아니, 고양이를 구분 지으려던 내 생각은 은근슬쩍 내 게으름과 함께 경계를 무너뜨리고 스스럼이 없어졌습니다. 그 애매모호한 경계가 무너진 가장 확실한 증거는 어린 아기들의 정장제, 비오비타가 아닌가 생각됩니다.

타고난 입맛 때문인지, 스스로 빠른 대응을 하지 못하는 신체적 불편함 때문인지는 모르겠지만 식성이 유독 까다로운 미래. 낯선 음식은 거의 입에도 대지 않으려는 녀석입니다. 일부러 사료를 이 회사 저 회사 것으로 바꿔도 봤지만 녀석의 호불호는 명확합니다. 닭고기와 곡물이 들어간 조금은 딱딱한 사료여야 하고, 사료와 함께 반드시 참치가 들어가야 합니다. 어렸을 때는 별도로 물을 주면 핥아먹더니 이제는 맹물은 먹지 않고 사료에 물을 부어 줘야 그것을 먹습니다. 그렇지 않으면 두 끼, 세 끼를 먹지 않고 버티기도 합니다. 일부러 굶겨 보기도 했습니다만, 마음에 들지 않는 사료 앞에서는 겨우 두어 번 깨작거리기만 할 뿐입니다. 참치도 팬시 피스트(Fancy Feast)한 브랜드여야만 합니다. 다른 참치를 번갈아 먹여 보려 애를 쓴 적도 있는데 쳐다보지도 않았습니다. 약간의 예외라면, 식빵을 유난히 좋아하는 정도. 우리 집에 식빵이 끊이지 않는 이유이기도 합니다.

결국, 원하는 대로 맞춰 주게 된 녀석의 식량과 메뉴…. 녀석을 만나기 전의 나 같으면 어림도 없는 소리. 누가 그런 짓(?)을 하는지 한심하다 소리를 했을 게 뻔합니다.

우리 집 와인냉장고 옆에는 미래의 식량 창고가 있습니다. 주위에서 선물이 들어오거나 외국 출장 나간 김에 사 온 간식과 함께 녀석이 고집하는 사료와 참치가 쌓여 있습니다. 그중에서 눈에 띄는 것은 사료를 담아 두는 플라스틱 병 위에 놓인 아기 정장제 비오비타. 예쁜 아가 사진이 떡하니 붙어 있는, 그 비오비타입니다.

변을 볼 때마다 굳은 변 때문에 괴상한 비명을 지르던 미래. 비오비타는 미래를 유난히 예뻐하는 동물병원 간호사의 귀띔으로 시작되었습니다.

"아기들 먹이는 비오비타 있죠? 양을 아주 적게 조절해서 미래한테 한 번씩 먹여 보세요!"

미래가 변비 아닌 변비로 고민한다 소리를 들은 간호사가 진료 끝나고 살짝 들려준 이야기였습니다. 다른 경우는 잘 없는데, 미래는 몸을 스스로 잘 움직이지 못해 장운동이 부족해서 그럴 수 있다는 걱정과 함께였습니다.

비오비타? 아기들 먹이는 그 정장제? 조카들도 있고, 처조카들이 낳은 손자뻘 아기들도 있지만 직접 비오비타를 약국에서 산 것은 근 15년 만의 일이었습니다. 지금은 경험이 쌓여 별 이상한 느낌 없이 약국으로 가게 되었지만 처음에는 '사람 먹이는' 정장제를 '고양이에게 먹이기 위해' 약국을 방문한 나 자신에게 스스로 이상한 생각이 들기도 했습니다. 녀석을 그만큼 걱정하고 보살핀다 듣기 좋은 소리를 들을 수도 있겠지만, 뭔가 뒤죽박죽되어 있고, 이런 걸 두고 극성이라 하나 거북한 마음이 들기도 했습니다.

적은 양이지만 녀석에게 비오비타를 먹이면 변화는 금방 옵니다. 식사량이 늘고, 변도 부드럽게 잘 봅니다. 재미난 것은 녀석의 변에서 나는 비오비타 냄새. 달콤하게(?) 느껴지는 특유의 분유 냄새입니다. 처음 비오비타를 먹이고 녀석의 변을 치우면서 얼마나 웃었는지 모릅니다.

사람 먹는 정장제를 고양이에게 먹이는 것이 옳은 것인지 틀린 것인지 잘 모르겠지만 사람과 동물을 구분하려던 내가 스스로 녀석을 위해 구입하는 사람의 그것. 녀석과 나와의, 녀석과 우리 가족 간의 간격이 새삼 남다르게 느껴지기도 합니다.

사람은 말과 몸짓, 표정으로 자신의 감정을 표현할 수 있습니다. 말은 문화적 약속과 훈련을 거친 대단히 구체적이고 사회적인 표현 방법이지만 몸짓과 표정은 외부 자극에 따라 매우 직접적이며 자신의 이성과 반대로 나타날 수도 있습니다. 뜨거운 것을 만지면 몸은 깜짝 놀라 뜨거움을 표현하고 거기에 따른 고통을 호소하게 되지만 주위의 분위기에 따라 '뜨겁지 않다!'고 말할 때도 있기 때문입니다.

　미래를 관찰하면서 인간과 언어라는 커뮤니케이션 도구를 공유하지 못한 그들은 어떻게 감정을 표현하며 우리는 또 어떻게 그들을 이해하는가 궁금할 때가 많았습니다. 가만 생각해보면, 말을 하지 않고 인간과 같은 표정을 짓지 않는데도 그들은 감정을 표현하며 우리 역시 상당 부분을 읽을 수 있지 않은가?

　몸이 부자연스럽긴 하지만 애교와 잔머리, 장난기가 여간 아닌 미래를 보면 고양이 특유의 다양한 의사 표현 능력에 감탄이 나옵니다. 특히, 녀석의 표표한 꼬리는 그중 백미입니다. 대부분의 고양이가 그렇다고 들었지만, 미래는 유난히 꼬리를 통해 기분을 드러내곤 합니다. 언제나 자신감 넘치게 하늘을 향해 치켜세운 꼬리는, 비록 몸이 불편해도 건강하고 기분 좋게 살고 있다고 말하는 것처럼 느껴집니다. 녀석이 싫어하는 병원에 가거나, 매일매일이지만 매일매일 적응이 되지 않는 화장실을 갈 때 그 발랄했던 꼬리에 맥이 빠지는 걸 보면 분명 꼬리를 통해 감정을 드러내고 있습니다. 꼬리로 말하기 중 최고는 방망이처럼 커다래진 꼬리입니다. 장난을 치거나, 노느라 엄청 흥분했을 때, 나 좋아 죽겠어요라 이야기할 때 미래는 꼬리털을 잔뜩 일으켜 세워 북슬북슬한 털 방망이를 만듭니다. 풍선처럼, 몽둥이처럼 부풀립니다.

몇 달 전 2주가량의 유럽 출장에서 돌아오던 길이었습니다. 부모님께 인사드리고 방을 나오는데, 딸이 뭔가를 불쑥 건네줬습니다. 미래였습니다. 보들보들, 출장 떠나기 전 느낌 그대로 미래의 촉감은 담요처럼 따뜻하고 부드러웠습니다. 이때 녀석이 불편하다는 듯 냐앙~ 고개를 치켜들며 소리를 냈습니다. 내 품에 녀석의 온기가, 심장 소리가, 작은 숨소리가 그대로 전해지고 있었습니다.

"미래야, 잘 지냈어? 밥은 잘 먹었어? 응가는 했어? 언니랑 잘 놀았어?"

머리와 등을 다독이며 인사를 건네는데, 옆에서 지켜보던 딸이 웃음을 지었습니다.

"꼬리 좀 봐~"

내 품에 안긴 미래의 꼬리가 방망이만큼 커져 있었습니다. 혹여 너무 아프게 안아서 그런가 힘을 살짝 풀었지만, 두려움으로 인한 것이 아니었습니다. 어찌 한갓 인간이 고양이 속내를 알겠느냐는 도도한 표정으로 미래는 갸르릉갸르릉 온몸에서 발전기 돌아가는 소리를 내기 시작했습니다. 얼굴을 맞대자 날름날름 코를 핥아주기도 했습니다.

'아, 이런 거구나, 이런 기분이구나….'

문제는 고양이의 기억력이 아니라 출장 기간 동안 날 잊어버리지는 않았을까 걱정했던 내 우매함이었습니다. 언어도 통하지 않고, 인간과 같은 몸짓, 같은 표정으로 감정 표현을 하지는 못해도 미래는 내 품에서 말로 다할 수 없는 반가움을 표현하고 있었던 것이었습니다. 거기에는 사람의 감정을 표현하는 말과 몸짓과 표정의 한계를 뛰어넘는 무엇이 있었습니다. 물론 나 혼자만의 착각일 수도 있습니다. 우연한 것일 수도, 어쩌다 기분이 좋았던 것일 수도 있습니다. 그러나 골골골 갸르릉갸르릉 소리를 내며 코까지 핥아주는 미래의 표정과 부풀어 오른 꼬리의 느낌은 글을 쓰는 지금까지도 내 가슴에 선명하게 남아 있습니다.

꼬리와 더불어 미래의 의사를 읽을 수 있는 것으로, 특유의 고양이 눈빛과 울음소리를 들 수 있습니다. 얼핏 보면 눈빛은 큰 변화 없이 똑같아 보이지만, '졸려~ 지루해~ 언니 보고 싶어~' 등의 다양한 말을 전합니다. 눈빛보다 더 분명한 건 울음소리입니다. 잘 몰랐을 때에는 고양이 울음소리가 한 가지인 줄로만 알고 있었습니다. 그러나 함께 생활하게 되면서 다양한 울음소리를 통해 풍부하게 자신의 감정과 의도하는 바를 표현하고 있다는 것을 알게 되었습니다.

길게 냐앙냐앙거리며 두리번거리면 배가 고프다는 뜻. 못 들은 척하면 소리는 점점 빨라지고 반복적으로 변합니다. 제일 우스운 건 화장실 가고 싶다는 신호. 화장실에서만 소변을 보는 녀석은 오줌 마렵다는 소리를 다소 급박하게 표현합니다. 분명 배고프다는 소리와는 그 절박함에 차이가 있습니다. 화장실에 가고 싶다고 의사를 표하는데, 우리가 늦어지기라도 하면 무척 다급한 소리로 냥냥거립니다. 비명과도 같은, 누가 처음 들어도 뭔가 아주 급하다는 느낌. '아, 이러다 싸겠어요~' 사람의 말처럼 분명하게 그 뜻이 전달됩니다. 한번은 화장실 가고 싶다는 신호를 놓치고 딴 일을 하고 있었더니 화장실 앞에서 빽빽 고래고래 고함을 질러대는 것이었습니다. 그제서야 녀석의 원하는 바를 알고 오줌을 뉘어줬더니 홱 토라져 등을 돌려 누운 채 반나절을 가기도 했습니다. "미안해~ 미래야, 미안해~" 온 가족이 키득거리며 미래에게 잘 보이려 애를 써야만 했습니다.

운동을 통해 근력을 늘려주라는 의사 선생님의 말씀이 있기도 했지만, 꾸준한 비타민 섭취와 야단법석으로 노는 덕에 미래는 스스로 자세를 잡아가고 있습니다. 밥 먹을 때, 화장실 데려갈 때, 자꾸만 넘어져 머리를 찧고 개구리처럼 폴짝폴짝 네 발로 뛰며 돌아다닐 때에는 여전히 가슴이 아파, 할 수 있는 것이라면 뭐든 다해주고 싶지만 태어난 운명은 어찌할 수가 없습니다. 그렇지만 미래는 오늘도 당당하게 세운 꼬리와 눈빛, 울음소리로 말합니다. "그런 거 하나도 안 불편해요, 하나도 안 슬퍼요"라고.

3부
그물에 걸리지 않는 바람처럼

미래가 한 것은 아무것도 없었습니다.
무엇인가 할 수도 없었을 것입니다.
오로지 녀석이 해낸 것은
내 딸 옆에 따뜻한 체온을 가진 생명체로
함께 있어 주었던 것뿐이었습니다.

몇 해 전 연말경, 학교 폭력에 시달리다 극단적 선택을 해버린 한 아이의 사연과 그것을 이러쿵저러쿵 해석하는 기사들이 언론을 뜨겁게 달구고 있었습니다. 그 기사를 접하며 그러한 선택을 한 아이와 부모의 심경, 원인을 제공한 친구들과 그것을 막지 못한 학교와 우리 사회의 책임감에 대해 연민과 깊은 고민에 빠지기도 했습니다.

그렇지만 그것은 어디까지나 남의 이야기, 제3자의 일이었습니다. 나 역시 학부모의 입장이었지만, 학교 폭력은 언론의 기사 속에서만 등장하는, 쯧쯧쯧 한탄의 대상이 되는, 내가 접하지 못한 사회의 어두운 부분인 줄로만 알았습니다.

아내의 파리한 얼굴과 허둥대는 모습을 보며 예사롭지 않은 상황이라 판단한 것은 어느 이른 퇴근길의 일이었습니다. 겨울방학을 얼마 남겨 놓지 않은 어느 날, 귀가가 늦어지는 딸이 전화를 받지 않는다는 것이었습니다. 그런 적이 없는 아이라 걱정이 앞섰습니다. 왠지 모를 불길한 예감이 드는 순간, 전화가 울렸습니다. 딸이었습니다. 전화기 너머에서 흐느낌과 비명이 들려왔습니다. 피가 거꾸로 솟는 느낌이 딱 그런 것일까요?

2년 선배 여학생 다섯 명이 딸을 불러 세운 건 학교를 막 나서던 참이었다고 했습니다. 얼마 전 있었던 자잘한 시비가 발단이 되었던 것인데, 어디 가서 이야기하자던 선배들은 딸을 동네 놀이터, 서민 아파트의 후

미진 계단 아래, 인적이 많지 않은 지하도로 끌고 다니며 때리고 혼을 내기 시작했습니다. 아이는 한 시간여를 끌려다녔다고 했습니다. 글로 차마 올리기도 끔찍한 단어들이 여중생들의 입에서 튀어나왔습니다. 욕설과 상스러운 말로 겁박한 뒤에는 아이를 때리기 시작했습니다. 지나가는 어른들이 유심히 살피면 사이좋게 노는 척까지 했다고 합니다. 얼마나 힘들고 무섭고 외로웠을까? 딸이 고통받았을 그 순간을 생각하니 내 몸 안의 모든 세포가 가시덤불이 되는 것 같았습니다.

"교칙과 법이 정한 최대한의 엄중한 처벌을 원합니다!"

얼마 후 열린 학교폭력위원회에서 단호하게 최고 강도의 처벌을 요구했습니다. 같은 아이 키우는 부모 입장에서 그렇게까지 해야겠느냐는 말들이 귓전으로 들려왔지만 강력하게 대처했습니다. 경찰에 정식으로 고발했고, 학교의 관리 책임을 물을 방법을 변호사와 상담하기도 했습니다. 언론에 보낼 보도자료도 직접 만들었습니다. 내 아이가 학교 폭력의 희생자가 되어 억울하고 원통하다는 내용이 아니라, 아이가 직접 당한 학교 폭력을 할 수 있는 최대한의 크기로 응징해 두 번 다시 그런 일이 일어나지 않도록 방지하겠다는 생각이었습니다.

다음 날. 새벽녘에 딸이 비명을 지르며 잠에서 깨었습니다. 너무나 무섭고 아프다며 엄마 품을 파고들었습니다. 아버지가 되어서 해줄 수 있는 일이라곤 등을 다독거리는 것뿐. 모든 이가 잠든 그 시간, 우리 가족은 부둥켜안고 울음을 터트렸습니다.

가해 학생들의 부모들이 집에 찾아오기 시작했습니다. 무조건 잘못했다는 것이었습니다. 그들이 무슨 잘못이 있겠습니까만 자식 가진 죄라고 머리를 조아리며 눈물로 용서를 빌었습니다. 그러나 이미 내 마음을 결정한 뒤라 흔들리지 않았습니다. 단호하게 거절했습니다. 학교 폭력과 관련된 비극적 사건이 사회적으로 큰 이슈가 되었던 터라 이른바 특별 관리를 하던 중 벌어진 사건. 평소보다 훨씬 높은 강도의 처벌이 본보기로 예상된다고 했습니다. 개중 한두 명은 소년원으로 보내질 것이라고 이야기하는 이도 있었습니다. 외출하려고 집을 나서면 문 앞에 아이들이 무릎을 꿇고 앉아 있기도 했습니다.

"이렇게 해도 소용없다. 너희들이 치르는 대가가 본보기가 되어 두 번 다시 이런 일이 일어나지 않도록 해야겠다."

마음이 납덩이처럼 무거웠지만 아이들을 차갑게 내쳤습니다.

그렇게 서로에게 고통스러운 열흘 정도의 시간이 흘렀을까요? 경찰서에서 피해자 관련 보충 진술을 하다 깊은 한숨과 함께 내 결심을 거두어야만 했습니다. 이대로 가면 가해 학생 몇 명에게는 학교 외적으로 정식 형사처벌이 있을 것이라는 이야기를 듣고 난 직후였습니다. 전과자가 된다는 의미였습니다. 솔직히 말해, 처음에 마음먹은 대로 끝까지 갈까, 결코 용서할 수 없다, 이런 식으로 접으면 안 되는데, 후회도 되었지만 어찌해볼 도리가 없었습니다. 아직 어린 아이들의 인생을 내팽개칠 수는 없는 노릇이었습니다. 아이들을 대신해 매일 머리를 조아리던 어머니들의 눈물과 한숨을 못 본 척할 수도 없었습니다. 결국 법적 절차를 거두고 용서한다는 탄원서까지 냈습니다. 사건을 주도한 학생의 부모에게서 병원

비만큼의 배상을 받고, 가해 부모와 아이들을 만나 몇 마디 말을 나눈 것으로 사건은 마무리되었습니다.

마지막으로 그 아이들과 부모들을 만난 날,《중용(中庸)》다섯 권을 사서 한 권씩 아이들에게 주었습니다. 진심으로 뉘우치기 바라며, 그리한다는 의지로 이 책을 읽고 독후감을 써 보내라고 했습니다. 물론, 독후감을 써서 보내온 아이는 한 명도 없었습니다.

딸의 고통도 조금씩 아물어 가던 참이었습니다. 물리치료와 청소년 정신과 상담 치료를 병행하며 몸과 마음을 추스르게 하기 위해 모든 노력을 기울이던 중이었습니다. 우리 부부도 딸과 함께 조금씩 정신을 가다듬어갈 때쯤 깨달음처럼 무엇인가가 느껴졌습니다. 따뜻한 체온을 가진 생명체 하나, 미래의 존재였습니다. 온 집 안이 그 사건으로 뒤숭숭해져 있는 사이. 가해 학생들의 부모가 번갈아 오가고, 그 아이들이 찾아오고, 친구들이 위로한다며 드나들고, 딸을 병원으로 데리고 다니는 동안, 까맣게 잊고 있었던 작은 고양이 한 마리. 밥 먹이고 화장실 데리고 가는 걸 잊었던 것은 아니지만 가족들의 관심이 다른 데 쏠려있어서 녀석을 돌보고 예뻐할 경황이 없었던 것입니다.

딸이 기억하기조차 싫은 순간을 이겨내고 웃음을 되찾는 데 가장 큰 역할을 한 것이 미래라는 사실을 안 것은 얼마 지나지 않아서였습니다. 그때는 미래가 우리 집으로 온 지 두 달가량 되었을 즈음이었습니다. 아직까지 아기 고양이 태를 벗어나지 못한 미래는 앉지도 눕지도 못한 채 버둥거리고만 있었는데, 사람 만나는 것 자체를 무서워하며 방 안에 틀어박혀 있던 딸이 오로지 그 작은 고양이하고만 이야기를 나누며 마음의 상처를 씻어내고 있었던 것이었습니다.

"언니는 미래밖에 없어… 언니가 미래 잘 보살펴 줄게…."

한동안 친구가 찾아오는 것도 싫어하던 딸은 미래를 꼭 끌어안으며 그렇게 이야기를 나누곤 했습니다. 나와 아내가 분주히 오가며 잊고 있던 사이, 집안이 쑤셔 놓은 불구덩이 같았던 그 시간, 깔깔한 입맛에 제 밥은 두어 숟갈로 끝내도 미래 밥 챙기는 것은 잊지 않았던 딸. 자신의 몸과 마음이 상처투성이가 되었는데도 시간 맞춰 밥을 챙겨주고, 용변을 보게 하고, 빗겨주고 놀아줬던 것이었습니다. 그러면서 스스로 위로받고 위안을 얻었던 것이었습니다.

미래가 한 것은 아무것도 없었습니다. 무엇인가 할 수도 없었을 것입니다. 오로지 녀석이 해낸 것은 내 딸 옆에 따뜻한 체온을 가진 생명체로 함께 있어주었던 것뿐이었습니다.

거실의
무법자

손톱이 그게 뭐냐며 엄마에게 잔뜩 혼이 난 딸. 몇 시간 전, 친구들이 한바탕 우르르 놀러 왔다 한참을 재재거리고 돌아간 뒤 딸아이의 손톱에는 색색들이 요란한 그림이 올라앉아 있었습니다. 공부는 안 하고 엉뚱한 짓만 한다며 아내는 평소 분량의 몇 배쯤 잔소리를 늘어놓고 있었습니다.

결국 엄마는 엄마대로 '아름다움도, 네일아트도 이해 못 하는 무식한 엄마'로 규정되었고 '죽어라 공부 안 한다는' 딸은 시위하듯 문제집을 마룻바닥에 펼치고 배를 깔았습니다. 마루 한쪽에 있는 피아노 의자 밑에서 꾸벅꾸벅 졸던 미래가 모녀의 아웅다웅을 한심한 듯 지켜보고 있다.

'이기는 편 우리 편!'

비틀거리며 딸 곁으로 다가왔습니다. 머리를 들이받듯 내밀며 미래는 놀아달라 보채기 시작했습니다. 그러나 상황이 상황인지라 딸은 모르는 척 공부에 집중할 수밖에. 몇 번 장난을 걸어보던 미래가 어느새 잠잠해졌습니다.

그 모습을 지켜보던 아내가 갑자기 손사래를 치며 이 녀석 좀 보라고 했습니다. 야구중계 보느라 정신이 없던 나는 그만 헛웃음을 터트리고 말았습니다. 딸의 문제집 위에서 장난을 걸다가 그럴 상황이 아니라는 것을 깨달았는지 문제집 위에 엎어져 잠이 들어 버린 것이었습니다. 그 모습이 너무 귀여워 사진을 찍자 카메라 셔터 소리에 잠시 눈을 떴다가도 에라 모르겠다 게슴츠레한 눈을 다시 감고 말았습니다. 그리고 얼마 후 코앞에서 잠든 미래를 보며 킥킥거리던 딸마저도 엎드려 잠이 들고 말았습니다. 이제 아내에게 미래는 '언니 공부하는 데 일생에 도움이 안 되는 몹쓸 고양이'로 규정되어 버렸습니다.

시간이 얼마나 흘렀을까? 안방으로 자리를 옮겨 책을 보고 있는데, 언제 공부하다 졸았냐는 듯 딸이 허겁지겁 나를 찾았습니다. 역시나 미래 좀 보라는 것이었습니다. 어디서 주워왔는지 작은 약 포장지를 이리 물고 저리 물고 신나게 놀고 있었습니다. 주변에는 휴지와 비닐봉지, 또 다른 약 포장지들이 엉망으로 흩날리고 있었습니다. 언니를 재워 놓고 저도 깜빡 잠이 들었다 깬 뒤, 아저씨도 아줌마도 자리를 비우자 그 난리를 피워 놓은 것이었습니다. 저리 하기도 힘들었겠다 싶을 정도로 골고루 정갈하게도 어질러 놓았습니다. 이리 뛰고 저리 뛰다 넘어져 다시 일어나려는데 그게 잘 안되면 쑥스러운지 괜히 제 몸을 핥다가 또다시 몸을 일으키고, 언제 그랬냐는 듯 이리저리 뒤뚱뒤뚱, 뛰다가 깡충 거리다 다시 쓰러지는 미래.

"아줌마 오면 큰일 나는데…"

말이 끝나기가 무섭게 아내의 고함 소리가 들려왔습니다.

"야, 미래! 이 말썽꾸러기 고양이!!"

미래의 난리통은 언제나 일정하게 반복되었습니다. 소파 밑바닥을 다 헤집어놓고, 저 넘어지면 아프지 말라고 깔아놓은 매트리스는 보름이 멀다고 가장자리를 파먹어 놓고, 집 안 구석구석에 온갖 사고를 다 치고 다닙니다. 치우는 게 귀찮은 아내는 녀석에게 매번 야단을 친다고 하지만 꼭 끌어안고 흔들어 대는 게 고작. 녀석의 말썽꾸러기 일상을 낄낄거리면서 관찰하다가 문득 고양이의 장난에 관해 생각을 해보았습니다.

장난이란 원래 '심심풀이로 남을 짓궂게 하는 짓'을 일컫습니다. 그렇다면 녀석이 온 집안을 뒤집어 놓고 어지럽히는 것은 분명 장난이라 부를 수 있을 것입니다. 그러나 우리가 장난이라 부르는 행동들이 과연 '심심하다, 혹은 남 놀리려고 하는 것'인가 따져보면 꼭 그런 것만은 아니라는 생각이 듭니다. 제아무리 영민한 짐승이라 해도 그저 남을 놀리거나 심심해서 하는 행동만은 아닐 것입니다. 그런 행동을 놀이로 인식하고 상대방의 반응을 유도하기 위한 경우야 없지 않겠지만, 대부분 장난의 대상이 되는 행동이나 사물에 일정한 반응을 보이는 것이 아닐까요?

결국 그 밑바탕에는 호기심이 있는 것이라 추측해 보았습니다. 단순한 유희로서의 호기심이 아닌, 자신의 안위를 생각하고 삶을 확보하는 방법으로서의 호기심 말입니다. '새롭고 신기한 것을 좋아하거나 모르는 것을 알고 싶어 하는 마음'이라는 사전적 의미의 호기심은 단순히 주어진 상황에만 반응하는 무생물적 가치 속에서는 발견할 수 없는 본성입니다. 눈앞에 어떤 사건이나 사물이 닥쳤을 때 그것을 헤쳐나가거나 그 문제를 풀기 위해 과연 이 문제의 핵심이 무엇인지 정체를 알고 싶어 하는 본능이 바로 호기심인 것입니다. 그러면서 이것이 먹을 것인지, 적인지, 위험한 것인지, 별 의미 없는 것인지를 판단하고 반응을 나타내는 것입니다. 판단을 제대로 내리느냐, 못 내리느냐는 그 이후의 문제입니다. 호기심은 그렇듯 모든 생물이 살아가는 가장 기본적인 반응의 문제인 것입니다. 모든 육식동물에서 발견되어지는 사냥 습성은 그러한 호기심에서 출발했다고도 할 수 있을 것입니다.

미래의 장난들은 사실 불편한 몸 때문에 생겨난 과잉 반응일 수 있습니다. 주위의 사물에 대해 남보다 조금 더 두렵게 여겨 재빨리 반응하려는 안타까운 호기심인 것인데, 인간이랍시고, 저 돌본답시고 우리는 그것을 보고 깔깔거리는 게 아닐까? 녀석에게는 그것이 온몸으로 살아가는 방법인 것을, 세상을 익혀나가는 수단인 것을 우리는 장난이라 여기는 게 아닐까? 하는 생각이 스쳤습니다.

집에 혼자 있는 시간이 길었을 때, '나 외로웠소' 하소연하듯 장난기가 더 심해지고, 한참 장난스러운 행동을 하고 나면 밥도 더 잘 먹고 잠도 더 잘 자는 것 같아 마냥 그리 생각할 것만은 아니라며 스스로 위안을 하고는 있지만, 어쨌든 녀석에게는 생존의 한 방법인지도 모릅니다. 때로는 위급 신호이며, 때로는 살아있다는 증거로서의.

할머니의
카레국

어렸을 때부터 카레를 무척 좋아했습니다. 초등학교에 다니던 1970년대, 살림을 맡으셨던 할머니는 손자를 위해 종종 카레를 만들어주셨습니다. 아버지가 지방에서 교편을 잡고 있어 분가 아닌 분가를 해야 했던 우리 집. 아버지, 어머니는 2주에 한 번 정도 볼 수 있었기 때문에 부산에서 할아버지 할머니와 생활해야 했던 우리 형제의 입맛과 생활방식은 고스란히 그분들을 따를 수밖에 없었습니다.

지금도 기억에 선연히 남아 있는 날이 있습니다. 할머니는 카레 요리를 해주었고 마침 우리 집에 놀러 왔던 친구가 함께 식사를 하게 되었습니다. 맛나게 카레를 먹기 시작하려는데, 친구의 얼굴 근육이 실룩샐룩 움직이고 있었습니다. 웃음을 참고 있었던 것이었습니다. 무슨 이유인지 물어보고 싶었지만 일단은 그냥 넘어갔습니다.

다음 날. 저녁 밥상에서 실룩거렸던 친구의 웃음은 학교에서 재미난 놀림과 소문으로 둔갑해 친구들을 웃기고 있었습니다. 아무개 집에 가면 카레를 국으로 먹는다는 것이었습니다. 카레를 비벼 먹는 게 아니라 카레에 밥을 말아 먹는다는 것이었습니다. 나는 이해할 수 없었습니다. 그게 뭐 잘못된 일인가? 원래 카레가 그런 거 아닌가?

카레라이스라는 음식을 식당에서 팔기는커녕 쉽게 접하지도 못했던 그 시절. 옛날 사람인 할머니는 카레 가루로 걸쭉한 국을 끓여냈던 것이었습니다. 접시에 고슬고슬하게 밥을 담고 세련된 인도풍의 용기에 담긴 카레를 줄줄 쏟아 부어 한 숟가락 한 숟가락 비벼 먹는 게 아니라 국처럼 떠먹는 것이었습니다. 마늘이 들어갔었는지는 기억나지 않지만 때때로 파도 둥둥 떠다녔습니다. 형제에게는 그것이 곧 카레의 본질이자 정체성이었습니다.

미래가 우리 가족의 삶 속에 깊이 들어온 뒤, 우리들의 고양이에 대한 생각은 미래의 행동과 모양새를 기준으로 이해되기 시작했습니다. 미래가 보통 고양이와 다르다는 점은 분명히 인식하고 있지만 몸을 붙들고 밥을 먹여야 하고 화장실 가고 싶어 하는 몸짓을 하면 화장실로 안고 가 용변을 보게 하는 것이 일상화되다 보니 그 모든 것들이 마치, 내게 있어 카레라는 음식은 국처럼 말아 먹는 것이라 생각됐던 것처럼, 세상의 모든 고양이들이 그렇게 생활하고 행동하는 것으로 여겨지고 있었던 것입니다.

케이블 TV의 일본방송전문 채널에서 집 안의 고양이가 혼자 밥을 먹고 있는 것을 보면서 '어? 일본 고양이는 붙들어주지 않아도 혼자 밥을 먹네?'라고 생각했다가 스스로 어이없어한 적도 있고, 넘어지지도 않고, 주차된 자동차 사이를 잽싸게 뛰어가는 길고양이를 보고 '무슨 고양이가 저래~ 길고양이라 그런가?'라고 생각했다가 혼자 바보가 된 느낌을 받은 적도 있습니다. 그 고양이들이 내 생활 안에 있는 미래와 다르기 때문인 것이었습니다.

얼마 전, 한 카페에서 고양이 한 마리가 두 앞발을 팔짱 끼듯 포개 앉아 있는 것을 봤습니다. 나중에야 알게 되었지만 그건 고양이 기르는 이들에게 아주 일반적인 단어인, '식빵 자세'였습니다. 그렇지만 내 눈에는 '무슨 고양이가 저렇게 앉아 있지? 몸이 불편한가? 저 고양이 참 희한한 자세로 앉아있네'로 보였습니다. 미래는 늘 옆으로 누워 있거나, 약간 길쭉한 자세로 몸을 비틀어 앉아 있곤 했습니다. 요즘은 상당 시간을 개구리 모양으로 배를 쭉 깔고 앉아 있기를 좋아하는데, 미래만 보다 보니 보통의 고양이 자세라는 그 식빵 자세가 내 눈에는 너무나 어색하게 보였던 것입니다.

하마터면 '저 고양이 몸이 안 좋은가요? 왜 저렇게 누워있죠?'라고 주인에게 물어볼 뻔했던 그날. 집에 돌아온 내 앞에서 배를 쭈욱 깔고 앉아 딴청을 피우며 반가움을 표하는 미래에게 "그래, 너뿐이다. 네가 내

방식의 고양이이고 다른 고양이들이 모두 이상한 거다"며 토닥거렸습니다. 제 딴에는 몸이 불편해 그리할 수밖에 없는 것을, 다른 고양이들처럼 식빵 자세로 앉아 있거나 풀쩍풀쩍 잽싸게 뛰어다니고 싶어도 몸이 말을 듣지 않는다는 것을 알기에, '그래, 그게 너고, 고양이고, 미래고, 나와 우리 가족의 고양이이다!' 나 자신에게 다짐했습니다.

　그날 학교에서 카레라는 게 원래 그렇게 먹는 게 아니라는 사실을 알고는 촌스러운 할머니를 원망하며 속상해 눈물까지 글썽였을 게 아니라 "우리 집 카레는 그런 거거든! 원래 우리는 그렇게 먹거든! 나는 그게 더 맛있거든!" 친구들에게 쏘아붙이지 못했던 내가 다시 한 번 부끄러워져 영문도 모른 채 눈을 껌뻑이는 미래를 덥석 안아버렸습니다.

소원을
말해봐

부엌에서 딸이 달그락달그락 혼자서 뭔가를 만들고 있었습니다. 음식 만들기를 좋아하는 딸은 초등학교 고학년 때부터 핫케이크며 쿠키 같은 것을 만들어 식구들에게 선보이곤 했습니다. 모양새나 맛이 탁월하다고 칭찬할 정도는 아니지만 내게는 언제나 세상에서 가장 예쁘고 맛난 간식거리였습니다.

　그날도 뭔가 만들어 한 조각 입에 넣어주겠구나 싶어 물을 떠먹는 척

아이 근처를 서성이고 있는데, 만지고 있는 재료가 조금 달랐습니다. 두부와 참치, 닭고기 가슴살과 양배추 그리고 우유….

'뭐지?'

고개를 들이미는 내 눈에 책 한 권이 들어왔습니다. 《고양이 맘마》. '펫 영양사가 소개하는 건강한 자연식'이 그것이었습니다. 예전 같으면 말도 안 된다고 생각했던 제목에 뜨악 소리가 절로 나왔을 법한 설명들. 물론 지금이라고 특별난 감정으로 와 닿는 것도 아니고 동물 키우는 데 이렇게 극성떨어야 하나라는 생각이 가시지 않은 내게 조금은 마뜩잖기까지 한 책이었습니다. 단순한 요리책을 넘어 고양이의 건강과 성장에 관한 전반적인 지식이 들어 있어 꽤 공감하고 새로운 점들을 깨닫기도 했지만, 책의 절반 이상을 차지하는 가공할(?) 요리 기법과 레시피들을 보며 고개를 절레절레 흔들기도 했었습니다. 내 손을 떠나 책꽂이에 모셔졌던 책이 딸 앞에 펼쳐져 있었고 몇몇 페이지에는 줄까지 쭉쭉 그어져 있었습니다.

책의 어느 페이지에서 시키는 대로 만든 것도 아니었습니다. 딴에는 이 요리, 저 요리들을 참조하고 집 안 냉장고에 들어 있는 식재료들을 보고 창작해낸 요리였습니다. 양배추와 닭고기 가슴살을 갈고, 고양이 참치를 섞어서 한상 차렸던 것입니다. 상 한쪽에는 고양이 전용 우유가 놓였습니다. 어찌나 우습고 예쁜지 딸 한 번 쳐다보고, 음식을 바라보며 허허거리는데,

"아빠! 오늘이 미래 생일이에요~"

"생일?"

딸의 설명은 이랬습니다. 내 주먹보다 작은 크기의 미래가 우리 집에 왔던 게 2011년 11월. 아직까지 미래가 오게 된 과정이 완전히 이해되고 있지는 않지만, 길고양이로 태어났음 직한 미래가 딸아이 선배네, 친구네, 다시 친구네, 또 누구 누구네를 거친 후 절대 버리면 안 된다, 절대 남 주면 안 된다 다짐을 하고 데려온 게 그때였습니다. 가쁜 숨을 헐떡이며 앉지도 걷지도 서 있지도 못하던 미래. 동물병원에서 몇 번 본 적 있는 아이라며 측은해하던 의사 선생님의 의견 등을 따져 볼 때 미래는 대략 9월 전후에 태어났는데, 그게 분명하지 않기 때문에 오늘을 생일로 정했다는 것이었습니다. 반쯤은 책을 보고 요리를 한번 만들어 보고 싶어서, 반쯤은 원래 요리를 좋아하는 아이니 그저 만들어 본 건지도 모릅니다. 그렇게 그날은 그냥 미래의 생일이 되어 버렸습니다.

드디어 미래 눈앞에 들이밀어진 생일밥상. 그런데 어쩐지 반응이 심드렁했습니다. 저렇게 딴청을 피우는 것이 사실은 꽤나 반가운 눈치라는 것을 알고는 있지만 내가 상상했던 것처럼 코를 킁킁 들이대며 콧구멍을 벌렁벌렁 펄럭이는 모양새는 분명 아니었습니다.

생일잔치는 그뿐이 아니었습니다. 미래에게 생일밥상을 먹이고 난 후 딸은 또 뭔가 꼼지락꼼지락 만들고 있었습니다. 소원을 들어준다는 매듭이었습니다. 매듭을 몸에 지니고 있다가 그것이 자연스레 끊어지면 소원이 이루어진다며, 그래서 미래 매듭은 최대한 가늘게 만든다고 색실을 꼬고 있었습니다. 미래의 소원이 뭔지, 아니, 미래에게 그리 이루어졌으면 하는 소원이 뭔지를 잘 아는 나는 또 한 번 코끝이 시큰해질 수밖에 없

었습니다. 그러나 미래는 역시 시큰둥했습니다. 오히려 제 목에 걸린 '뭔가'를 불편해했습니다. 결국 반나절도 지나지 않아 벗겨주어야 했습니다.

생일인지 아닌지 확인할 수는 없지만 생일밥상을 차려 주고, 생일선물도 마련해 준 미래에게 언니는 어떤 존재인지 알 수 없습니다. 다만, 미래를 만나기 전의 딸이 그저 착하고 예쁜 어린아이였다면 미래를 만난 이후의 딸은 사랑이 왜 낮은 곳에 있는지를 몸으로 체현하는 어른이 된 것 같아 나는 내내 행복했습니다. 소담스레 마련한 생일상에서 온기가 피어 올랐습니다.

생일잔치가 벌어진 다음 날. 아침을 먹는데 식탁 쪽으로 미래가 언제나 그렇듯 비틀대며 쿵쿵 넘어지며 다가왔습니다. 호소하듯 냥냥거리며

화장실에 가고 싶다는 몸짓을 했습니다. 밥을 다 먹고 데려가려 했지만 절박해 보여 숟가락을 놓고 화장실로 데리고 갔습니다. 그 직후 잠시 동안 생각이 멎었습니다. 난데없는 사고가 난 것이었습니다. 나는 119 응급차를 타고 집 근처 대학병원 응급실로 실려 가 머리 뒤쪽을 봉합해야만 했습니다. 미래를 안은 채 화장실로 들어서려다 미끄러져 욕실 모서리에 머리를 찧었던 것이었습니다.

"고양이 오줌 누이려 화장실에 들어가다 미끄러져 넘어졌어요"라는 설명을 이해 못하는 의사 선생님. 혹시나 싶어 엑스레이와 CT 촬영을 마치자 뇌진탕 증상이 올 수 있다며 입원까지 해야 했습니다. 일과 관련된 모든 일정이 취소되었습니다.

그 와중에도 '미래가 얼마나 놀랐을까, 집에 계신 내 어머니 아버지에게 얼마나 혼나고 있을까' 걱정이 되었습니다. 소동이 가라앉고 머리도 제대로 감지 못한 몰골로 퇴원하고 집으로 돌아왔습니다. 일흔이 넘은 어머니가 기다리고 계셨습니다.

"사람을 거두면 배신도 마다치 않지만 짐승을 거두면 반드시 은혜를 갚는다네. 자네가 일진이 너무 안 좋아 저 고양이가 자네를 밖으로 나가지 말라며 액땜해준 거야."

사실인가 싶어 놀랍기도 하고, 풀이가 재미있기도 했지만, '고양이는 요물이라 귀신을 본다'며 꺼려하던 어머니가 언제부터 미래에게 저리 단단하게 정이 들었나 싶어 신기했습니다. 미래는 여전히 딴청이었습니다. 가볍게 나는 하루살이에게도 삶의 무게는 있는 법이라 했습니다. 하물며 온몸으로 제 삶을 밀고 나가는 녀석에게 어머니의 마음이 울린 것은 당연한 일인지도 모른다는 생각을 했습니다.

50센티미터
가출

미래가 태어나 처음으로 여름을 맞이하던 해, 불볕더위가 계속되었습니다. 남향 주택가 3, 4층의 복층 구조인 우리 집은 유난히 볕이 많이 들어 더욱 뜨겁게 느껴졌습니다. 집에 있는 날이면 아내의 눈치를 봐서 에어컨을 슬그머니 켜보기도 하지만, 비싼 전기요금 걱정하는 살림쟁이 아내의 잔소리가 무서워 선풍기를 끌어안을 수밖에 없었습니다.

사람이 이리 더운데 동물이라고 왜 안 더울까? 두툼한 털외투까지 두른 미래는 그 더위가 무척 힘겨운 듯 보였습니다. 얼음물을 먹여도 보고 선풍기에 부채질도 해주지만 더운 걸 대신해줄 수는 없는 노릇. 그렇다고 헉헉대거나 축 늘어져 있는 것만은 아니었습니다. 그저 움직임이 줄어들었을 뿐인데도 내가 더우니 저 녀석은 얼마나 더울까 지레 안타까워하는 것이었습니다. 다행히 먹는 것도 잘 먹고, 저녁나절 더위가 한풀 꺾인다 싶으면 예의 장난기가 발동해 부산을 떨기도 했지만, 한여름 낮 동안의 더위는 녀석도 어쩌지 못하는 것 같았습니다.

더운 날, 미래의 기본자세는 최대한 몸을 늘어뜨리는 것. 방바닥이야 날 잡아먹어라 주문을 걸듯 몸과 방바닥의 접합면을 최대화시켰습니다. 그나마 시원한 방바닥에서 미래는 까무룩 잠이 들고 맙니다. 다른 때 같으면 사람이 다가가기만 해도 벌떡 일어나는데, 그 모양을 하고 있을 때에는 그저 눈만 게슴츠레 뜨는 게 전부였습니다. 유독 더위를 못 참는 기미가 보이면 페트병에 물을 넣어 얼려주기도 했습니다. 처음에는 얼린 페트병을 던져주거나 굴리며 "시원하지~ 시원하지~"를 외쳤는데, 페트병 표면에 맺히는 물방울들 때문에 기겁을 하는 녀석을 보고는 수건에 말아서 줬습니다. 자세가 불편해서인지 그리 오래가지는 못하지만 의외로 긴 시간 안고 있기도 했습니다.

그렇지만 뭐니뭐니해도 녀석이 제일 좋아하는 건 거실의 에어컨이었

습니다. 대부분의 식구들이 외출하는 낮 동안 절약쟁이 아내가 에어컨을
틀어줄 리는 없습니다. 아내가 에어컨 트는 것을 허락하는 건 무더위로
잠을 이루지 못할 때입니다. 냉방 효율성을 높인다고 부엌으로 향하는
문에 임시 커튼까지 붙인 뒤 온 가족들에게 거실에 한데 모여 자라고 명
령을 내립니다. 에어컨을 틀고 선풍기를 돌려 강제 순환까지 시키면 우리
의 열대야는 비로소 한풀 꺾입니다. 이때 가장 생기가 도는 것은 나와 딸
아이, 그리고 미래입니다. 특히 미래는 내가 언제 축축 늘어져 있었느냐
며, 시원한 게 너무 좋다며 마치 몸 안에 숨어있는 단추라도 누른 듯 팔
팔 모드로 변신합니다. 좋아하는 종이뭉치 공을 던지기라도 하면 녀석은
신이 나서 몸을 껑충거립니다.

미래와 놀며 웃으며 시간을 보내다 잠을 잘 시간. 거실에 이불을 깔기
시작하면 미래는 제일 먼저 그 위로 올라가 몸을 날립니다.

"야~ 미래! 털 날려! 안 내려가?!!"

아내의 고함 소리가 거실을 울리지만 미래는 들은 척도 안 합니다. 데
굴데굴 몸을 굴리다가 결국 이부자리에서 쫓겨나고 말아도 어느새 식구
들 품 사이에서 동그랗게 몸을 말고 자고 있습니다.

미래가 여름 낮 시간 스스로 발견한 피서법이 하나 있습니다. 날이 뜨
거워지는 낮 동안, 아내는 가끔씩 환기도 식힐 겸 바람도 들일 겸 현관
문을 열어 놓는데, 그 사이 비틀거리며 현관문으로 가 척하니 몸을 눕히
는 것입니다. 미래에게 현관문은 공포의 대상입니다. 잘 놀아주던 사람
들이 일정한 시간만 되면 불쑥 사라졌다 한참 후에 다시 나타나는 곳이

기도 하고, 그곳을 통해 밖으로 빠져나가면 어김없이 병원으로 실려가 괴롭힘을 당하니 좋아할 리가 없습니다.

바로 그 현관문 앞에 미래가 터억 몸을 눕히는 것이었습니다. 바람이 시원해서였을까? 문만 열면 그곳에 가서 드러누워 있었습니다. 언니가 외출이라도 하면 사자가 낮잠 자듯 네 다리를 쭉 뻗은 채 옆으로 드러누워 한숨까지 푹푹 쉬어가며…. 녀석은 어느 순간부터 머리를 빼고 바깥을 내다보기 시작했습니다. 그래 봤자 신발과 계단이 보이는 전부이고, 아래층에서 올라오는 사람들의 소리가 전부겠지만 미래는 그렇게 한여름의 더위를 식히고 있었습니다.

살인적인 더위가 이어지는 가운데, 퇴근하고 집으로 들어선 길. 딸이 기다렸다는 듯 카메라를 흔들어대며 신이 나 있었습니다. 미래가 혼자서 집 밖으로 외출을 했다는 것이었습니다. 외출? 집 밖으로 나서는 그 외출?! 생글생글 웃으며 어쩌면 가출했던 건지 모르겠다고도 했습니다. 딸은 누구의 도움도 받지 않고 미래가 집 밖으로 나갔다는 사실 자체가 무척 신기하고 대견했던지 연신 떠들어댔습니다. 말하는 품새만으로는 미래가 어디 반나절 동안 혼자 모험이라도 다녀온 듯했습니다. '설마~' 하는 표정을 짓는 내게 딸은 '진짜~'라며 카메라를 들이밀었습니다.

우습기도 하고, 속된 말로 같잖기도 했습니다. 미래가 나선 거리는 내 걸음걸이로 겨우 반발자국 쯤. 대략 50센티미터나 될까? 미래의 외출은 딱 거기까지였습니다. 겨우 마루에서 내려서서 조금 서 있다 풀썩 쓰러지고 말았습니다. 그러나 그것을 지켜보던 딸의 눈에는 화려한 외출이자,

가출, 여행이었고 혼자 힘으로 밖으로 나가는 미래의 첫 번째 나들이였던 것입니다. 평소의 모습이 안쓰러웠던 딸은 그렇게라도 집 밖에 발을 내디딘 미래가 자랑스럽고 신기해서 현관문 안팎을 드나들며 사진과 동영상을 찍었던 것이었습니다.

이십여 년째 중증의 마비 상태인 아들이 '어~ 어~' 하며 의사 표현한 것을 두고 '우리 아들 노래 부를 줄 알게 되었다, 이제 우리 아들 말도 참 잘한다'며 진심으로 기뻐하고 눈물 흘렸다는 어느 어머니의 이야기를 들은 적이 있습니다. 전장에서 척추를 다친 아들이 몇 년에 걸친 물리치료 끝에 보조 장구에 기대어 겨우 걸음을 떼자 '이제 다 나았다, 이제 조금만 더 하면 걸어 다니겠다'고 펑펑 기쁨의 눈물을 흘리던 또 다른 어머니에 관한 다큐멘터리를 본 적도 있습니다. 마라톤을 해보고 싶다는 중증 뇌성마비 아들을 위해 휠체어를 만들어 태우고 미국 대륙 횡단 마라톤에 도전하며 자신을 위대한 마라토너의 아버지라 불러달라던 한 아버지의 웃음 띤 인터뷰를 보며 펑펑 운 적도 있습니다.

그 숭고한 분들의 상황에 비한다면 하염없이 초라하고 볼품없지만, 겨우 반발자국 걸어가다 그나마도 비틀거리다 쓰러지고 말았지만, 사람의

도움 없이 현관을 나서 본 미래를 두고 혼자 외출했노라, 먼먼 여행길이라도 다녀왔다는 듯 자랑스러워하는 딸의 속내가 고왔습니다. 갑자기 코끝이 시큰해져, 땀냄새 난다 밀쳐내는 딸아이를 와락 끌어안아 주었습니다.

숭고한
밥상

30년 이상 모아 오다 보니 그동안 모은 수만 점의 장난감들을 어찌하지 못해 늘 고민입니다. 사무실과 집은 물론이고 몇 군데 창고에 분산해 두고 있지만 특별히 애착이 가는 장난감들은 집 근처에 적당한 공간을 마련해 전시 겸 보관을 하고 있기도 합니다.

우리 집 바로 앞에는 초등학교가 하나 있는데 그 학교의 벽 옆에 내 첫 번째 장난감 창고가 있습니다. 독립된 건물의 넉넉한 지하실로 습기가 조금 문제 되기는 하지만 층고와 온도가 알맞아 잔뜩 전시하고 관리할 수 있으며 간혹 손님을 만나는 공간으로도 쓰입니다. 집에서 그곳에 가려면 학교 담장을 따라 걸어가야 하는데, 언제부터인가 눈에 띄지 않던 게 보이기 시작했습니다. 어쩌면 이전에도 쭉 있어 왔는데 무신경하게 지나쳐왔던 것을 요즘에야 깨달은 것인지도 모릅니다.

길고양이들을 위해 누군가 마련한 밥과 물이었습니다. 나는 미래가 우리 집에 들어오기 전에는 고양이 사료가 어떻게 생긴 건지도 몰랐습니다. 그런 내가 길을 가다 '어? 왜 여기 고양이 사료가 놓여 있지?'라는 놀라운 발견을 하게 된 것이었습니다. 미래가 아니었다면 아마도 새의 모이거나 버리는 음식이라 생각했을 게 분명합니다.

사료는 항상 수북하게 가득 담겨 있었습니다. 아무리 초등학교 담장 옆이라도 자동차와 사람이 분주히 오가는 주택가. 길고양이들은 꼭꼭 숨어 있다가 사료가 채워지면 귀신같이 나타나 밥그릇을 싹싹 비웠습니다. 쓰레기통이나 뒤지던 그들이 언제부터인가 그곳에 가면 맛난 먹거리와 깨끗한 물이 기다리고 있다는 사실을 알게 된 것입니다. 그들은 그렇게 허기를 채우며 위태로운 생명을 지켜나갔습니다. 혹여 이 음식을 빼앗기지 않을까, 먹는 걸 방해하는 이가 나타나지는 않을까, 끊임없이 두리번거리며 먹기를 서두릅니다.

사료가 놓인 그 앞을 지날 때마다 나는 그분이 나타날까, 만나게 되면 손을 꼭 잡고 고맙다는 인사라도 하겠다며 두런두런 기다려 보기도 했습니다. 딸과 나는 간혹 참치 통조림을 그 옆에 내놓기도 했습니다. 우리는 생긴 모양에 따라 치즈, 고등어, 깜장이라 이름을 붙였습니다. 한쪽 눈을 다쳐 외눈을 하고 있었던 치즈는 그중에서도 유독 몸이 말라 늘 안타깝게 했습니다. 당장 붙들어서 병원에라도 데려가고 싶었지만 그들이 나 같은 고양이 초보자에게 잡혀줄 리가 없었습니다. 사료를 먹을 때에도 연신 주위를 돌아보며 경계를 풀지 않았습니다. 우리가 얼른 사라져 주는 게 치즈에겐 최선이었습니다.

미래를 만나기 전, 고양이를 잘 몰랐을 때에도 길고양이들의 서글픈 사연은 어렵지 않게 들을 수 있었습니다. 추운 겨울날, 따뜻한 곳을 찾다 막 시동이 꺼진 자동차 엔진 룸에서 잠이 들었고 그 자동차가 다시 시동을 거는 바람에 끔찍한 사고를 당한 이야기, 얼마나 배가 고팠으면 돌멩이를 먹었는지 길에서 얼어 죽은 고양이 뱃속에서 돌멩이가 나왔다는 이야기, 꼬리를 잘라 피범벅이 된 채 방치했다거나 눈을 어떻게 해버렸고 어디서 내던져졌다는 등 듣기조차 참혹한 학대의 이야기들은 내가 그 가해자들과 같은 인간이라는 사실이 부끄러워질 정도였습니다. 이렇게 옷을 입고 따뜻하게 등을 붙이고 사는 것이 옳은가, 같이 숨을 쉬고 무엇인가를 먹으며 삶을 꾸려 가는 생명체로서 올바른가 고민이 되기도 했습니다.

장애 고양이에 관해 이야기하면, 장애를 가진 사람도 어찌하지 못한다 외면하는 의견이 있습니다. 틀리지는 않는 말일 것입니다. 모진 추위에도 목숨을 붙여 나가야 하는 길거리의 작은 생명들을 이야기하면 헐벗고 굶주린 우리의 이웃도 구제하지 못한다는 말도 합니다. 고개가 끄덕여지기도 합니다. 그렇지만 막상 몸 불편한 고양이를 집에서 키우기 시작하며, 고양이 자체의 존재감을 인식하였고 그로부터 생명의 소중함과 장애를 이겨내려는 또 다른 건강함을 발견하고 기뻐하게 되면서 그러한 길고양이들의 슬픔은 아니, 스스로 방어력을 가지지 못한 작은 생명들의 안타까운 현실은 보통의 크기와 다르게 다가왔습니다.

세상의 모든 일에는 원인이 있다고 합니다. 길고양이들의 가혹한 현실을 안타까워하고 그들을 돕는 이들에게 한없는 경외심을 가지면서도 결국 길 위의 고양이들의 현실이 우리 인간에게서 비롯되었다 생각하면 생각이 복잡해집니다. 대략 5천 년 전부터 사람의 손으로 키워져 사람 곁에서 살게 된 고양이. 지금의 길고양이들이 스스로 야생의 삶을 선택해서 거리에서 살아가게 된 것은 아닐 것입니다. 그들 모든 개체는 결국 사람에 의해 길러지다 내쳐졌든, 도망 나왔든, 버려졌을 것입니다.

어느 몹시 추운 겨울날, 보일러를 돌려 훈훈했던 창고에서 장난감을 찾고 정리하느라 반나절 이상 머문 적이 있었습니다. 문밖에서 사부작거리는 소리가 났습니다. 소리는 계속 이어졌습니다. 무엇인가 내다보니 지하실로 내려오는 계단 옆, 차곡하게 쌓아 놓은 패널 사이에 고양이가 숨어있었습니다. 노란색 털이 무성한, 앙상한 외눈박이 치즈였습니다. 직원에게 고양이 통조림을 가지고 오라 부탁했습니다. 통조림째 놓으면 먹기 불편할 것 같아 사무실에서 쓰던 접시에 참치를 털어놓고 문을 닫아줬습니다. 가만히 귀를 기울여 봤습니다. 후다닥후다닥 소리가 들리고, 찹찹 소리가 나기 시작했습니다. 사기 접시가 콘크리트 바닥에 달캉대는 소리가 끊이지 않았습니다.

먹다 놀랄까 봐 화장실에 가려는 것도 참았다가 조심조심 문을 열어봤습니다. 마치 새 접시처럼 깨끗해진 접시가 거기 놓여 있었습니다. 내내 보살펴줄 수는 없지만 그래도 자신들의 존재감을 잊지 않으려는 남자 사람, 살아줘서 고맙다 소리를 하는 남자 사람, 그이에게 잘 먹었다 인사라도 하려는 듯 접시는 깨끗하게 비워져 있었습니다.

해외 출장을 가면 고양이 용품 가게에 들르는 게 일과가 되어 버렸습니다. 출장 계획이 잡히면 우선 인터넷으로 그 동네에 고양이 용품 가게가 어디 있는지부터 살피고 여의치 않으면 백화점의 관련 용품 코너를 찾기도 합니다. 특히, 고양이 관련 용품이 많은 일본은 사전 준비가 없어도 할인마트나 백화점에서 의외의 아이템들을 발견하곤 합니다.

집으로 돌아와 짐을 풀기 시작하면 가방 속에서 미래의 물건이 주렁주렁 나옵니다. 아내가 밉지 않게 볼멘소리를 늘어놓습니다.

"색시 선물은 안 사오고 말이야. 미래 선물은 꼭 챙겨 오네~"

일단 "비싼 거 아니다, 싸서 몇 개 사왔다" 어쩌고 변명을 늘어놓지만, 얼마 안 가 "미래가 이걸 좋아할까, 이거 싫어하면 어쩌나" 함께 머리 맞대고 즐거운 고민에 빠집니다.

언젠가의 일본 출장길에는 몇몇 장난감과 함께 일명 '마따따비'라고 불리는 개다래 나무의 분말이 묻어 있는 고양이 시트와 고양이 전용 멸치를 사온 적이 있었습니다. 장난감이야 워낙에 가지고 놀던 것들이니 특별한 반응을 더 보이지 않았지만, 고양이 전용 시트는 열광적인 반응을 얻을 수 있었습니다. 가로 40센티미터, 세로 50센티미터 가량의 작은 시트 포장지에는 눈에서 하트가 뿅뿅 튀어나오는 고양이 그림이 그려져 있었습니다. 과연 어떤 제품이기에 고양이가 저리 좋아할까? 우리 미래도 좋아할까? 결과는 대성공이었습니다. 눈에 하트가 그려진 광고 그림 속 고양이 저리 가라 할 정도로 좋아하는 것이었습니다. 고양이 전용 멸치 역시 의외의 반응을 얻었습니다. 사실 고양이 전용 멸치는 보통 멸치보다 1.5배가량 비쌉니다. 딸아이와 내가 직접 먹어보니 우리가 먹는 멸치와 별반 다른 게 없었는데, 저염 처리를 했고 고양이에게 필요한 영양제가 들어 있다는 게 특징이었습니다. 동물 전용 상품이나 호사스럽게 포장한 음식들을 괴상한 무엇 보듯이, 사치의 전형처럼 생각해오던 내 입장에서는 상상조차 할 수 없던 일이었습니다. 여전히 동물은 동물다워야 한다, 동물답게 키워야 한다는 생각에 특별한 변화가 생긴 건 아니지만 몸 아픈 미래에게 칼슘 보충이 될 수 있는 아이템이라 생각하며 안 하던 짓을 해버렸던 것입니다.

그런 내 마음을 아는지 모르는지 처음에는 멸치를 던져주자 얼른 받아 먹지 않았습니다. 뛸 듯이 기뻐하며 날름날름 먹을 줄 알았는데, 예의 그 삐딱한 자세로 몸을 지탱하고 킁킁 냄새만 맡았습니다. 몸에 힘을 주고 가늘게 휘청거리며 멸치를 꼬아보던 녀석은 이내 몸을 틀어 넘어지고 말았습니다. 낯설어서 그런가? 고양이 하면 생선인데 멸치를 싫어하나? 애써 사왔는데 서운한걸? 그러나 그런 생각은 얼마 가지 않았습니다. 잠시 후 딸이 미래를 꼭 끌어안고 입에 넣어주자 세상에 이런 맛있는 음식은 처음 먹어본다는 표정으로 맛나게 먹기 시작했습니다. 입맛까지 쩝쩝 다시며 꼭꼭 씹어 먹는 것이었습니다. 반전이었습니다.

아직 멀었구나, 아직도 멀었구나…. 알 수 없는 자책감이 가슴 한가운데로 몰려 왔습니다. 눈앞에 던져진 멸치. 미래는 그것을 빤히 쳐다보다 몸을 풀썩 눕히고 말았습니다. 내 생각으로야 몇 센티미터도 안 되는 거리, 한 뼘도 안 되는 간격. 얼른 고개 내밀어 바닥의 멸치를 주워 먹으면 되겠지만 미래는 코앞의 멸치까지 입을 뻗는 게 마음대로 되지 않았던 것이었습니다. 그러다 다리에 힘이 풀려 풀썩 넘어지고 말았던 것이었습니다. 애처로움과 자책감이 일렁였습니다.

'미안하다, 미래야… 미안해, 미래야…. 아저씨는 그것도 모르고, 미안해….'

아기를 안듯 품에 안고 멸치를 먹이다 보니 이 녀석만큼 호불호가 명확한 고양이가 또 있을까 싶었습니다. 먹는 것, 가지고 노는 것, 잠자는 곳, 화장실 문제 등 저 좋아하고 싫어하는 것에 대해 결코 어중간한 자세를 취하지 않는 미래. 만약 사람이었다면, 성격 무난하고 착하게 행동하다가도 좋아하고 싫어하는 것에 대해 한번 고집을 피우기 시작하면 그 누구도 말릴 수 없는 대여섯 살 꼬마 여자아이를 보는 것만 같았습니다.

보통 고양이들이 '환장하게' 좋아한다는 캣닢. 모든 고양이들이 다 좋아한다고 하니, 당연히 우리 미래도 좋아할 거라 생각하고 캣닢 관련된 제품을 부지런히 퍼 날라 줬지만, 녀석은 몇 번 쿡쿡 찔러 보고는 심드렁해했습니다. 그때만 해도 원래 고양이들은 캣닢을 보면 이 정도로 반응하는구나 생각했었습니다. 그러다 고양이 관련 소품을 만드는 분께서 보내준 선물을 통해 그게 아니었음을 깨달았습니다. 그분이 손수 만든 인형들에는 고양이들이 좋아한다는 가루들이 묻어있었습니다. 캣닢과 마따따비, 홍어 세 종류였습니다. 처음 두 가지는 쉽게 이해가 되었지만 홍어는 의외였습니다. 처음에는 내가 잘 모르는 외국어 단어, 아니면 고양이 세계의 은어 중에 '홍어'라는 말이 있나 갸우뚱했습니다. 개인적으로 홍어를 좋아하긴 하지만, 고양이한테 웬 홍어? 고개를 갸웃대다, 딸에게 선물을 전한 뒤 볼일을 보고 있는데 잠시 후 딸의 환호성이 들려 왔습니다. 홍어 냄새가 나는 작은 인형에 미래가 거의 미쳤다 싶을 만큼 열광적으로 반응하고 있었던 것입니다.

캣닢과 마따따비가 보리밥이었다면 홍어는 찰밥이었던 것입니다. 홍어를 좋아해 홍어 안주에 술 한 잔 마시고 들어오는 날이면 나는 화장실에 감금되다시피 하는데, 홍어 냄새를 좋아하는 고양이라니! 웃음이 안 터질 수가 없었습니다.

고양이를 처음 본
고양이

지금 살고 있는 아파트로 이사 온 뒤, 이전까지 살고 있던 아주머니께서 고양이를 무척이나 좋아하시는 분이라는 사실을 우연한 기회에 알게 되었습니다. 직접 보지는 못했지만 회색 장묘종의 고양이를 오랫동안 기르고 계시다는 그분께서는 더디게 배달된 우편물을 찾으러 우리 집에 들렀다 미래를 발견하고는 고양이 이야기를 한참 동안 하셨다고 합니다. 멀지 않은 곳으로 이사를 갔는데, 오신 김에 차 한잔하고 가라는 어머니의 청에 집 안에 들어왔다 미래를 발견하고는, 그렇게 좋아하고 기뻐할 수가 없더라는 것이었습니다.

고양이와 놀아 주는 이야기, 고양이가 좋아하는 먹거리, 고양이의 재롱 이야기, 봄이 되면 창가에 가 바깥 구경을 시켜 주면 그렇게 좋아할 수 없다는 이야기 등등 온통 고양이, 고양이… 고양이 이야기만 하더라는 것이었습니다. 그러면서 몸 아픈 미래를 돌봐줘서 고맙다고 인사를 하더라는 것이었습니다. 그날 저녁 식탁, 슬쩍 홍보기까지 보탠 어머니의 그랬었다~ 말씀에 웃음이 나기도 했지만 내심 대단한 고양이 사랑이다 고개를 끄덕였습니다.

그 일이 있고 얼마 후, 퇴근길을 맞는 딸이 재미있어 죽겠다는 표정을 지으며 수다를 늘어놓기 시작했습니다.

'이 집에 살던 아줌마가 오늘 우리 집에 다녀가셨는데…'

'마침 고양이를 데리고 오셨더라…'

'그 고양이는 산책을 같이 하는 산책냥이인데, 줄도 안 묶고 다닌다더라…'

'예전에 살던 집을 기억하고 있던 건지 먼저 와서 우리 집 문 앞에 떡 하니 앉아 있었다더라…'

'마침 주변에 볼 일이 있어, 고양이를 맡아 줄 수 있겠느냐고 해서 그러라고 했다…'

뭐, 그런 이야기들이었습니다만, 재미난 일은 그 뒤에 일어났다고 했습니다. 문제(?)의 고양이가 우리 집에 머문 시간은 대략 한 시간 남짓. 녀석이 머문 곳은 현관문 바로 옆에 붙은 큰 아이의 방으로 평소 같으면 미래가 근처에도 가지 않는 곳이었습니다. 보일러 배관 문제인지 바닥이 우리 집에서 제일 따뜻하지 않은 것도 이유겠지만, 그것보다는 학교 가고 아르바이트한다며 밤늦게 들어오고 늦게 일어나기 일쑤여서 대부분 방문이 닫혀 있기 때문입니다.

그런데…. 태어나서 고양이를 처음 본 미래. 동물병원에서 아예 보지 않은 것은 아니었지만 그 외의 다른 곳에서, 자기가 사는 집 안에서 고양이라는 동물을 처음 본 미래가 굉장히 묘한 반응을 보이더라는 것이었습니다. 혹여 다투기라도 할까 봐 처음부터 손님 고양이를 오빠 방에 넣어 두고 문을 닫아 뒀었는데, 분명 미래는 그 고양이를 보지도 못했는데, 어떻게 알았는지 한 번도 온 적이 없는 오빠 방 앞으로 다가와 몸을 꼿꼿이 하고 서 있더라는 것이었습니다.

그 상황이 하도 신기하고 재미있어서 오빠 방의 문을 열어줬더니 화들짝 놀라더라는 미래. 손님 고양이와 눈을 마주친 녀석은 특유의 하악질을 시작했고, 상대방 고양이도 하악질로 마주 반응하면서 급하게 문을 닫을 수밖에 없었다고 했습니다.

'고양이를 처음 만난 고양이라…'

'자기와 똑같은 고양이를 처음 보고, 처음 같은 공간 안에 겪어 본 미래…'

생각이 이리저리 복잡해졌습니다. 신기한 일은 그 뒤로 연이어 이어졌습니다. 자기와 같은 종족이 한 시간 가량 머물렀다 살벌한 하악질 대결로 끝맺음한 지 서너 달이 지났는데도 미래가 심심찮게 큰 아이의 방을 찾게 되었다는 것입니다. 평소에는 잘 다가가지 않는 그곳에 슬그머니 다가가 뭐가 있는지 살펴보고, 문이 열려 있을 때는 방 안까지 들어가 이리저리 냄새까지 맡아 본다는 것입니다. 언젠가는 식구들이 저녁 식사를 하는 사이 소파에 몸을 기대고 망부석처럼 큰 아이 방 쪽을 물끄러미 바라보는 모습을 목격한 적도 있었습니다. 그것은 영락없는 제 종족 찾기, 제 무리 찾기의 몸짓이었습니다.

정말로 재미있는 것은 그렇게 오빠 방의 문 아니, 같은 고양이의 흔적을 찾으려는 노력을 스스로가 쑥스러워한다는 것입니다. 우리가 쳐다보거나 카메라라도 들이대면 부리나케 자기가 있던 곳으로 달아났습니다. 부끄럽다는 건지, 겸연쩍다는 건지 녀석은 그런 행동을 애써 보여주지 않으려고 하는 것처럼 보였습니다.

아무도 없는 낮 동안의 집. 학교를 일찍 마친 딸아이가 집으로 돌아왔는데, 미래가 안 보였다고 합니다. 혹시나 싶었는데, 아니다 다를까 오빠 방 안에서 미래가 후다닥 도망쳐 나오더라는 것입니다. 제대로 중심을 잡지도 못하는 녀석이 이리 쿵 저리 쿵 넘어져 가며 부리나케 언니 방 쪽으로 달아나는데, 영락없이 개구쟁이 꼬마가 엄마 몰래 뭘 훔쳐 먹다 달아나는 그 모습 같더라는 것입니다.

"어디서 친구 고양이를 한번 데리고 와서 놀아줘야 하나?"

"궁금할 테지. 오빠 방에서 자기하고 똑같은 고양이가 나타났으니…."

"저게 고양이라는 동물인 건가? 친구야? 적이야? 뭐, 그렇게 생각하는 것일까?"

"어떻게 저 친구는 비틀대지도, 넘어지지도 않고 잘도 걷는 거지? 미래는 그게 제일 신기했을 거야…."

가족들의 의견과 추리가 분분했고, 덩달아 녀석을 재미나게 해석해보기도 했지만, 호기심인지 경계심인지 그것도 아니면 스스로 발견한 외로움 때문인지 같은 고양이의 존재에 대해 놀라운 모습으로 반응하는 미래를 바라보며, 어떻게 하나, 고양이 친구를 하나 붙여줘야 하나, 고양이 카페라도 데리고 가야 하나, 녀석 돌보는 고민을 하나 더 얹어야만 했습니다.

아빠 의자,
미래 의자

우리 집에는 다리가 없는 의자, 이른바 앉은뱅이 의자라 불리는 좌식 의자가 몇 개 있습니다. 그중에서도 앉는 곳이 두툼하고 등받이가 편해 내가 주로 애용하는 의자가 있는데 가족들은 '아빠 의자'라 부릅니다. 낡을 대로 낡아 다른 의자로 바꿔봤지만 그만큼 편하지가 않아 천을 덧댄 채쓰고 있는 의자입니다.

이 의자, 아빠 의자를 미래가 유난히 좋아한다는 사실을 알게 된 것은 열흘가량의 외국 출장에서 돌아온 이후였습니다. 식구들이 하는 얘기에 따르면, 내가 출장을 떠난 사이 저녁 시간이면 뭔가를 찾는 듯하더니 아빠 의자로 다가가 냄새를 맡으며 올라서더라는 것입니다. 처음에는 털이 묻을까 의자를 치웠는데, 졸졸졸 의자만 쫓아다니더랍니다. 마루에 내놓든 방 안에 두든 어떻게든 아빠 의자를 찾아 뒤뚱뒤뚱 다가가 냉큼 올라앉아서는 내려올 생각을 않더라는 것이었습니다. 내가 돌아온 이후에도 미래의 아빠 의자 앉기는 계속되었습니다. 재미를 붙이기라도 했는지 내가 잠시 자리를 비우기라도 하면 얼른 올라가 비켜줄 생각을 하지 않았습니다.

어떤 때는 내가 앉아 있는데도 그 사이를 파고들기도 했습니다. 엉덩이 뒤쪽에 작은 틈새라도 있을라치면 두더지처럼 무작정 파고들어 가 보는 것이었습니다. 누가 이 상황을 본다면 어떤 고양이가 앉은뱅이 의자 위에 편하게 누워 쉬고 있는데, 양심도 없는 뚱뚱한 남자가 고양이를 깔아뭉개는 것으로 여길 것입니다. 그 모습을 찍은 사진을 주위 사람들에게 보여줬을 때 그들의 반응도 크게 다르지 않았습니다. 내 입장에서는 누명을 썼다고 해야 할까요? 억울하다 하소연을 해야 할까요?

새벽부터 일어나 집에서 일을 하고 있던 그날 오전. 밀린 원고를 얼른 정리하고 보낸 다음 출근해야겠다는 일념으로 키보드에 온 정신을 집중하고 있는데, 허리 뒤쪽의 느낌이 이상했습니다. 짧지 않은 시간 같은 자세로 앉아 일을 하느라 부러 허리를 꼿꼿이 세웠다 내리기를 반복하고 있었는데, 허리 뒤쪽에 뭔가가 들어 있는 것이었습니다.

정확하게 말한다면, 잠시 허리를 세워 틈을 내는 그 찰나의 순간 동안

'아저씨! 이거 내 의자인데 왜 아저씨가 앉아 있어요?'

항의를 하듯, 따지듯 미래가 그 사이를 슬쩍 파고들어와 있었던 것입니다. 아침잠이 많아 잘 일어나지도 못하는 녀석이 어느새 마루로 나와 몸을 밀어 넣고 있었던 것이었습니다. 막 잠에서 깬 아내가 웃음을 참지 못했던 건 당연한 일이었습니다. 자초지종을 설명하지 않았다면 아내는 왜 고양이를 깔고 앉아 있느냐 나무랐을 게 뻔했습니다. 그렇게 미래는 내가 원고를 끝낼 때까지 한참을 그 자리에 누워 잠을 청하고 있었습니다.

아빠 의자는 단순히 앉아 있는 용도로만 쓰이지 않았습니다. 낚싯대로 놀아 주면 의자 뒤에 교묘하게 몸을 숨기고 낚싯대를 노리기도 했습니다. 마치 007 영화의 주인공처럼, 은폐물 뒤에 몸을 숨기고 있다 순식간에 몸을 날리는 특공대 침투조처럼, 의자 등받이 뒤에 숨어 있다 껑충 껑충 몸을 뒤틀며 날아오릅니다. 의자 뒤에 몸을 숨긴 녀석이 빤히 보이지만 우리는 터져 나오는 웃음을 참아가며 못 본 채 놀아줍니다. 녀석의 표정이 너무도 진지하기 때문입니다.

낡은 의자를 끼고 도는 녀석이 재미있기도 하고 우습기도 했지만, 의

자 등에 기대어 일어나고 앉는 게 편해서 그러겠다 싶어 나는 정든 의자를 양보 아니, 포기하고 말았습니다. 아빠 의자를 미래에게 주고 새 앉은 뱅이 의자를 들였습니다. 앉은뱅이 '아빠 의자'가 명실상부 '미래 의자'가 되었던 것입니다. 미래도 마음에 들었던지 낮 시간의 대부분을 거기 앉아서 보내곤 했습니다.

변화가 생긴 것은 의자를 바꾼 지 한 달가량 뒤였습니다. 아내가 깔깔거리며 회사로 전화를 해 왔습니다. 우스워죽겠다는 것이었습니다. 부리나케 달려온 퇴근길. 역시 미래는 실망을 주지 않았습니다. 저 누워 있던 의자는 거들떠보지도 않은 채, 새 '아빠 의자'에 눈독을 들이고 있었던 것이었습니다. 그렇게 좋아하고 집중하더니, 이제는 제 소유가 된 '미래 의자'는 내팽개치고 새로 들인 '아빠 의자'에 올라오는 것이었습니다. 아무리 떼어내고 밀어내도 틈만 보이면 냉큼 새 의자에 올라앉는 미래. 그 모습이 하도 신기해 가족들이 이리저리 실험을 해봤지만 녀석은 어김없이 새 의자에만 올라갔습니다.

"새것만 좋아하는 이 신상쟁이같으니라고!"라며 웃던 딸이 "아빠 냄새 때문에 그러는 거야~ 아빠 냄새가 좋아서 그러는 거야~"라고 해설을 붙여줬습니다. 챙겨주고 잘해주기로 친다면야 아내나 딸에 비해 몇십 분의 일도 안 될 텐데 묘하다면 묘한 방식으로 고마움과 친근함을 표현하는 녀석. 새 '아빠 의자'는 검은색이라서 녀석이 한 번 앉았다 일어나면 의자인지 고양이인지 구분이 안 될 정도로 털 범벅이 되고 말았습니다. 청소 도맡는 아내가 한층 잔소리 볼륨을 높이게 되었지만 녀석은 오늘도 아저씨의 새 의자에 드러눕습니다.

우리 집을 지키는
겁쟁이 고양이

어렸을 적, 동네 어느 집 대문 앞에 커다랗게 한자로 붙어 있던 '맹견주의(猛犬注意)'. 할아버지의 뜻으로 어렸을 때부터 한자 공부를 조금 했다곤 하지만 네 글자 중 읽을 줄 아는 글자는 개 견(犬) 자밖에는 없었습니다. 그 집 대문 앞의 글자가 '사나운 개를 조심하세요!'라는 뜻이란 사실을 알게 된 건 한참 후의 일이었는데, 쉽게 납득할 수가 없었습니다. 맹견주의를 붙여두었던 그 집. 우리 형제를 유독 귀여워하시는 주인 내외분 덕에 수시로 그 집 마당을 들락거릴 수 있었는데 그건 그 집에서 기르는 개들 때문이었습니다. 그중 제일 좋아했던 녀석은 덩치가 크고 황금색 털이 아주 멋졌던, 지금 생각하면 골든 레트리버 종이 아닐까 짐작됩니다. 그 외 나머지 두세 마리의 개는 강아지 티를 갓 벗어난 잡종 개들. 나는 틈만 나면 그 집에 가서 개를 쓰다듬고 먹이를 주고 마당을 뛰어다니거나 아저씨가 호스로 물을 뿌리며 목욕시키는 것을 도와주곤 했었습니다. 그렇게 즐거운 시간을 보내며 지켜보던 그 큰 녀석의 맑고 선한 눈빛. 분명 내가 알기론, 그 집에는 그렇게 착하고 말 잘 듣고 예쁜 개들만 있었는데 대문 앞에 붙은 글씨가 '사나운 개를 조심하라!'는 뜻이었다니….

물론 나이를 좀 더 먹으며 방범 차원에서 그런 글을 붙여놓았을 거라 생각이 들지만, 처음 '맹견주의'의 뜻을 알고 났을 때에는 혹시 이 집에 나 모르게 엄청나게 무섭고 사나운 개가 숨어있나 상상을 하며 겁에 질리기도 했었습니다.

딸의 등과 어깨 쪽에 쓰라림을 동반한 민감성 피부염이 생긴 어느 날부터 어쩔 수 없이 당분간 언니 침대에서 떨어져 마루 소파에서 분홍색 테디베어 인형과 잠을 자게 된 미래. 처음에는 적응하지 못하면 어쩌나 걱정을 많이 했었지만 차츰 그 생활(?)에 익숙해지면서 오히려 그것을 더 즐기고 만족해한단 사실을 알게 되었습니다. 한눈에 봐도 무척 편안한 눈빛이었습니다. 가족들이 밤늦게 텔레비전을 보며 이야기를 나누다 보면, 아내의 발밑에 와서 소파 위에 올려달라고 앵앵댈 정도입니다. 아웅대는 녀석을 소파 위에 올려주면 녀석은 세상에서 가장 편한 표정으로 잠이 듭니다. 하도 소파를 긁어대 성한 곳이 없게 되었지만, 녀석은 이제 낮잠을 자는 낮 동안 대부분의 시간도 그 자리에 있기를 좋아합니다. 평소 같으면 자기 자리로 지정된 '아빠 의자'와 언니의 침대 밑에서 잠을 자는데, 이제는 낮이고 밤이고 소파만 찾습니다. 미래의 지정석이 마루로 정해지다 보니 의외의 반응이 나타났습니다. 집안일 참여의 강도가 높아진다는 것이 그것이었습니다.

낯선 손님이 찾아오면 얼른 침대 밑으로 숨어들어 가던 예전과 달리 제법 으르렁거리기도 하면서, 때로는 하악질까지 퍼부으며 상대방에게 겁을 줍니다. 그렇다고 대단한 기세는 아니고, 스스로도 무서운지 잔뜩 몸을 웅크리며 소리만 냅니다. 몸이 부자연스러우니 다른 고양이들처럼 얼른 뛰어서 방 안 침대 밑까지 가기는 틀렸고, 나름 그렇게 존재감을 드러내는 것이었습니다.

상대방이 듣기로야 귀여운 고양이 아로롱거리는 소리 정도밖에는 안 들리지만, 한 번씩 하아악 소리를 내며 이빨을 드러내고 발톱을 세울 때에는 어쭈~ 소리가 나기도 합니다. 얼마 전에는 정수기와 공기청정기를 관리해주는 아주머니가 방송에서 미래를 본 적이 있다고 반갑다며 고양이 간식까지 한 아름 사오셨는데 난데없이 아주머니를 향해 하악질을 해대 민망해지기도 했습니다.

저 사는 영역을 지키겠다는 의미. 우리 집에 낯선 사람이 들어오는 것을 용납하지 않겠다는 뜻. 좀 더 아전인수격으로 해석하자면 내가 나서서 우리 집을 지키겠다는 강력한 의사표시겠지만, 어딘지 어설픕니다. 누가 봐도 겁쟁이 티가 뚝뚝 묻어납니다. 이런 미래를 보고 있노라면 어린 시절 '맹견주의' 글씨 앞에 뚝뚝 떨어지던 그 착한 눈빛의 이웃집 개의 모습이 자연스레 겹쳐집니다.

살아있는 것이
아름답다

정식 용어인지 의료계의 은어인지 잘 모르겠지만, '병원 쇼핑'이란 말이 있다고 합니다. 위중한 병을 진단받았을 때, 그로 인해 마음의 무게가 매우 무거울 때, 스스로 생각하기에 병이 나을 기미가 잘 보이지 않는다 싶을 때, 이 가게 저 가게, 이 백화점 저 백화점 돌아다니듯이 좀 더 좋은 물건이 있는 곳, 좀 더 싸게 살 수 있는 곳이 없나 돌아다니는 쇼핑처럼 이 병원 저 병원 찾아다니며 반복해서 진료를 받거나 진단을 받으려는 행위를 일컫는 말입니다. 막상 병명을 진단받긴 했지만 그것을 받아들이기 힘들어서 혹은, 혹시나 앞의 병원에서 오진을 했을지도 모른다는 생각에 그렇게라도 돌파구를 찾으려 애쓰는 것입니다.

적지 않은 시간 동안 미래를 지켜보면서 나는 여전히 가슴이 저릿합니다. 고칠 방법이 있지 않을까, 한번에 녀석을 치료할 수 있는 방법이 있는 것은 아닐까, 내가 뭔가 놓치고 있는 것은 없나 고민을 합니다. 지금까지 미래를 진료하고 진단한 수의사 선생님들을 믿지 못해서가 아니라 조금은 막연하지만, 다른 병원, 좀 더 큰 병원을 찾아가면 기적이 일어날지도 모른다 상상을 해왔던 것입니다. 그렇게 다른 병원, 큰 병원에 가서 그저 주사 한 방, 약 한 봉지면 미래가 건강하게 되어 다른 고양이들 다 하는 '식빵 자세'도 하고, 사뿐사뿐 고양이 걸음을 걷기도 하고, 높은 곳에 훌쩍 뛰어 올라가 말썽도 피우고, '고양이의 보은'이라 부르는, 쥐든 새든 뭐든 물고 와 의기양양해할지도 모른다고 생각했습니다. 말 그대로 미래를 위한 병원 쇼핑을 꿈꾸고 있었던 것이었습니다.

그러다 우연한 기회에 큰 병원에 다녀오게 되었습니다. 마음만 먹고 있던 큰 병원 진료였습니다. 일반적인 경우처럼 그냥 찾아가 접수하고 진료를 볼 수도 있었겠지만 조금은 특별하게 상담해 보고 싶어 가깝게 지내는 선배의 소개로 건국대학교 수의과대학 부속 동물병원을 찾았습니다. 소개받은 김휘율 교수님과 수의사 선생님들은 꼼꼼하고도 친절하게 미래를 진단했습니다. 집으로 돌아온 미래가 한참 동안 패닉 상태를 보일 만큼 진료와 진단은 상당히 오랫동안 이어졌습니다.

큰 병원을 찾고 싶었던 가장 큰 이유는 마취 문제 때문이었습니다. 몇 달 전, 정확한 상태를 진단하기 위해 MRI 촬영을 하며 전신 마취를 한 적이 있었는데 마취에서 깨어나면서 무척 고통스러워했습니다. 다른 고양이들도 똑같은지 모르겠지만 미래는 유독 숨쉬기를 힘들어해 입가에 게거품까지 물었습니다. 동물 전신 마취가 심장에 이상을 줄 수도 있다는 말도 들었던 터라 지켜보는 나는 마음이 탔습니다. 마취 문제는 중성화 수술을 미루고 있는 이유 중의 하나였는데, 몇 번 발정을 하며 힘들어하는 미래를 마냥 지켜볼 수만 없어 제대로 된 상담을 받아보고 싶기도 했습니다. 물론, 그 참에 전반적인 몸 상태를 다시 한 번 확인하고, 마법처럼 녀석의 몸을 낫게 할 수 있는 의술이 있지 않을까 한 가닥 희망을 걸어보고도 싶었습니다.

결론적으로 이야기하자면 마취를 힘들어하는 것은 미래의 몸 상태와는 조금 별개라는 것. 민감한 경우로 보이긴 해도 뇌성마비와 관련된 녀석만의 특수한 상황은 아니라고 했습니다. 다소 조심할 필요는 있어도 일반적인 마취 방법을 통해 중성화 수술을 받을 수 있다는 설명이었습니다.

그리고 이어지는 미래의 상태에 대한 설명은 좀 더 명확하고 분명했습니다. 균형 감각과 거리감을 조절하는 소뇌 자체에 문제가 있는 '소뇌 형성의 부전(cerebellar hypoplasia)'으로 보이며 그 정도가 유난히 심한 편이라는 것이었습니다. 소뇌는 크게 문제가 없고 신경 계통에만 일부 문제가 있을 것이라는 이전의 진단과는 사뭇 다른 견해였습니다. 왜 그럴까? 예전에 진단받았던 MRI 자체의 정밀도가 떨어져서일 수도 있으며, 현재 국내 상황에서 인식할 수 있는 한계일 수도 있다는 의견이었습니다. 그렇다고 증상이나 상황이 달라지는 건 아니라 했습니다. 안타깝긴 하지만 고칠 수 있는 방법은 없다고 했습니다.

마법과도 같은 기적을 바라지 않았다면 거짓말이겠지만 의외로 실망감이 컸습니다. 소뇌는 비교적 정상으로 보이는데 모체의 임신 중 범백 바이러스 감염 등으로 다른 뇌신경 계통에 문제가 생겨 그런 것 같다던, 단순히 생각해도 모순처럼 여겨지던 이전 진단에 대한 궁금증이 풀리기도 했지만, 몸이 허공에 뜬 것처럼 맥이 풀려왔습니다.

진료가 끝나고 교수님과 점심 식사를 함께했습니다.

"이전에도 비슷한 증세의 고양이를 본 적이 있으신가요?"

"국내에서는 거의 못 봤지만 일본에서는 적지 않게 진찰한 적이 있습니다."

이런저런 추론이 이어지고, 복잡한 생각들이 줄을 섰습니다. '일본에서는 적지 않게 봤지만 우리나라에서는 거의 보지 못했다…' 미래와 비슷한 증상이 일본보다 빈도가 낮게 나타날 리는 없는 법. 결국 우리나라에서 미래처럼 태어난 고양이는 대부분 병원을 찾지도 못하고 버려지며

생을 마감한다는 의미로 해석될 수밖에 없었습니다. 문화의 차이든, 인식의 차이든 바로 옆 나라의 현실에 비해 병원 갈 기회조차 얻지 못하고 소중한 목숨을 잃고 마는 뇌성마비 고양이들. 한참 동안 불편함이 가시지 않았습니다.

"집 밖에서 태어난 고양이들이 그런 경우가 더 많을 텐데 그건 더 말할 수도 없겠죠."

유월의 따가운 햇살이 유리조각처럼 가슴 속에 내리 꽂혔습니다. 차 뒷좌석에는 잔뜩 스트레스를 받아 코까지 빨개진 미래가 몸을 웅크리고 있었습니다.

아가야,
좋은 곳으로 가렴

일본 출장을 가 있는데, 딸이 SNS 메시지로, 잔뜩 웅크린 새끼 길고양이한 마리의 사진을 보내왔습니다. 어떻게 해야 좋을지 모르겠다는 것이었습니다. 다른 큰 고양이들이나 개들에게 당한 듯, 꼬리가 반쯤 잘려 나가고 얼굴과 다리에 큰 상처를 입은 채 공원 한 쪽에 꼼짝없이 누워 있었는데, 길을 가다 우연히 녀석을 발견한 딸아이가 병원을 데리고 가나 어쩌나 고민을 하고 있었던 것입니다.

나 역시 경험이 없어 어쩔 줄 몰라 허둥대고 있는데, 딸이 새로운 메시지를 보내왔습니다. 어찌어찌 동물구조단체 연락처를 찾아 신고를 해서 구조를 받았다는 것이었습니다. 그때까지만 해도 나나 딸아이는 그 고양이가, 가끔씩 언론에 소개되는, 마음씨 고운 동물보호단체 자원봉사자분들의 보호를 받게 되리라 생각했더랬습니다. 그래서 다친 고양이한테 참 잘된 일이라 위로하고 있었습니다.

그런데 그 이야기를 블로그에 올리고 나서 댓글이나 쪽지, 별도의 알음알음으로 연락을 주신 분들의 의견을 들어본 결과 생각보다 간단치만은 않겠다 염려가 되기 시작했습니다. 딸이 신고한 동물구조단체가 어떤 곳인지는 모르겠지만 공공기관에서 운영하는 곳이라면 잘 거두어는 주겠지만, 열흘 정도의 정해진 시간 안에 입양이 되지 않으면 안락사를 시킨다는 것이었습니다. 더구나 몸이 아픈 동물은 안락사 판단이 더욱 빨라진다는 것이었습니다.

놀라지 않을 수 없었습니다. 그런 이야기를 들은 적은 있었지만 획일적 규정이 있을 거라 생각하지는 못했던 것입니다. 갑자기 죄책감이 몰려왔고, 가슴이 먹먹해졌습니다.

처음, 딸아이의 의견은 그 고양이를 병원에서 치료시키고 우리 집에서 기르자는 것이었습니다. 나 역시 그럴까 싶기도 했지만, 결정은 쉽지 않왔습니다. 가장 큰 이유는 미래 때문이었습니다. 우리 가족의 도움이 절대적인 녀석. 사람에 대한 의존도가 높아 녀석에게 다른 고양이들은 주체할 수 없는 적이 될 수도 있겠다 생각되었던 것입니다.

너무나 고마운 일은, 블로그의 댓글이나 쪽지로 여러 의견을 주시며 본인이 그 고양이를 입양할 수도 있다는 분들까지 나섰다는 것이었습니다. 마침, 우리 집과 그리 멀지 않은 곳에 계신 한 분은 전화 통화까지 하며 의논을 하기도 했습니다. 어찌나 고마운지 눈물이 날 정도였습니다.

그런데 문제는 고양이의 상황이 생각보다 심각하다는 것이었습니다. 공원에서 다친 고양이를 발견한 이후 내내 걱정에 잠겨 있던 딸아이. 열흘이 지나면 안락사를 시킬지도 모른다는 사실을 알고 갑작스레 울음까지 터트리곤 했는데, 우리가 동물병원에 데리고 가 치료를 해주면 입양할 분이 계시다는 말에 반색을 하고 이리저리 고양이 소재를 알아보기 시작했습니다.

딸이 처음 신고했던 곳은 시청의 당직실. 그곳에서 수도권의 야생동물 보호시설에 연락을 취해 고양이를 데리고 가도록 했다는 것이었습니다. 수소문해 아기 고양이가 거기 있다는 사실까지는 확인할 수 있었지만 밝은 소식을 전해 들을 수는 없었습니다. 고양이의 상태가 극도로 좋지 않으며, 확증할 수는 없지만 범백 증상까지 보인다는 것이었습니다. 그리고 그분들은 기본적인 조치는 해주지만 치료를 해주지는 않는다고 했습니다. 마음이 너무 아팠던 것은, 찾아가면 입양을 할 수 있느냐는 말에 뒤따랐던 잠깐의 망설임이었습니다.

"가능은 한데… 오시려면 빨리 오시는 게… 지금 고양이 상태가 워낙…."

뒤따르는 설명이 없어도, 고양이의 상태를 알 수 있는 그 짧은 순간의 망설임이었습니다. 결국, 주말에 찾아가 보려 했으나 갑작스러운 일이 생기는 바람에 취소할 수밖에 없었고 내내 마음은 무겁기만 했습니다. 그나마 마음이 놓였던 것은 고양이를 돌보시겠다는 분께서 직접 그곳을 찾아가 보겠다 연락을 주셨기 때문입니다.

한편으로는 다른 이유로 속이 이리저리 달아올랐습니다. 녀석의 운명이다 생각하면 어쩔 수 없는 것인데 내가 뭐 그리 오지랖 넓다고 그렇게 나대나 싶기도 했었고, 범백이라면 치료비, 입원비만 5~6십만 원이 든다는데 괜히 나섰나 현실적인 계산도 들었고, 내가 어떻게 세상의 모든 다친 고양이들을 다 돌볼 수 있겠냐는 자조적인 위안도 해봤습니다. 그러면서 우리 사회의 동물 구조 시스템이 이런 건가 괜스레 현실적 불만이 생겨나기도 했습니다. 그래, 우리 미래 하나라도 더 잘 돌보자 위안도 했더랬습니다. 한 번도 본 적은 없지만, 딸의 핸드폰 사진으로나마 겨우 만날 수 있었던 녀석. 내내 내 가슴을 억누르고 있던 불편한 심경 아니, 죄책감과도 같은 그 무엇. 녀석의 상태를 애써 찾아볼 엄두가 나지 않은 것이 사실이지만 결과가 어느 정도 예견되기에 가슴이 더욱 먹먹했었습니다.

그런데 고양이를 키우겠다는 그분으로부터 연락이 왔습니다. 고양이를 데리러 가려고 출발하며 전화를 했는데, 자연사했다는 대답을 들었다는 것이었습니다. 거래처 분들과 회의를 막 마치려는 즈음 그 문자를 받고, 눈물이 왈칵 솟구쳤습니다. 그나마 길에서 죽음을 맞이한 것은 아니지 않느냐고, 그래도 생애 마지막 열흘 가량은 누군가로부터 최소한의 보호는 받지 않았느냐고, 안락사가 아니라 자연사한 것이라고 되려 전화 속 그분이 날 위로해주셨습니다.

한편으로는 녀석의 운명이다 생각하면서도, 너무 가슴이 아파 한참을 앉아 있어야 했습니다. 짧은 생, 제대로 펼치지도 못하고 하늘로 간 아기 고양이…. 부디 좋은 곳으로 가기를 진심으로 기원하며, 치료시켜 입양하겠다던 마음씨 고운 그분이 저에게 보내온 문자를 그대로 옮겨 봅니다.

'10일 동안 몸은 아프지만, 바깥보다 나은 곳에 있었다는 걸로 마음을 위로해볼 수밖에요. 좋은 곳으로 갔을 거예요.'

'그럼요, 어둡고 절박한 바깥세상, 누구에게도 공격당할 일도, 이제는 이런 일들도 없고 아프지도 않으니 좋은 데서 힘든 거 모두 내려놓고 편히 쉬고 있을 거예요.'

'그래도 길에서 무지개다리 건너지 않은 게 얼마나 다행이에요. 그렇게 생각하셔요….'

사랑은 결코 혼자서는
아름다울 수 없다

딸과 고양이 사료를 뭘 사나 의논하고 있는데 옆에 계시던 어머니께서

한 말씀하셨습니다.

"개고 고양이고 옛날에는 다 생선 뼈다귀 남은 거, 밥 남은 걸로 키워도 뽀얗게 예쁘게만 크더라."

팔십을 바라보는 옛날 사람 입장에서는 키우는 짐승 먹이로 별도의 돈을 쓰는 게 이해가 되지 않는 것입니다. 아마도 그 사룟값이 구체적으로 얼마라는 걸 알게 되면 더욱 놀라실 터. 냄새가 어떠니 장에 좋으니 뭐가 더 좋으니 하면서 얼버무리고 말았지만 새삼 잊고 살았던 그 시절, 시대의 풍경들이 차곡차곡 떠올랐습니다.

따지고 보면 미래는 먹는 종류가 극히 한정되어 있습니다. 몸이 불편한 이유가 제일 크기도 하지만 녀석의 입맛이 은근히 까다로운 것도 원인이라 하겠습니다. 사료를 고를 때면 녀석의 건강에 좀 더 도움이 되는 것이 없을까 고민하고, 같은 사료를 사더라도 그중에서 가장 좋은 것으로 고르게 되는데, 그 이유 때문인지 선천적인 이유 때문인지 입맛이 나름 도도하다 소리를 들을 정도가 되었습니다. 언젠가는 생식을 시도해보기도 했는데, 모든 걸 챙겨줘야 하는 녀석인지라 일단은 보류할 수밖에 없었습니다. 그래서 가급적 유기농, 최고급 제품으로 미안함을 덜고 있을 뿐입니다.

사료도 가급적 저 먹던 것만 먹으려 듭니다. 낯선 사료를 들이밀면 꽤 배가 고팠을 텐데도 투정을 부리고 맙니다. 고양이가 생선을 좋아하는 건 상식이건만 연어를 제외하곤 생선을 별로 좋아하지도 않습니다. 녀석이 유달리 좋아하는 건 닭고기. 베이글이나 식빵, 소를 뺀 찐빵 속살 등

빵 종류를 무척 좋아하기도 하지만 닭고기에 비할 바는 아닙니다. 딸의 침대 밑에 숨어 자다가도 닭고기 냄새가 나면 귀신같이 나타나 알짱댑니다. 사람들이 먹는 닭고기가 대부분 조미된 것이어서 먹이지 않으려고 하지만 비틀비틀 다가와 한입 달라고 애달픈 눈빛을 보내는 녀석을 보면 없던 음식이라도 만들어서 주고 싶어집니다. 닭가슴살, 닭백숙의 살점, 닭튀김 조각 등 닭고기라면 기본적으로 사족을 못 씁니다.

어느 휴일 날, 딸이 치킨 타령을 해서 양념 반 프라이드 반 치킨을 시켜줬습니다. 텔레비전을 켜놓고, 그 앞에 자기 몫의 닭고기를 그릇에 담아 딸이 자리를 잡자 아니다 다를까 미래가 휘청휘청 그러나 제 딴에는 총알같이 다가와 언니를 말똥말똥 올려다보기 시작했습니다.

"저 눈 좀 봐… 어떻게 안 주고 배겨요~"

뜨거운 것 주지 말고… 그거 양념이 배어있을 텐데…. 내 걱정은 귓등으로 듣는지 미래는 상 앞으로 바짝 다가와 콧구멍을 벌렁거리기 시작했습니다. 중심을 못 잡고 방향을 틀기도 힘들어했지만 좋아하는 닭고기를 먹고야 말겠다는 신념. 귀엽기도 하고, 측은함도 없지 않았지만 그래도 쓰러지지 않고 꿋꿋하게 서서 받아먹는 녀석이 대견해 딸은 자꾸만 닭고기를 찢어 줬습니다. 코앞에 있는 음식도 정확하게 입을 조준하지 못해 몇 번을 시도해야 하지만 일단 입에 넣으면 얼마나 야무지고 맛나게 먹는지 보는 사람이 다 즐거워질 정도였습니다.

어느 여름 중복 날. 친구 만난다, 학원이다 아이들은 썰물처럼 빠져나가고 부모님과 함께 아내가 끓인 삼계탕을 먹고 있었습니다. 식사를 하다 말고 마루 쪽을 보는데, 미래가 뒤뚱뒤뚱 몇 번씩 넘어지며 식탁 쪽으로 다가오고 있는 것이었습니다.

'나 닭고기 좋아하는데… 냄새나는데… 지금 닭고기 먹고 있는 거 맞죠?'

딱 그 눈빛이었습니다. 그런 모습을 보면 사람이 먹는 음식을 먹여선 안 된다는 의사 선생님의 조언을 이제는 내가 귓등으로 듣게 됩니다. 살을 몇 점 찢어 식힌 후 입에 넣어줬습니다. 아무리 닭고기를 좋아하기로서니 인삼과 한약재 냄새가 나는 삼계탕 속 닭고기도 먹을까 갸웃했는데, 웬걸? 넙죽넙죽 잘도 받아먹었습니다. 넘어지지 않으려 애를 쓰며 닭고기 쪽으로 입을 가져가려는 녀석의 몸놀림이 안타까웠지만 너무나도 맛나게 먹고 있는 녀석이 귀여워 "고양이 그만 주고 얼른 먹으라"는 아내의 잔소리와 "자네나 얼른 드시게~"라는 아버지 어머니의 말씀을 못 들은 척 부지런히 닭고기를 발라줬습니다.

그렇게 몇 점의 닭고기, 삼계탕 살점을 먹었을까? 그 모습을 촬영하려 방에서 카메라를 가지고 나오는데, 미래가 닭고기가 놓인 반대 방향으로 몸을 돌리고 있었습니다. 마치 '나 식사 끝났어요~ 갈게요' 하는 듯한 자세처럼 보였습니다. 그러나 그게 아니었습니다. 몸이 말을 듣지 않기에 나름의 근력으로 균형을 잡다가 저도 모르게 완전히 엉뚱한 방향으로 몸이 틀어졌을 때 종종 보게 되는 모습이었습니다. 그새 몇 번을 넘어졌다 일어났는지 거리도 저만큼 떨어져 있었습니다. 그러나 여전히 닭고기에 대한 신념은 불타고 있는 상황. 미래는 그때부터 몸을 틀기 시작했습니다. 하지만 마음먹은 대로 방향을 틀 수 없기에 넘어지지 않으려 애를 쓰며 가늘게 몸까지 떨기 시작했습니다. 녀석을 냉큼 들어서 방향을 잡아주거나 닭고기를 입에 가져다주고 싶은 마음이 굴뚝같았지만 '저도 할 수 있어요! 내가 할 수 있어요!'라고 힘차게 외치는 듯한 진지한 모습에 카메라를 쥔 나는 "미래야~" 이름을 부르며 방향을 지시할 뿐이었습니다. 함께 식사하던 부모님과 아내도 작은 생명체가 주는 경이로움에 울컥했던 것일까, 한동안 식사가 멈추어졌습니다.

언젠가 장애인 돕는 일을 하는 분에게서 장애를 가진 분들도 우리와 똑같은 사람이고, 그분들도 인간으로서 가진 욕구와 호불호가 분명하다는 이야기를 들었습니다. 당연한 이야기지만 이 순간만큼은 새삼 그 말이 가슴 아프게 다가왔습니다.

대부분의 사람들은 손쉽게 버스를 타고 내리며 원하는 곳 어디든 갈 수 있지만 그것이 산을 넘는 것만큼 힘들고 버거운 분들이 있습니다. 열린 창문을 닫기 위해 창가로 가는 것이 큰 강을 헤엄치는 것만큼 애를 써야 하는 분들이 있습니다. 가게로 가서 과자를 하나 사 먹는다는 것은 보통 사람들에게는 아무런 문제가 되지 않는 일이지만, '과자를 사러', '가게로 가는' 것 자체가 불가능하거나 어려운 이들. 그래서 '과자를 먹고 싶다는' 욕구조차 봉쇄당하고 마는 그들. 그분들이 원하는 것이나 욕구들을 우리가 모두 대신 들어줄 수는 없을지라도 분명 조금이라도 더 귀담아듣고, 그분들을 위해 설치된 작은 장치들과 양보 영역을 존중하고 보살펴야 하지 않나 생각을 해봅니다.

뇌성마비로 마음대로 몸을 가눌 수 없는 고양이 한 마리를 키우며, 닭고기 좋아하는 녀석의 재롱 같은 모습들을 지켜보며, 입에 음식을 대는 것조차 힘겹지만 그것을 먹으며 행복해하는 녀석을 바라보고 있노라면, 사랑은 결코 혼자서는 아름다울 수 없다는 말이 절로 떠오릅니다.

그물에 걸리지 않는
바람처럼

문신도 아니고 일부러 만든 것도 아닌데 몸의 점이나 흉터가 특정한 모양을 한 경우가 있습니다. 초등학교 때인가? 배꼽 살짝 아래에 한반도 모양의 주먹만 한 크기의 반점이 있는 친구가 한 명 있었습니다. 친구들 사이에 '배꼽 밑에 대한민국 지도 점'으로 꽤 소문이 났었는데, 같은 반 친구들은 물론이고 쉬는 시간이면 우르르 옆 반 아이들이며 선배들까지 몰려와서 "진짜야? 진짜야? 진짜로 대한민국 지도 점이 있어?"라며 확인을 요청했었습니다. 그러면 친구는 뭐 대단한 것이라도 지닌 양 한껏 거들먹거리다 못이기는 척 옷을 들어 올리곤 했습니다. 아이들은 뭐가 그리 신기했던지 "오~ 와~ 와~" 소리를 지르고 대한민국을 몸에 그려 놓은 친구가 옆에 있다는 사실을 못내 자랑스러워하곤 했었습니다.

지금 생각해 보면 한반도 모양이라고 하기엔 살짝 어거지가 있었던 것으로 기억됩니다만, 도무지 곰이며 사냥꾼 같지 않은데도 그림까지 그려

가며 곰 자리, 사냥꾼 자리라 부르는 별자리마냥 우리나라니까, 대한민국이니까, 그게 내 친구 몸에 떡하니 찍혀져 있으니까, 우리는 누구보다도 우리나라를 사랑하는 어린이라며 자랑하고 떠들어댔던 것 같습니다.

언젠가 초등학교 친구들 모임에서 그 한반도 지도의 친구가 군인의 길을 걷는다는 이야기를 듣게 되었을 때, 우리들은 그 시절의 바보들처럼 일제히 "오~ 역시~"를 외치다가 서로의 얼굴을 보며 껄껄대기도 했었습니다.

미래의 사진과 동영상을 찍어 인터넷 블로그와 고양이 카페에 공개하면서 미처 내가 생각하지 못한 점을 일깨워 주는 분들이 많은데, 미래 엉덩이의 하트가 그것입니다. 뇌성마비 탓으로 제 몸을 잘 가누지 못하는 고양이다 보니 자세가 일정하게 유지되지 않는 미래. 더구나 근육을 씰룩씰룩 많이 움직여야 하는 엉덩이 쪽이다 보니 그곳의 생김새를 제대로 살펴보지 못했었습니다. 그런데 인터넷 공간에서 미래를 관찰한 많은 분들이 댓글로, 안부글로, 쪽지로 미래 엉덩이에 하트가 있다는 것을 알려 주었습니다.

처음에는 '하트는 무슨 하트'라며 가볍게 넘겼습니다. 그러다 녀석과 놀고 밥을 챙겨주다 문득 많은 분들의 지적이 생각 나 엉덩이 쪽을 관찰해 보았습니다. 아니다 다를까, 오른쪽 엉덩이에 생각보다 분명한 하트 모양이 보이는 것이었습니다. '오호~' 몸을 움직일 때마다 하트는 조금씩 다른 모양으로 보여지기도 하고, 하트라 하기엔 좀 무리다 싶은 모양이 되어 버리기도 했지만 내 눈에 분명 하트가 보이기 시작했던 것입니다.

"아빠 그거 몰랐었어? 에이~ 우리 미래 궁디 깜장 러브러브~"

딸은 그걸 여태 왜 모르고 있었냐며 입을 삐죽대기까지 했습니다. 하트라는 말 대신 '깜장 러브러브, 궁디 깜장 러브러브…'라는 말이 주는 어감이 어찌나 상큼하고 사랑스러운지 혹시나 싶은 마음에 미래 몸에 또 그런 재미난 건 없나 몸을 뒤집으며 찾아보기도 했지만 미래는 영문도 모른 채 냐앙거리며 싫은 티를 냈습니다.

미래의 '궁디 깜장 러브러브'가 진가를 발휘한 것은 만화 캐릭터로 그려지면서였습니다. 툰부리라는, 누구나 만화를 그릴 수 있다는 콘셉트의 웹사이트였는데, 그 사이트의 창립 멤버인 윤서인이라는 후배가 불쑥 미래를 만화 캐릭터로 그리면 어떻겠냐는 제안을 해왔던 것입니다. 1990년대 초반, 만화가 이현세 선생님의 〈아마게돈〉을 극장용 장편 애니메이션으로 만들 당시, 속이 터질 만큼 느릿느릿한 말투와 귀여운 생김새와는 달리 날카롭고 분명한 그림과 의견을 보여주던 아르바이트 대학생으로 만나 20년 가까이 인연을 이어오던 참이었습니다. 평소 한국 사회 전반의 모순을 자신의 판단대로 도발적으로 그려 비판과 인터넷 댓글의 십자포화를 맞곤 하는 그 후배는 세상의 시달림과는 상관없다는 듯 여전히 느릿느릿한 말투였습니다. 그렇게 탄생한 엉덩이의 하트 무늬, '미래 궁디 깜장 러브러브'는 예상보다 귀엽고 예쁘게 꾸며졌습니다. 미래를 실제로 만난 적은 없지만 사진과 동영상만으로 관찰했다고는 믿기지 않을 정도로 특징도 잘 잡아주었습니다.

울긋불긋 할머니의 보자기를 망토 마냥 둘러쓰고 하늘을 날다 장독

만화로 태어난 미래

미래 캐릭터 등장~

나앙~

말 풍선을 달아서 이제 미래는 말도 할 수 있게 되었어요~

그동안 답답 했다능~ 냐옹냐옹~

미래가 말을 하는구나... 감격스럽다ㅜㅜ

분홍 코, 분홍 입 러브러브~ 우리 미래를 예쁘게 그려 줘서 너무나도 감사 감사...

얼릉 자라.

우리집 뇌섹마비 고양이 '미래'가 귀여운 만화 캐릭터로 태어났답니다! 누구나 웹툰을 만들 수 있다는 툰부리 www.toonburi.com 에서 미래를 예쁜 캐릭터로 만들어 주었어요...

미래 아바타가 생겼다고나 할까요?

Q. 이 칸에 미래는 전부 몇마리 일까요?

정답은 막칸에...

상업적인 목적만 아니라면 예쁜 미래 캐릭터를 어디서든 누구나 사용할 수 있습니다!

낮잠꾸러기...

같은 얼굴에 여러가지 자세를 바꿀 수도 있구요!

심심해~

다양한 표정도 연출이 가능합니다!!

에구 에구 에궁궁~

비록 현실의 미래는 몸이 자유롭지 못하지만 만화 속의 미래는 이 세상 그 어떤 고양이보다도 더 뛰고 날고 웃다다!!거릴거랍니다~

여기 미래를 누르기만 하면 미래를 만화로 그릴 수 있어요!

무엇보다 재미있는 건 미래 궁디의 깜장 하트도 그대로 적용된 것!!

아잉 뭘봐

아... 잘잤다. 뭐 재밌난거 더 없냥?

ZZZ

정답 : 열두마리

대를 박살냈던 어린 시절, 한 손만 앞으로 뻗으면 화성이나 바다 속으로 마음껏 다가설 수 있었고, 원하는 모든 모양새로 둔갑할 수 있던 그 시절은 모두 만화가 만들어준 꿈들이었습니다. 조금 나이가 들면서는 방 안에서 대부분의 시간을 보내야 하는 몸이 불편한 친구들이 만화를 보며 이루지 못한 꿈을 키우고, 그 어떤 차별도 불편도 없는 세상을 간접적으로나마 체험한다는 이야기를 들었을 때는 가슴이 저려옴을 경험하기도 했었습니다.

너무나 예쁘고 귀여운 모습의 만화 주인공으로 재탄생한 미래를 보며 '그래, 만화 속에서만큼은 네 마음대로 뛰어다니렴, 비록 현실 속에서는 원하는 대로 몸을 돌리는 것조차 힘겹지만 만화 속에서는 더더욱 까불고 걷고 달리고 좋아하는 벌레도 사냥하고 식빵도 굽고 우다다우다다 온 집 안을 휘젓고 다니렴. 그물에 걸리지 않는 바람처럼 자유롭게 질주하렴. 그 속에서 너의 하트, 궁디 깜장 러브러브를 더더욱 크고 예쁘게 흔들어 보렴.' 무소의 뿔처럼 앞으로 나아가라 기원을 했습니다.

작은
기적

"아빠~ 얼른!"

잠든 아이를 깨우지 않으려는 아기 엄마처럼 딸아이가 작은 목소리로, 그러면서도 힘을 주어 나를 부르고 있었습니다. 반사적으로 카메라를 챙겨 들고 딸의 방으로 까치발까지 한 채 조심조심 다가갔습니다.

아… 그리 오랜 시간은 아니었지만, 결국 옆으로 풀썩 쓰러지고 말았지만, 태어나 단 한 번도 저 스스로 몸 꼿꼿이 세운 채 밥을 먹지 못 했던 미래가, 아니 그것이 너무나 당연했던 녀석이 당당히 저 혼자 제 몸버터 내며 밥을 먹고 있었습니다.

보통의 경우, 고양이가 혼자 밥 먹는 게 뭐 그리 대단한 일인가 오히려 웃을 일이지만, 잡아주거나 붙들어주지 않거나 작은 벽이라도 만들어 몸을 기대게 해주지 않으면 혼자서는 밥을 먹을 수 없었던 아이, 미래. 쓰러져 다시 일어나도 원하는 대로 몸의 방향을 돌릴 수 없는 녀석. 그 미래가 저 혼자 중심을 잡고 서서 씩씩하게 밥을 먹고 있었던 것입니다.

눈물이 핑 돌았습니다. 얼마나 기쁘고 고마웠던지. 부엌일 하느라 영문을 모르던 아내는 뭘 좀 도와달라 큰 소리를 내고 있었지만 딸과 나는 녀석에게서 눈을 뗄 수가 없었습니다. 그것은 녀석의 의지였습니다. 그저 밥을 눈앞에 둔 배고픈 고양이의 본능이라 여겨질 수도 있었겠지만 분명 그것은 녀석의 단단한 의지와 자존심과 노력이었습니다.

밥을 다 먹을 동안 몇 번이나 더 넘어졌고, 그럴 때마다 중심을 잡아 줘야 했고, 나중에는 몸을 지지하도록 작은 벽을 만들어 식사를 마저 하 도록 했지만 그렇게라도 혼자 버티고 서서 밥을 먹는 녀석의 강한 눈빛 을 바라보는 동안 미래의 지나간 시간들이 가슴속에 스쳐 지나갔습니 다. 처음 우리 집에 왔을 때 도움 없이는 단 1~2초도 서 있지 못하던 녀 석. 몸을 붙들고 숟가락으로 먹여 줘야만 겨우 밥을 먹을 수 있던 녀석이 몸을 붙들어만 줘도 밥을 먹게 되고, 공기청정기와 작은 장롱 사이처럼 조그만 벽을 만들어주면 거기 몸을 기대 혼자 밥을 먹게 되었고, 드디어 는 그 누구의 도움 없이 저 스스로 버텨내며 밥을 먹는 오늘까지….

아직은 잠깐 동안의 일이고, 얼마나 더 버텨낼지, 그렇게 하는 것이 힘들 지나 않을지 모르지만 또다시, 늘 하던 대로 밥을 먹여주고 몸을 지지해줘 야 할지는 모르지만 지금 이 순간, 미래가 보여주었던 야무진 모습, 그 당 당하고도 꼿꼿한 자세는 오래도록 우리 가족의 기억 속에 남을 것입니다.

미래는 작은 집을 하나 가지고 있습니다. 동네 대형마트에서 구입한 보잘것없는 스펀지 재질의 분홍색 집입니다. 털이 하도 많이 빠져서 침대 에서 재우면 안 된다고 엄마한테 늘 혼이 나지만, 제 방으로 데려가는 즉

시 침대 위에서 미래를 끌어안고 자는 딸 때문에 과연 그 분홍색 집에서 잠을 자기나 하는 걸까 궁금해지기도 하는 미래의 집.

그렇다고 미래가 제집을 나 몰라라 하는 것만은 아닙니다. 오히려 그 집을 좋아해서 연신 비벼대고 물어뜯어 만신창이로 만들어 놓기도 하는데, 낮 동안은 거기 누운 채 목을 빼꼼히 내놓고 고개를 이리저리 돌리며 집 안을 살펴보기도 합니다. 잠이 들었다가도 무슨 소리가 나면 고개만 번쩍 들고 CCTV 카메라처럼 관찰을 하는 것입니다.

그러던 어느 날, 나는 고양이 집과 관련해서 매우 놀랍고도 감동스러운 장면을 목격하게 되었습니다. 털이 잔뜩 묻은 집을 현관문 밖에서 턴 뒤 마루에 잠시 내다 놓고는 야구 경기를 보느라 텔레비전에 집중하고 있었는데, 비틀비틀 쿵쿵 넘어져 가며 미래가 그쪽으로 다가가는 것이었습니다. 우리 가족 모두는 미래가 제집 안에 앉아 있는 모습을 보면 너무나 당연하게도 우리들 중 누군가가 녀석을 안아서 넣어줬다고 생각합니다. 제대로 걷지도 못하는 데다 서 있기도 어려운 뇌성마비 고양이가 제 발로 걸어 집으로 들어간다는 것은 아예 상상할 수도 없는 일이기 때문입니다.

그러나 그게 아니었습니다. 내 눈앞에서 미래가, 뇌성마비 고양이 미래

가 혼자 걸어서, 제집으로 들어가려고 애를 쓰고 있는 것이었습니다. 다른 고양이들처럼 살금살금 다가가거나, 성큼성큼 걸어 들어가는 것은 꿈도 꿀 수 없는 일. 처음에는 '저 녀석 뭐 하는 거지?' 싶었습니다. 그런데 몸을 비틀대며 몇 번씩이나 넘어지고 또 넘어져 가며 마루에 놓인 집 안으로 들어가려 하고 있었습니다.

한 번 실패하고 두 번 실패하고, 넘어졌다 일어나고 또 넘어졌다 일어나기를 반복하는 미래. 머리를 마룻바닥에 찧고, 등허리가 툭툭 바닥에 내동댕이쳐졌지만 다시 일어났습니다. 넘어지는 충격이 꽤 클 법도 한데 일어나고 또 일어났습니다. 그렇게 비틀비틀 가늘게 다리 근육까지 떨어 가며 미래는 제집으로 들어가려 머리를 돌렸습니다. 넘어졌다 일어나면서 방향을 잃은 미래가 다시 힘을 줬습니다. 그 모습을 지켜보는 내 손에 절로 땀이 쥐어졌고, 텔레비전 속에서 열광하는 야구장 관중의 응원 소리는 미래를 응원하는 소리로 들려왔습니다. 넘어졌다 일어난 미래는 다시 있는 힘을 다해 몸을 틀기 시작했고 너덧 번의 시도 끝에 마침내 몸을 연질의 공처럼 구겨 집 안으로 던지듯 들어갈 수 있었습니다.

텔레비전 속 야구 경기는 한참 신이 나게 돌아가고 있었지만 그깟 야

구 따위는 더 이상 눈에 들어오지 않았습니다. 기적이라고 밖에는 달리 표현할 말이 없었습니다. 부엌일에 열중인 아내를 급하게 불렀습니다. 영문을 모른 채 다가온 아내는 이내 상황을 파악하고 놀라운 표정을 지을 뿐이었습니다. 그리고 눈앞에 펼쳐진 기적 같은 상황 앞에서 눈물을 쏟고 말았습니다.

자꾸만 넘어지며 집으로 들어가려는 모습을 처음에 봤을 때는 늘 그렇듯 달랑 들어서 넣어줄까 생각도 해보았습니다. 그러나 실패해도 또 시도하고, 넘어져도 얼른 다시 일어나 몸을 지탱하고 다시 부대끼며 힘겹게 제 집으로 들어가는 보고 있으려니 내밀어지던 내 손이 부끄러워졌습니다.

'미래야, 네가 그랬었구나…. 그렇게 아무렇지도 않게 너는 네 집을 들락날락 마음대로 다니고 있었구나…. 몸이 불편해 시간은 조금 더 걸렸다만, 가끔씩 아주 가끔씩 넘어지기도 했었다만… 장애 따위 뇌성마비 따위 아무렇지도 않다며 네 발로 우뚝 서고 있었구나….'

운 좋게도 그 순간을 동영상으로 담을 수 있었고 학교에서 돌아온 딸은 그것을 보고 기뻐 어쩔 줄 몰라 했습니다. 아내도 하염없이 사랑스러운 눈빛으로 미래의 등과 머리를 연신 쓰다듬었습니다.

그리고 얼마가 지났을까? 미래는 늘 그렇듯 제집 밖으로 고개를 쏙 내밀고 나를 한 번 쳐다보고 떠들어대는 텔레비전을 보고, 다시 소리 나는 부엌 쪽을 보며 고개를 흔들어댔습니다. 부스럭 소리가 날 때마다 반복하기를 몇 번, 꾸벅꾸벅 졸기 시작했습니다.

"미래 밥 먹였니? 미래 쉬 뉘었어? 미래 응가는?"

우리 식구가 일상처럼 불러대는 말들. 그러나 우리들이 생각하는 불편함과 안쓰러움, 측은함을 모두 날려 버리는 미래의 저 감동스러운 일상. 몸이 불편하고, 똑바로 서 있지도 앉지도 못하는 뇌성마비 고양이라고 우리는 규정짓고 있지만, 혼자 일어서고 혼자 앉고 온몸으로 가파른 생애를 밀고 나가는 미래의 모습은 내 삶을 새로운 의지로 되돌려놓습니다. 모든 생은 저마다 하나씩 왕국을 가지고 있습니다. 어쩌면 미래는 우리 영혼 안에 감추어져 있는 새로운 땅을 발견해주려고 우리 집을 찾아온 것일지도 모릅니다.

"고양이는 15년 이상 못 산다면서요."

이제 겨우 4년째 접어드는 미래와의 동거. 딸은 언젠가는 찾아오고 말 미래와의 이별을 상상하고는 눈물을 떨구기도 합니다. 하지만 그것은 생명을 가진 세상 모든 것들의 숙명이자 자연의 섭리입니다. 그럴 때마다 쓸데없는 생각하지 말라고 타박하지만 언젠가는 닥치고 말 그 슬픔에, 떠나보내기에는 너무나 소중하고 사랑스러운 우리 집 뇌성마비 고양이 미래의 존재감이 벅차 나 스스로도 목이 메어와 채우다 만 말만 되뇔 뿐입니다.

'미래야, 우리 다음 생에서도 언제까지고 또 만나자. 언제까지고…'

아버지의
돌고양이

여든을 넘기신 내 아버지의 고향은 함경남도 이원군 남송면입니다. 당장 아들인 나부터 위치감이 없는 그곳, 그저 지도를 들여다보고는 원산이나 함흥 밑 어디쯤 되지 않을까 여기는 곳입니다. 그러나 아버지에게 그곳은 꿈에서도 잊을 수 없는 곳입니다. 열여섯인가 열일곱인가의 어린 나이에 문중 장손이니 아버지와 함께 잠시 미군의 폭격을 피해 있으라는 집안 어른들 결정에 따라 어머니와 여덟 동생을 남겨 둔 채 길을 나섰던, 길어야 며칠 못해도 달포 안에는 돌아오리라 굳게 믿었던, 그러나 그 후 육십 몇 년을 편지 한 장, 바람결에 들리는 소문 한 자락 전해 듣지 못하게 된 애절하고도 사무친 곳입니다.

　학교 선생님으로 은퇴하신 아버지는 같은 상황을 눈앞에 두면 같은 말씀을 반복하는 습관이 있습니다. 나이 드시고 왜 그렇게 한 말 또 하고 한 말 또 하느냐 어머니는 타박하지만, 언젠가는 당신 스스로 이 반 저 반 돌아가며 같은 내용을 반복적으로 가르쳐야 했던 교사 시절의 습관 때문에 그런가 겸연쩍어하신 적도 있습니다.

　이제는 되돌아보는 것이 더 익숙해진 당신께서는 무엇을 기억해내고 연상시킬 소재만 생기면 도돌이표 노래처럼 같은 말씀을 반복하고 또 반복하십니다. 되풀이되는 이야기의 대부분은 그리움에 파묻힌 고향집과 어린 시절, 이제는 영원히 만날 수 없는 분들에 관한 것입니다. 술은 거의 하지 않으시지만 이따금 와인이라도 앞에 놓으면 고향집의 당신 어머니, 그러니까 내 할머니의 술 담금 솜씨가 얼마나 빼어났는지, 그래서 온 동네 사람들이 제삿술을 부탁할 정도였다는 이야기를 빼먹지 않습니다. 냉면을 드실 때도 어김없이 빠지지 않는 이야기가 있습니다. 시오 리를 걸어 시집간 큰고모 댁에 심부름 갔다가 고모부에게 냉면을 얻어먹게 되었는데, 체면 차리느라 그 맛난 것을 절반을 남겨 놓고 와 두고두고 후회가 되더라는 말이 그것입니다.

열 몇 번은 듣고 또 들었을 이야기들. 그럴 때면 아이들이 "할아버지, 또 그 말씀 하신다~" "왜 그 이야기 안 하시나 했네~" 명랑한 타박을 하기도 하고, 저 상황 뒤에는 어떤 줄거리, 저 다음에는 누가 등장하는지 식구들은 이미 다 알고 있으면서도 고개 끄덕이고 웃으며 반복되는 이야기들을 듣습니다. 마음 깊은 어머니와 아내는 그럴 때마다 맞장구를 치며 추임새를 넣듯 되물으면서 재미있다는 것을 표현하곤 합니다. 그러지 않을 이유가 있을까요? 우리 가족 모두 그것이 얼마나 깊고 슬픈 그리움이 뭉쳐서 표현되는지를 잘 알고 있기 때문입니다.

그런 아버지에게 새로운 이야깃거리가 생긴 것은 미래가 우리 집에서 생활을 시작하게 되면서부터입니다. 아버지가 하나 더 얹어 놓으신 이야기의 레퍼토리는 놀랍게도 아버지의 고모와 그분의 고양이에 관한 것이었습니다.

옛날에는 드물지 않은 일로, 집안에 아버지보다 세 살 많은 그래서 유난히 살갑게 지내며 함께 자란 아버지의 고모가 계셨다고 합니다. 내게는 고모할머니가 되는 그분께서는 고양이 한 마리를 말도 못하게 아꼈는데, 일본 말로 '토라네코', 즉 '호랑이 무늬 고양이'라 불렀다 하니 지금 우리가 '고등어'라 부르는 태비종 혹은 얼룩무늬 고양이였을 거라 짐작됩니다. 곱다는 소리를 듣는 내 딸이 당신 고모를 똑같이 닮았다는 말씀을 종종 하시는 아버지께서는 미래 이야기가 나오면 그 아련한 시절의 고양이 이야기를 반복하곤 하십니다.

고모는 어른들의 귀여움을 독차지했습니다. 일부러 고모를 놀리느라 어른들은 이따금 고모의 고양이를 들어서 집어던지곤 했는데, 그럴 때마다 고양이는 특유의 착지술로 아무렇지도 않게 서고 또 섰지만 그 모습이 안쓰러운 고모는 고양이를 끌어안고 펑펑 울었으며, 그걸 바라보던 내 어린 아버지 역시 뭐가 그리 서러운지 눈물이 그치지 않더라는 것이었습니다.

이야기는 그뿐이 아닙니다. 지금으로 치면 초등학교 1, 2학년 때쯤. 학교에서 돌아오면 약이라며 할당된 양만큼의 꿀을 한 숟갈 떠먹어야 했는데, 먹다가 싫증이 나면 슬쩍 고양이 밥그릇에 붓곤 했다는 것입니다. 그럴 때면 당신께서는 어른들 오지 않나 망을 보고, 영문도 모르는 고모의 고양이는 참으로 맛나게 꿀을 핥아먹었다고 합니다. 이 이야기를 할 때마다 아버지의 눈과 입가에는 미소가 번집니다.

옛날을 돌아보며 말씀하실 때의 아버지는 그냥 그대로 그 시간 안으로 되돌아가 계신 듯합니다. 얼마나 그리우면 저리 하실까, 얼마나 가고 싶으면 저리 이야기하고 또 이야기하는 것일까 이해가 되면서도 육십몇 년, 돌아오지 못할 시간 속 그리움의 크기를 나는 상상할 수조차 없어 하염없이 가슴만 아플 뿐입니다.

뭘 그리고 만드는 데 저만한 솜씨 가진 분이 또 있을까 싶을 정도로 손재주가 좋은 아버지는 중학교 기술 선생님으로 근무하며 판화가로도 활동하셨습니다. 일본어를 능숙하게 구사하는 아버지를 위해 일본 출장길에 이런저런 책을 사다 드리곤 하는데 어느 날 돌멩이에 그림을 그리는 재미난 책을 한 권 발견했습니다. 바닷가에서 흔히 주울 수 있는 몽돌에 동물 모양을 그리는 내용이 재미있어 보였습니다. 꼭 그걸 그려 보시라는 것이 아니라 재미 삼아 이런 것도 있다는 것을 보시라는 의미였습니다.

몇 주의 시간이 흘렀을까? 집안일로 어머니와 부산을 다녀오게 된 아버지는 태종대 바닷가에서 동글동글한 돌멩이를 몇 개 주워 오셨습니다. 그러곤 책에 그려진 대로 동물들을 그려넣기 시작했습니다. 평범한 돌멩이들이 아버지의 손길이 스칠 때마다 작품으로 태어났습니다. 그날 이후 우리 집 장식장 한켠에는 아버지의 돌 동물들이 옹기종기 앉아있기 시작했습니다.

그러던 어느 날이었습니다. 돌 동물들이 모두 아버지의 작업 테이블 위에 올라와 있나 싶었는데, 그중 제일 큼직한 돌 하나가 하얗게 칠이 되어 있었습니다. 내 기억에 곰이 그려져 있던 것으로 돌 동물들 중 유난히 존재감이 두드러지던 것이었습니다. 왜 그런가 여쭤 봤더니 미래를 그 돌에 그리려 하신답니다. 말 나온 김에 미래 사진까지 인쇄해 달라는 것이었습니다. 다른 돌에 그리지 애써 그려 놓은 그림에 아깝게 덧칠을 하셨냐고 타박 아닌 타박을 했더니 괜찮다며, 또 부산까지 가서 몽돌을 주워 올 수 없어 그리하셨다 했습니다.

그렇게 하얗게 칠해진 돌멩이 위에 미래가 그려진 것을 본 것은 며칠 뒤였습니다. 비록 똑같다고 말할 수 있을지는 모르겠지만 눈 매무새며 반짝이는 이마, 검은 얼룩, 엉덩이의 하트 무늬까지 아버지는 오롯이 하얀색 돌멩이로 돌고양이 미래를 만들어 놓으셨습니다.

미래가 우리 집에 들어올 때만 해도 "고양이를 집 안에 들이면 냄새나고 털 날린다, 그래서 아이들 기관지가 걱정"이라며 염려부터 하셨던 아버지였습니다. 어머니와 한목소리로 고양이는 요물이라는 동화책 같은 옛날이야기를 꺼낸 적도 있었습니다. 그런데 하루하루 제 몸을 버텨가며 날이 다르게 건강해지는 미래를 보며 아버지는 마음을 열어놓기 시작하셨습니다. 텔레비전 동물 소재 프로그램에 미래가 소개되자 미래 덕분에 손녀가 텔레비전에 나왔다며 한껏 대견해하기도 하셨습니다.

아버지 입장에서는 당신이 거주하는 집 안에 고양이를 들인 게 거의 70년 만의 일인 셈입니다. 아버지 기억 속에 살고 있었을 어여쁜 막내 고모의 고양이가 빼꼼 얼굴을 내밀었던 것일까요? 그 옛날, 고모 품에 안겨 냐앙거리던 고양이, 당신과 꿀을 나누어 먹던 '토라네코' 줄무늬 고양이가 그리움으로 되살아난 것일까요? 그도 아니라면, 이제 다시는 만날 수 없는 추억 속 사람들 자리에 새롭게 일궈낸 가족의 사랑으로 그리움을 되묶고 싶다 생각하셨던 것일까요? 아버지는 그렇게 미래와 미래를 사랑하는 손녀와 가족들을 위해 아니, 당신 그리움 속의 줄무늬 고양이를 위해 무엇을 할 수 있을까 고민하신 듯했습니다.

돌에 그려진 미래, 아버지가 그려낸 돌고양이를 쓰다듬으며, 상상조차 할 수 없는 내 아버지의 그리움을 되짚어 봅니다. 과연 내가 아버지만큼의 나이가 된 다음의 미래는 내 기억 속에, 내 그리움 속에, 내 가족의 모든 것 속에 어떻게 살아있을까….

옷깃만 스쳐도 인연이라는 불가의 말처럼, 애기 주먹만큼의 크기로 찾아와 몸을 바들대던 미래. 쓰러지고 또 쓰러지며 가슴을 아프게 하던 녀석. 귀찮고 감당하기 힘들 것만 같던 녀석이 던져주었던 무수한 웃음과 행복들. 살아 숨 쉬는 것에 관한 경이로운 경험들. 세상의 모든 생명이 그러하듯 녀석도 나와 내 가족과 기약 없는 이별을 할 수밖에 없겠지만 미래가 남겨준 모든 것들은 내 아버지의 돌고양이처럼 오래오래 우리 가족의 가슴속에 남아 있을 것입니다.

꼬리와 감자,

그리고 미미 이야기

고양이 책과
고양이 출판사

처음 미래 이야기를 블로그에 쓰기 시작한 것은 녀석에 대한 나의, 내 가족의 다짐의 의미였습니다. 사람의 손이 가지 않으면 저 스스로 삶을 지탱하기 힘들겠다 싶었던 미래. 몸이 말을 듣지 않으니 이리 넘어지고 저리 넘어지기만 하는 녀석, 몸의 방향 틀기조차 힘들어하는 녀석을 위해 밥 먹여주고 씻겨주고 똥오줌 뉘어주는 일과는 쉬운 일이 아니었습니다. 그것은 육체적으로 고달프고 힘든 일이라기보다는 귀찮고 싫증이 나는 일이었습니다.

녀석 때문에 여행은커녕 온 가족 외출도 힘들어졌고, 알게 모르게 고양이 돌보기가 모든 가족의 일상사가 되었으며, 온 집 안이 고양이 냄새, 털 범벅이 되는 것도 감수해야 했습니다. 그러나, 그것은 갑자기 생긴 일도, 예측하지 못한 일도 아니었습니다. 처음, 미래가 아기 고양이로 우리 집에 왔을 때, 차마 버릴 수 없어, 그 상태로 내쳤다가는 채 며칠을 버티지도 못할 것 같아 우리 가족이 키우자 결심했을 때부터 충분히 예견하고 짐작 가능했던 일이었습니다. 정작 걱정되었던 것은, 그러한 불편함과 귀찮음 때문에 녀석을 버리게 되면 어쩌나 하는 스스로에 대한 의심이었습니다.

"고양이는 생명이다. 싫증 나면 버리는 장난감이 아니다! 네가 끝까지 책임져야 한다!"

딸아이에게는 그렇게 다짐 또 다짐을 하고, 나는 그 마음을 지키기 위해 블로그에 새로운 카테고리를 열고 공개적인 일기를 써 갔던 것입니다. 고양이 기르기 자체가 처음이라 정보를 얻기 위해 고양이 카페에 글을 옮겨 싣기 시작한 것도 그즈음부터였습니다.

그렇게 시작된 글쓰기가 어느 정도 진척되자 적지 않은 분들이 격려해 주셨고 댓글로 쪽지로 정보를 주셨으며 급기야는 여러 분이 책으로 묶어 낼 것을 권해 주셨더랬습니다. 딴에는 방송작가로 활동했습네, 글 좀 써봤네 자부심을 가지고 있던 터라 떠밀리는 척 책을 만들어 보자 결심을 굳혀 갈 때 즈음, 적지 않은 출판사로부터 출판 제의가 들어왔습니다. 이름만 들어도 알만한 곳들이었고, 제대로 책 장사를 해보겠다 제안하는 곳도 있었습니다. 그런 과정에서 내가 선택한 출판사는 작은 출판사, 꾸리에였습니다. 아주 작고 무명인 출판사는 아니지만 내로라하는 출판사라 하기에는 조금 뭣한 곳이었습니다.

꾸리에 출판사를 선택한 이유는 간단했습니다. 고양이 때문이었습니다. 서울 서교동, 출판사 편집 사무실 바로 옆에 위치한 사장님의 자택.

처음 그곳을 방문했을 때 응접실 겸 집필실로 쓰는 듯한 작은 빌라의 마루는 고양이 천지였습니다. 처음에는 보이지도 않더니 사장님과 이야기를 나누는 동안 한 마리 두 마리 모습을 드러내던 녀석들. 사장님은 내게 그 고양이들을 보여주려고 댁으로 초청했던 것인데, 구체적인 설명을 듣기 전까지 조금은 과하다 싶은 고양이 취미의, 말로만 듣던 애니멀 호더(Animal Hoarder)는 아닐까 싶어 거부감이 들기도 했습니다.

고양이 단체
접견 계획 .

그러나 그 고양이들, 일곱 마리인가 여덟 마리인 녀석들 대부분은 힘들기 이를 데 없는, 지옥 같은 상황에서 구출된 녀석들이었습니다. 일일이 녀석들의 사정은 기억나지 않지만 사람들에게 두들겨 맞아 뼈가 부러졌다거나, 대학생 동거 커플이 4층에서 집어 던졌다거나 하는 사연을 가지고 있었습니다. 어찌어찌 그 사연들을 듣고 구조해 돌보고 있었으며 사정이 긴박한 고양이들은 입양을 위한 임시보호 형태로 맡고 있었습니다.

장모종의 고양이들이 있어 집 안은 고양이털로 수북하였으며 인간에 대한 두려움으로 파르르 떨던 녀석 중 몇은 끝내 모습조차 보여주지 않았습니다. 눈물이 났고, 인간의 잔인함에 화가 치밀었고, 깊은 고마움이 느껴졌고, 애니멀 호더인가 싶었던 조금 전의 마음을 반성해야만 했습니다. 그리고는 책이 많이 팔린다 적게 팔린다 유명해 질 것이다 아닐 것이다 따져 보지 않고 곧장 출간 계약을 맺었습니다.

그리고 얼마간의 시간이 속절없이 지났습니다. 내 원고 정리가 늦어져서이기도 했지만 출판사 사장님의 건강에 문제가 생겼기 때문입니다. 그러다 원고가 재정비된 것은 몇 달 후의 일이었습니다. 원고도 편집도, 표지도, 멋진 축사도 마무리되었습니다. 그럴 즈음, 출판사에 고양이 많다 소리에 가보고 싶다 청하는 딸과 함께 출판사를 방문했습니다. 처음 계획은 출판사 편집 사무실에 들러 미래 책을 협의한 후 인근의 사장님 댁을 급습해 고양이들을 보려는 것이었습니다. 미래를 키우기 시작한 이후 고양이에 대한 지극한 애정과 관심이 생겨 난 초보 고양이 집사 부녀의 고양이 단체 접견 계획이었던 것입니다.

그러나 딸과 나는 사장님 댁을 방문하지 않았습니다. 방문할 필요가 없었습니다. 현재 일곱 마리 고양이가 넘쳐 나는 댁에서 더 이상 고양이를 키우지 못하는 출판사 사장님이 함께 일하는 분들의 동의를 얻어 출판사에서 고양이 세 마리를 기르고 계셨던 것입니다. 고양이에 대한 욕심이 넘쳐 나서, 고양이에 대한 애정이 복받쳐 그런 것이 아니라 구조할 수밖에 없는 상황의 고양이들을 어쩔 수 없이 떠안았기 때문이었습니다.

마음이 던지는
말

출판사 사무실에서 기르는 고양이는 모두 세 마리였습니다. 하얀색과 고등어 무늬가 뒤섞인 고양이 이름은 미미. 복사기 밑에 숨어 끝끝내 모습을 보여주지 않았던 두 마리 노란 고양이 이름은 감자와 꼬리. 은근 접대냥이라 불리는, 처음 보는 사람에게도 덥석덥석 안기는 미미는 태어나자마자 철창에만 갇혀있다가 구조되었는데, 꼬리까지 예쁘다는 뜻으로 미미(尾美)라고 이름 지었다 했습니다.

그러나, 미미의 꼬리는 그리 아름답고 예쁘지 않았습니다. 절반 정도가 잘려나갔나 싶을 정도로 끝이 이상하게 뭉툭했습니다. 일부러 잘라 놓았나 싶었던 미미의 그 짧은 꼬리는 여러 가지 상황을 유추해볼 수 있는데, 너무 어려서 임신하거나 영양 상태가 좋지 않은 어미에게서 태어난 길고양이들에게서 종종 보이는 현상이라고 했습니다. 누군가 일부러 그리했을 거라고는 상상조차 하기 싫었습니다.

고양이들이 좋아하는 장난감을 사 들고 간 딸아이는 연신 미미와 놀아 주었습니다. 누가 접대냥이 아니랄까 봐 껑충껑충 뛰어오르며 낚싯대를 낚아채려는 미미. 간식을 던져 주자 간식 먹으랴 고양이 낚시 맞상대하랴 정신을 차리지 못했습니다.

정작 가슴을 아프게 했던 건 감자와 꼬리, 결국 모습을 보지 못했던 두 마리 노란 고양이들이었습니다. 녀석들이 구조된 건 한 어미의 배에

서 난 다섯 마리 형제와 함께였다고 했습니다. 이름을 대면 알만한 큰 출판사 마당에서였는데, 쥐를 잡아 달라 요청했던, 떠들썩한 광고로 유명한 해충 구제 회사에서 놓은 쥐약을 어미가 먹고 새끼들이 보는 앞에서 죽었다는 것이었습니다. 과학적이고 체계적 어쩌고 광고하는 회사가 쥐약을 놔 쥐를 잡으려 했다는 상황도 한심했지만 녀석들의 비극적 상황은 거기서 끝나지 않았습니다. 그곳 사장님이 마당에서 발견된 새끼 고양이들을 아무렇게나 버린다고 하는 것을 편집부 직원들이 안타까운 마음에 알음알음 연락해와 어쩔 수 없이 구조했다는 꾸리에 출판사 사장님.

이후 다섯 마리 중 두 마리는 어찌어찌 입양을 보냈는데, 건강 문제로 더 이상은 고양이 식구를 늘릴 수 없다는 판단에 근처 동물병원에 맡겼다고 했습니다. 그 병원은 방송에 나와 지극정성으로 동물들을 보살피고, 특히나 길고양이를 사랑해 책임지고 분양한다는 곳이었는데, 보름 지나 찾아본 새끼 고양이들의 몰골은 이루 말할 수가 없었다고 했습니

다. 피부병을 치료하기는커녕 그 사실조차 까먹고, 설사병까지 얻었으며, 몸은 등뼈가 다 드러날 정도로 앙상하게 야위어 있었다고 했습니다.

얼마나 무서웠을까, 얼마나 힘들었을까…. 젖 물려주고 마냥 핥아주고 보살피던 엄마는 어느 날 눈앞에서 피를 토하며 차갑게 식어 갔고, 누군가에 건사된 직후 맡겨진 동물병원 창살 안에서는 먹거리조차 제대로 나누지 못했던 녀석들.

그렇게 남겨진 세 마리 중 한 마리는 사장님 댁에 머물며 복동이라는 이름을 가지게 되었고, 꼬리와 감자라는 두 녀석은 출판사에서 살게 되었는데, 그렇게 애틋할 수가 없다는 것입니다. 혹여 또 떠날까 봐, 혹여 또 말없이 헤어질까 봐, 혹여 엄마처럼 차갑게 식어갈까 봐 눈앞에 보이지 않으면 아웅냐웅대며 애타게 서로를 찾는답니다. 거기에 성격 좋은 미미 녀석까지 한 몸처럼 뭉쳐 지내는 녀석들….

7개월이 지난 지금은 과거에 무슨 일이라도 있었냐는 듯 뚱보가 돼버린 꼬리와 감자의 사연을 전해 듣고 어느새 눈이 빨갛게 달아오른 딸아이. 얼마나 가슴이 아팠던 건지, 잠시라도 녀석들을 위로하고 싶었던 건지 꼬리와 감자를 꼬드겨 내려 마룻바닥에 바짝 엎드려 간식을 던져 주고 장난감을 흔들어댔지만 결국 녀석들은 모습을 보여주지 않았습니다. 장난감에 넋이 팔린 미미 녀석만이 자기하고 놀아 달라며 참견을 해댔습니다. 세상에, 인간에게 마음의 문을 닫은 녀석들은 그 도도한 모습을 끝내 보여주지 않았습니다.

세상과 인간과 그 이해관계에 의해 버려지고 학대받던 고양이들. 어찌어찌 도움의 손길을 얻고, 나름의 삶을 꾸려 나가고 있지만 가슴에 새겨진 상처가 어찌 아물 수 있을까 가슴 안쪽이 내내 싸해졌습니다.

우리 미래 책 잘 만들어 달라며, 이 땅의 고양이들을 위해 잘 만들어 달라며 인사를 하고 나서는 길. 혼잣말로 내뱉은 딸의 말 한마디가 내 가슴을 다시 한 번 흔들었습니다.

"속상해…."

미래에게

안녕, 미래야!

미래의 친구이자 언니이자 엄마인 진아가 쓴다.

내가 너를 만난 건 정말 행운이라고 생각해. 어느 정도 예상은 하고 있었지만, 네게 뇌성마비라는 선천적인 장애가 있다고 수의사 선생님께서 처음 이야기해 주셨을 때도 나는 담담했었어. 슬프거나 억울한 감정은 없었어. 그렇다고 서운해하지는 마. 언니는 미래가 장애가 있든 없든 내가 사랑하는 고양이이고, 함께 살아갈 고양이라고 생각했어. 너는 내게 언제나 세상에서 제일 사랑스러운 고양이니까 말이야.

네가 우리 가족이 되고 나서부터 곧 나는 네가 아주 큰 힘이 되리라는 사실을 예감할 수 있었어. 그래서 네 이름을 미래라고 지었지. 미래에는 아프지 말라는 의미가 컸지만 나의 미래를 함께할 고양이라는 생각을 했어.

음… 너를 쳐다보고 너랑 얘기를 하다 보면 느끼게 되는 감정이 아주 많아. 뭐라고 해야 할까? 이 감정들을 제대로 표현할 수 있을지 자신은 없지만, 사계절로 비유하자면 봄 창가에 비치는 햇빛처럼 따스하고 편안한 느낌? 여름에 밖에 나갔다 와서 시원한 물 한 잔을 마시는 기분? 가을엔 작은 바람에 떼굴떼굴 굴러다니는 낙엽처럼 귀엽다고 할 수도 있고, 겨울엔 예쁘게 내리는 하얀 눈 그 자체를 보는 것 같기도 해.

미래, 너는 언제나 언니만 따라다니고, 언니만 쳐다보고 있어서 가끔은 부담스러울 때도 있지만 그게 너무 좋아. 언짢은 일이 있을 때 공연히 네게 화를 낼 때도 있지만 그래도 그저 좋다고 나를 따라다니는 미래가 있어서 나는 너무너무 좋아. 깊은 밤 내 옆에서 그르렁거리며 자고 있는 너를 보면 나도 모르게 웃음이 나오고, 아침에 내가 일어나는 시간에 맞춰 같이 잠을 깨는 모습에 기특하다는 생각을 하기도 해. 내가 늦잠을 자면 같이 늦잠도 자고 뭐, 그런 생각을 하면 언니는 언제나 웃음이 나오지.

미래야, 언니는 가끔 텔레비전 같은 데서 반려동물들 죽어서 슬퍼하는 사람들을 보면 '미래도 살아있는 생명체라 언젠간 죽겠지…'라는 생각을 해. 그럴 때면 정말이지 눈물이 나고 가슴이 답답해져. 그래서 언니는 지금 이대로, 미래가 언니 옆에 있어 주는 매 순간 잘해야겠다는 생각을 해. 약속해, 미래야! 언제나 언니가 미래를 지켜주고 사랑할게. 그러니 미래도 건강해야 해! 미래가 이 글을 읽지는 못하겠지만 언니가 큰 소리로 읽어 줄게!

언니가 이제 마지막으로 재미있는 얘기 하나 해 줄게. 언니 어렸을 때 별명이 뭐였는지 알아? '냐옹이'였어. 귀여워서 그랬겠지만 잘 삐지고 애교가 많아서 그랬대. 그런데 미래가 우리 집에 오고 나서는 언니의 냐옹이 별명이 쏙 들어가 버렸어. 미래가 언니 별명을 빼앗아간 거야. 아니…, 미래가 언니 별명을 물려받은 건가? 우리 집에는 냐옹이가 냐옹이를 식구로 맞은 셈이 되는 거야. 그렇게 너는 나와 우리 가족의 미래가 된 것이고, 우리는 떨어질 수 없는 사이가 된 거야. 내게 너무 많은 것을 가져다준 미래, 네게 거듭 말하고 싶은 건 이 말뿐이야.

사랑해, 미래야!

모든 생명은
살아갈 가치가 있다

출판시장에서 고양이책의 비중이 미미하던 과거와 달리, 요즘은 사진 에세이부터 양육법 안내서, 고양이 만화에 이르기까지 다양한 책이 매달 쏟아지는 추세다. 고양이에 대한 시각을 넓혀준다는 점에서는 반갑지만 한편으로는 우려도 생긴다. 생명에 대한 책임감이 수반되지 않은 상태에서 과열된 고양이 사랑은 '유기묘 증가'라는 부작용을 불러온다. 책 속 예쁜 고양이를 보기만 하는 것과 실제로 함께 산다는 건 엄연히 다르다. 아마 그 간극은 '연애만 하다 각자의 집으로 돌아가던 연인이 결혼 후 처음 한집에서 살며 느끼는 문화충격'만큼이나 클 것이다. 그럼에도 불구하고 이 점을 간과한 채 충동적으로 고양이를 데려왔다 쉽게 포기하는 이들도 존재하는 게 현실이다.

고양이 한 마리를 집에 들인다는 건 생활 방식도 성격도 다른 또 하나의 가족을 만드는 일이다. 그 결정의 무게를 알기에, 저자는 어린 딸이 뇌성마비를 앓는 고양이를 허락 없이 데려왔을 때 안쓰러워하면서도 선뜻 키우자고 말하지 못한다. "미래에는 아프지 말라"며 딸이 미래라고 이름 지어준 고양이를 가족으로 받아들인 뒤에도 저자는 고양이에 대한 찬사나 연민으로 일관하지 않는다. 대신, 객관적인 기록자 역할을 자처하면서 다른 고양이들과 조금 다르게 사는 미래의 일상을 있는 그대로 기록할 뿐이다.

테마파크 기획자이자 장난감 수집가로 유명한 저자의 블로그는 어느새 뇌성마비 고양이 미래의 소식을 알리는 글로 채워지기 시작했다. 무덤덤한 듯하나 정 깊은 남자의 진심이 느껴지는 문체 덕에 독자의 감정이입도 수월해진다. 똑바로 서 있기도 힘겨워하던 미래가 벽에 몸을 지탱해 혼자 힘으로 밥 먹는 요령을 터득하는 대목에서는 나도 모르게 '힘내!' 하고 응원하게 된다. 저자는 뇌성마비를 딛고 꿋꿋하게 살아가는 미래를 통해 '모든 생명은 살아갈 가치가 있다'는 묵직한 깨달음을 전한다.

저자의 관심사가 고양이로 확장되면서 생긴 에피소드도 흥미롭다. 장난감이라면 어디든 달려가던 남편이 심지어 고양이 장난감까지 눈독을 들이자 아내가 뜯어말리는 장면에선 웃음이 절로 난다. 저자가 출장 중 들렀다는 파리의 고양이 용품 숍이나 암스테르담의 고양이 박물관 '카텐 카비넷(Katten Kabinet)'도 한번 가보고 싶어진다. 그야말로 고양이에 대한 생각거리로 가득한 종합선물상자 같은 책이다. "장애로 몸이 불편한 동물들이 치료조차 받을 기회 없이 안락사당하는 일이 없기를 소망하며 이 책을 썼다"는 저자의 진심이 더 많은 독자들에게 전해지길 기원한다.

_고경원(《고경원의 길고양이 통신》 저자)

소녀는 마음이 건강한
숙녀가 되고,
미래는 몸이 튼튼한
고양이가 되고 …

언제부터인가, 소수의 사람들만이 관심을 가진다 싶었던 '고양이'가 보통 사람들의 생활 속으로 들어오기 시작했습니다. 그동안 고양이와 함께 삶을 나누었던 분들이 왜 없었겠습니까마는 조금은 눈에 도드라지기 시작했다고 할까요? 문외한이었던 제 눈에는 온통 고양이 세상이 펼쳐졌다고나 할까요? 이제는 더 이상 골목에서 마주치는 길고양이들의 새침한 눈빛이 낯설지 않게 되었으며, 서점이나 상점에서도 고양이 이야기를 담은 책들과 관련 제품을 자연스레 만날 수 있고, 함께 일하는 동료나 지인들 사이에도 고양이를 이야기하고 고양이와 함께 생활하며 녀석들을 끔찍이 여기는 분들을 어렵지 않게 찾아볼 수 있게 되었습니다.

오랫동안 알고 지내던 이 책의 저자로부터 '포스트잇 다이어리' 추천사를 부탁받았을 때만 해도 마음이 무척 편안했습니다. 얼마 전 '단테'라는 고양이를 입양한 직장 선배를 통해 고양이에 조금 더 친숙해졌기에 큰 고민 없이 '미래'의 그림을 그려보자 결정할 수 있었기 때문입니다. 우선 이전부터 재미있게 보아오던 저자의 '미래'에 관한 블로그 포스팅들을 하나하나 되짚어 봤습니다. 선천적 뇌성마비로 제대로 서지도 앉지도 못하던 '미래'가 가족들의 보살핌과 그들과의 소통을 통해 건강을 되찾으며 만들어내는 이야기들이 너무 생생하고 재미있어 푹 빠져들게 되었습니다. 씻겨주고, 먹여주고, 놀아주는 소녀와 고양이의 모습이 그렇게 예뻐 보일 수가 없었습니다.

이 페이지가 마지막 포스팅이구나 싶어 아쉬워질 때 즈음, 그림도 완성되었습니다. 그림 속 미래는 평소에 좋아하는 아저씨의 앉은뱅이 의자 위에 다리를 죽 펴고 앉았고, 그 옆으로는 아저씨가 사다 준 스타워즈 고양이 장난감, 그리고 한 소녀가 함께 자리했습니다.

그림의 주제를 미래의 주인이자 친구이자 언니인 '소녀와 뇌성마비 고양이 미래의 성장'으로 잡았고, 뜻한 만큼 그림이 완성된 듯합니다. 예쁜 그림(!)을 위해, 예쁘지 않은 작가이자 관찰자인 아저씨는 과감하게 생략해 버렸습니다. 그림을 완성하며 우리 주변의 고양이를 다시 한 번 생각해 보았습니다. '예쁜 고양이 한 마리 키워볼까?' 너도나도 쉽게 생각하지만, 그렇게 쉽게 생각하는 만큼 장난감 버려지듯 아무렇게나 버려지고 학대받는 녀석들이 많은 것도 현실입니다. 그런 생각만으로도 가슴이 아픈데 이 책의 주인공 미래처럼 몸이 불편한 고양이라면 온전히 목숨이나 보전할 수 있었을까 싶어 가슴 한쪽이 더욱 아려 오기도 했습니다.

그러한 분들 대부분에게 나름의 사연과 사정이 있어 그리된 것이겠지만, 여러 말 못할 이유들도 많겠지만, 생명이라는 가치를 어떻게 생각하나 되물어보고 싶은 것도 사실입니다.

이 책을 통해 많은 사람들이 신체적인 아픔으로 인해 버림받는 동물들, 장애를 가진 동물들에게도 관심을 가지는 계기가 마련되면 좋겠습니다. 또한 '반려자'로 동물을 키우고자 하는 데 대한 책임감도 다시 한 번 환기시켜주는 기회가 되었으면 합니다.

미래와 가족들의 아름다운 동거를 늘 응원하겠습니다.

_ 2015년 1월 포스트잇 다이어리 Dalnimi 문태곤

이 도서의 국립중앙도서관 출판예정도서목록(CIP)은 서지정보유통지원시스템 홈페이지(http://seoji.nl.go.kr)와 국가자료공동목록시스템(http://www.nl.go.kr/kolisnet)에서 이용하실 수 있습니다.(CIP제어번호: CIP2015003434)

내 삶 속으로 들어온 뇌성마비 고양이

미래 이야기

김혁 지음

초판 1쇄 발행 2015년 3월 5일

펴낸이 강경미 · 황호동
펴낸곳 꾸리에북스
출판등록 2008년 8월 1일 제313-2008-000125호
주소 121-840 서울 마포구 독막로3길 28-10, 401호
전화 02-336-5032 팩스 02-336-5034
전자우편 courrierbook@naver.com

ISBN 978-89-94682-15-0 03810

사진© 김혁 khegel@naver.com · 김재웅 jaewoong@naver.com

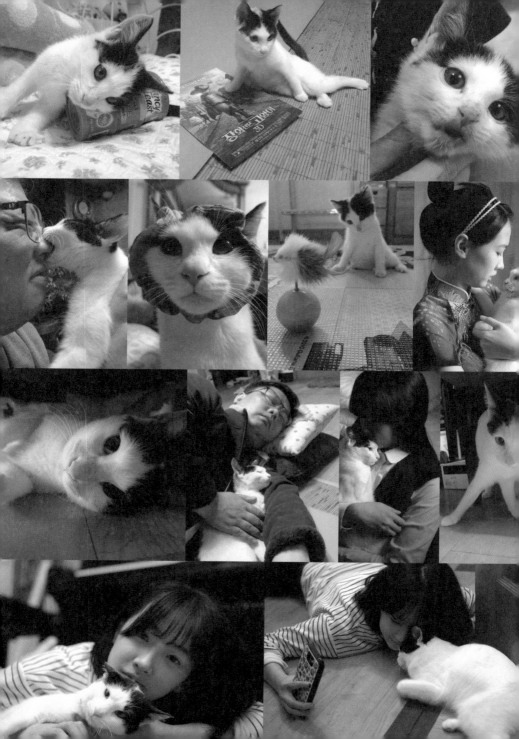